길 위의 집

오늘의 작가 총서 22

길 위의 집

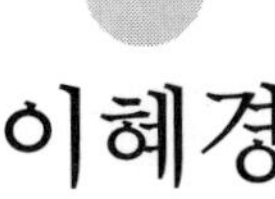

이혜경

민음사

차례

프롤로그——귀가

낯선 진동음이 은용의 몸을 들까부른다. 은용은 우무처럼 점성이 강한 공기에 갇혀 있어서, 진동은 제 파장을 한 번 굴절시킨 다음에야 전달된다. 은용은 팔을 헤집어, 끈덕지게 들러붙는 공기층을 걷어낸다. 저 소리, 저 소리가 나를 부르는 소리지. 그런데 공기가 왜 이리 끈적거리지? 이걸 어떻게 걷어내지? 은용은 허우적거리다 눈을 번쩍 뜬다.

「아가씨, 아가씨, 전화 받아요」

입 밖에 나오지 못한 외침을 흡, 삼키며, 은용은 눈을 떴다. 흐릿한 빛살 아래, 올케의 얼굴이 대각선으로 비쳤다. 고개를 들며 몸을 일으키자, 쪼그리고 앉은 올케가 제대로 보였다. 은용은 반사적으로 고개를 쳐들었다. 링거 방울은 여전히 무덤덤하게 떨어지고 있었다. 그새 잠들었던가. 손은 여전히 윤씨의 손을 잡고 있었고, 거꾸로 매달린 링거 병의 용액은, 잠들기 전에 본 수위와 거의 같아 보였다.

「전화 받아요. 미주 씨래요」

올케가 수화기를 내밀었다. 목이 파인 티셔츠를 입은 올케의 마른 빗장뼈가 슬몃 드러났다. 너무 말랐구나. 내 탓인지도 몰라.

「여보세요」

「나야. 어머닌 어떠시니?」

「지금 주무셔. 의사가 와서 링거 놓고 갔어」

속삭이듯 말하면서 은용은 일어섰다. 올케가 윤씨의 머리맡에 앉는 걸 보고 은용은 방문을 열고 나왔다.

방안이 어둑해선가, 볕이 깊숙이 들어오는 남향 거실은 꿈결에서 깨어난 것처럼 부셨다. 길중 씨, 그리고 다른 형제들이 말없이 앉아서 시선을 엇갈리게 떨구고 있다가 은용을 바라보았다. 은용은 외면한 채, 주방 옆에 있는 작은 방으로 들어갔다.

「정신은 있으시니?」

「그냥 그래. 그래도 식구들은 조금 알아보시는 것 같더라. 의사 말로는 안정하시면 괜찮을 거라던데」

「그만하기 다행이다, 애. 너, 많이 지쳤지?」

「이제 지나갔는데, 뭘. 미주야……」

울먹, 속에서 응어리 같은 게 북받치려 했다. 은용은 그 덩어리를 꿀꺽 삼켰다. 고마워.

「미주예요. 엄마 좀 어떠시냐구요」

은용은 수화기를 탁자 곁의 전화기에 올려놓으며 길중 씨에게 말했다. 아버지, 길중 씨가 고개를 끄덕였다. 꺼칠한 턱에 뾰족뾰족 돋은 희고 검은 수염이 은용의 마음을 찔렀다.

「뭐, 마실 것 좀 가져다 드릴까요?」

「아니다, 아까 에미가 가져다 줘서……」

「냉장고에 맥주 있을 거다. 좀 마시자」

길중 씨의 말이 끝나기도 전에, 윤기가 말했다. 오래 침묵을 지킨 뒤끝에 나오는 탁하게 갈라진 목소리, 툭 잘라 내던지는 것 같은 말투, 곁에 있는 아무도 들이지 않는 시선이었다. 식구들과 같이 있으면서도, 나는 이 집안 사람이 아니다라고 주장하는 듯한 냉연함. 윤기를 바라보다 은용은 섬뜩 놀랐다. 윤기의 곁에 앉은 인기가, 놀랄 만큼 윤기를 닮았다는 걸 처음 깨달은 것이다. 기다란 얼굴, 날카로워 보이는 눈매, 살이 없어 패었던 볼에 조금씩 살이 붙은 것까지. 늘 대조적이라고 여겼는데. 거기에 비하면, 두툼한 얼굴에 동글동글한 인상의 효기는 아주 달랐고, 정기는 무난하고 평범해 보였다. 사람 좋아 보이는 얼굴로, 효기가 받았다.

「그래, 있으면 한잔 하자. 속이 다 타버린 것 같다」

「있나 보구요」

또 술? 새벽에 난리 친 지 몇 시간이나 지났다고. 그러면서도 은용은 냉장고를 열어보았다. 이틀 밤을 못 잤으니, 술기운이 필요하긴 할 것이다. 맥주가 두 병 들어 있었다. 두 병을 다 꺼내고, 다용도실의 맥주 상자에서 두 병을 꺼내다 채워놓았다. 오빠 몸이 좋아지나봐요. 살이 붙었어. 은용의 말에 올케는 입술이 삐뚜름하게 웃었다. 좋아지긴, 그게 다 술살이에요.

남의 집 살림이라 물건을 꺼내는 게 어설펐다. 멸치와 오징어, 잣을 조금 꺼내고, 냉장고에 자석으로 붙여 놓은 병따개를 갖춰 내놓았다.

방문을 열자, 어둑신한 방안엔 배어 있던 지린내가 확 끼쳐왔다. 몸 안의 진기가 다 빠져나간 것처럼 작아진 윤씨의 몸이 배출한 냄새였다.

윤기와 정기의 부축을 받으며 차에서 내렸을 때, 윤씨는 식구들을 보고 비죽이 웃었다. 까치집을 지은 것처럼 헝클어지고 뭉친 머리, 하얗게 말라붙은 입술 사이로, 연필로 쓴 글씨를 지웠을 때 생기는 지우개밥 같은 웃음이 흩어졌다. 오른손에, 시들시들 늘어진 장미 한 송이를 꽉 쥐고 있었다. 언제 꺾은 것일까. 꽃잎이 몇 낱 남지 않았다.

「엄마, 놀랐지? 괜찮아. 이젠 집에 왔으니 괜찮아」

은용은 똑같은 말을 반복했다. 아파트 출입구까지 몇 걸음 걷는 동안, 윤씨는 짚검불처럼 맥없이 주질러앉았다. 무릎에 힘이 주어지지 않는 것 같았다. 주질러앉을 때에도 부축을 받아 일어설 때에도, 윤씨는 풀풀, 무안하고 수줍은 웃음을 떠올렸다. 무슨 일이지? 이게 무슨 일일까. 여기가 어딘데 애들이 다 와 있나? 주저앉은 채, 빙 둘러선 남편과 아들딸을 올려다보는 윤씨의 눈에 잠깐, 그런 물음이 스쳐갔다.

「어디 계셨어?」

「잠실, 전화한 사람이 보았다는 아파트 단지말고 그 옆 단지에. 화원인지 나무를 심어놓은 곳이 있는데 거기 앉아계시더라. 그래도 알아보고 웃으시는데……」

정기가 낮게 말했다. 물기가 습습하게 밴 목소리였다. 윤기는 딱딱하게 굳은 표정으로 승강기의 숫자판만 올려다보고 있었다.

미음을 데우던 올케가 맞아들였을 때, 이제껏 막을 씌운 듯하던 윤씨의 무심한 눈길에 출렁, 움직임이 일었다. 그래, 너로구나. 딱한 것, 감정이 잠깐 여울지던 윤씨의 눈은 이내, 지워버린 듯 느른해졌다.

「여보, 효기 엄마……」

비감한 목소리로 부르는 길중 씨를 보고 윤씨는 다시 웃었다. 웃음을 관장하는 기관의 흘게가 풀린 듯, 찰기 없는 밥알처럼 푸슬푸슬한 웃음.

틀니를 빼서 양치를 시키고, 더운물에 짠 수건으로 얼굴을 닦고, 은용은 윤씨의 블라우스를 벗겼다. 윤씨는 꽃을 쥔 손을 풀려 하지 않았다.

「어머니, 이 꽃 놓으세요. 씻으셔야죠」

올케가 손을 벌려 꽃을 뽑아내려 했다. 윤씨의 얼굴은 단박 경계심으로 단단해졌다. 은용은 올케의 손을 잡았다. 그러면 안 돼요.

「엄마, 이 꽃 참 예쁘네요. 어디서 이렇게 예쁜 꽃이 나셨을까. 이거 저 주려고 가져오신 거죠?」

은용은 꽃과 윤씨의 눈을 번갈아 보며 말했다. 그러자 윤씨는 스르르, 손아귀의 힘을 풀었다. 시들거리는 장미 꽃대를 없은 손바닥에, 가시에 긁혀 생긴 상처가 보였다.

「고마워요, 엄마. 제가 여기에 잘 두었다가 꽃병에 꽂을게요」

은용은 윤씨의 눈앞에서 꽃을 들어서, 윤씨의 눈이 닿는 방바닥에 놓았다.

「됐어요 언니. 그쪽 소매 벗기세요」

윗몸을 물수건으로 닦아내고, 은용은 양말을 벗겼다. 얼마나 걸었는지, 왼쪽 엄지발가락에 발덧이 나 꺼멓게 죽어 있었다. 치마를 벗겼다. 지린내는 아랫도리에서 났다. 언제 눴던 걸까. 아랫도리는 뭉개진 똥으로 뒤발했다. 물을 몇 번 갈아가며 아랫도리를 씻기고, 은용은 마른 수건으로 몸을 닦아냈다.

한때 비옥했을 배는 살가죽의 주름 몇 겹으로 남았고, 젊은날 풍성했을 거웃은 몇 오라기의 회색 털로 남아, 불가해한 느낌이었다. 출산할 때마다 무너질 듯 뒤틀렸을 골반은 그 윤곽을 적나라하

게 드러냈다. 살이 없어 삭정이 같은 느낌을 주는 무릎은 은용이
세워놓자마자 피그르, 맥없이 무너졌다. 한평생을 버텨온 묵은 뼈
들이, 이제 더 이상 지탱하지 못하겠노라고 시위하듯이.
　내의를 갈아입히고, 은용은 벗긴 옷가지들을 챙기며 일어섰다.
　「됐어요. 내가 내놓고 올게요」
　물이 튄 방바닥을 젖은 수건으로 훔치던 올케가 아무 말도 없이
은용의 눈을 외면했다. 그 눈이, 올케가 훔쳐내는 방바닥보다 더
젖어 있었다. 가누고 가누던 먹먹함, 끊어질 듯 팽팽하게 당겨졌던
줄을 올케의 젖은 눈이 기어이 퉁겨버렸다. 신혼 초, 알아볼 수 없
이 부은 얼굴로도 울지 않던 올켄데. 은용은 윤씨를 외면하며 방을
나왔다.
　「다 씻겨 드렸냐?」
　정기였다. 그새, 눈가로 술기가 몰려서 불그스름했다.
　「응, 곧 주무실 것 같아」
　「의사를 불러야 하지 않을까」
　「그러잖아도, 전화해 보려고」
　진찰을 마친 의사는 간호원에게 링거를 꽂게 했다. 혈관이 숨어
버려서 두번째 찔렀을 때에야 주사바늘에 피가 솟구쳐오르더니, 윤
씨의 혈관으로 다시 쏠려 들어갔다.
　「좀 놀라셨을 뿐이에요. 당분간 딱딱한 음식은 드시지 말게 하
고, 방은 어둡다 싶게 해서 안정하게 해드리세요. 다른 탈은 없을
겝니다」
　「감사합니다」
　「세 시간쯤 뒤면 주사가 다 들어갈 겁니다. 잘 지켜 보았다가 뽑
으면 돼요. 소변이 좀 잦을 거니 챙겨드리세요」

정기와 인기가 의사를 배웅하러 밖으로 나가고, 은용은 방으로 들어왔다. 윤씨는 어릿거리는 눈으로 은용을 올려다보았다. 틀니를 빼어놓아서 합죽한 입, 아침결에 잠깐 피었다가 오므라든 나팔꽃 같은 입술, 얼굴이 아기처럼 천진해 보였다.

「엄마, 여기가 윤기 오빠네 집이에요. 방이 낯설죠? 엄만 서울 윤기 오빠네 오셨고, 나는 엄마 따라서 왔어요. 여기서 며칠 쉬시 다 저랑 같이 한천 집으로 내려가실 거예요. 졸리면 주무세요. 제 가 여기 있을 거예요. 밖에 아버지도 계시고 오빠들도 다 와 있으 니까, 마음 놓고 주무세요」

윤씨는 알아듣는 듯했다. 눈빛이 또록해졌다. 전구의 필라멘트 가 닿았다 떨어지고 다시 닿았다 떨어지듯, 윤씨의 의식도 그랬다.

「언니도 이쪽으로 좀 누워요. 이제 주무실거야」

「괜찮아요. 점심 준비 해야죠. 아침부터 다들 굶으셨는데」

「조금 있다가 해요. 다들 먹힐 것 같지도 않은 얼굴로 맥주 마시 는 중인데, 뭐」

은용은 베개를 올케에게 밀었다. 올케는 베개를 보더니 스르르 쓰러졌다.

「아가씨, 옷 갈아입고 씻어요」

「조금 있다가. 엄마 주무시면요」

자불자불, 윤씨의 눈에 졸음이 실렸다. 윤씨는 입을 커다랗게 벌리며 선하품을 했다. 비로소 은용은 제 몸에서 나는 시큼한 땀냄 새를 맡았다. 사흘째 속옷도 못 갈아입고 먼지투성이인 시내를 싸 돌아다녔으니. 머리카락이 철수세미처럼 뻣뻣했다. 시험 보러 가는 사람이 머리를 감거나 손톱을 깎지 않듯이, 은용은 속옷조차 갈아 입는 걸 삼갔다. 손톱 밑이 시꺼맸다. 이제 씻을 수 있겠구나.

「정말 다행이에요. 전 다시 못 볼 줄 알고……」

「운이 좋았던 거죠. 언니가 많이 놀랐죠? 연락해 준 사람한테 인사나 하고 왔는지 모르겠네」

은용은 장미꽃을 들어본다. 장미꽃을 들고 계신 게 이상해서 유심히 보았다는 여자가 아니었더라면, 오늘밤도 속에 숯을 쌓고 있었으리라. 줄기는 벌써 물기가 말라 딱딱하고, 노란 꽃술 아래 대여섯 개 남은 꽃잎은 생기를 잃고 파삭거리며 말랐다. 손을 씻기다가 윤씨가 찌푸리는 바람에 들여다본 손바닥, 상처 옆에 장미 가시 하나가 살갗을 뚫고 들어가 있었다.

「글쎄, 그런 말이 지금 와서 무슨 소용 있냐?」

밖에서 효기의 말소리가 커다랗게 들려왔다. 막 잠이 들려던 윤씨가 깜짝 눈을 떠서 두리번거렸다.

「왜들 저런대요?」

「글쎄요……」

은용은 그대로 누워서 윤씨의 가슴을 토닥거렸다. 놀랐는지, 가슴이 팔딱팔딱, 급하게 뛰었다. 손에 잡힌 새의 할딱거림 같았다.

「지난 일 없이 오늘이 있을 수 있어요? 어머니가 저렇게 된 게 누구 때문인데」

「그게 나 때문이라는 거냐, 아버지 때문이라는 거냐?」

윤씨의 눈이 불안하게 방안을 훑었다. 은용은 그 눈을 향해 웃었다. 아무 일도 아녜요, 엄마. 팔딱거리던 가슴이 조금 조용해졌다. 긴장이 풀리는지, 은용의 눈꺼풀도 자꾸 내려앉았다. 막 잠에 빠지려던 때, 잠들었던 윤씨가 흠칫 하는 게 은용의 손바닥에 느껴졌다. 콩닥콩닥, 조용하던 윤씨의 가슴이 팔딱거렸다. 거실에서 다시 소리가 들려왔다.

너무들 하는구나.

그토록 낯선 거리를 두려움으로 헤매었을 한 사람이 지금 겨우 돌아왔다. 속 파먹힌 거미처럼 누워, 오랜만에 발 뻗고 잠들려 하고 있다. 그런데 그 잠마저 빼앗으려 하다니. 그걸 모른 체 내버려 두고 있다니.

「언니, 잠깐만 엄마 좀 보고 있어요」

은용은 방문을 열었다. 효기와 윤기가 목소리를 높이고 있고, 길중 씨는 잘 안 피우던 담배에 불을 붙이고 있었다.

「조용히들 해요. 엄마 놀라시잖아. 제발 좀 조용히 말해」

은용은 방으로 들어와 문을 닫았다. 올케가 불안한 얼굴로 은용을 살폈다.

「언니, 오늘 점심 안 해도 될 것 같아. 저 남정네들 기운 난 것 좀 봐요. 한두 끼 굶어도 까딱 없을 것 같은데」

내 속이 꼬였구나, 은용은 말하는 순간 깨달았다. 다시 언성을 높이는 소리가 방안으로 파고들었다. 윤씨가 눈을 깜짝 떴다. 잠깐 잠들어서인지, 부옇던 눈이 갰다.

은용은 방문을 열고 나갔다. 조금도 언성을 높이지 않고, 노여움의 밀도를 흐트리지도 않고, 외딴 섬에 언제 누가 세웠는지 모를 입상들처럼 단독적으로 앉거나 선 남자들을 빙 둘러보면서, 손가락으로 짚어가면서, 은용은 말했다.

「너, 너, 너. 조용히 해, 조용히 해, 이 개새끼들아!」

양귀비꽃 핀 뜰

그 여자, 현희는 효기네 골방 안에 숨어 있다. 길중 씨가 큰아들네 집에 들를 경우를 대비해서, 현희는 낮이면 골방에서 벗어나지 못한다. 안방과 작은방은 장지문으로 연결되었고, 그 작은방 뒤쪽에 골방이 붙어 있다. 어른 둘이 누우면 꽉 들어찰 그 골방은, 이 집안에서 가장 안전한 곳이었다. 골방에는 뒤란으로 난 막살문이, 뒤란에는 목화밭으로 이어지는 쪽문이 있으므로.

대문이 언제 거친 기세로 열릴지 몰라, 문간방에 있는 은용은 조마조마했다. 식구 중의 누군가가 밖에 나갈 때마다 은용은 얼른 대문을 단속했다. 조금이라도 시간을 벌어야 한다는 무의식이 은용을 움직이게 했다.

고등학생인 오빠 정기가 들락거릴 때마다 은용의 가슴은 덜컥덜컥 내려앉았다. 땅을 꾹꾹 내려딛는 듯 힘있는 정기의 발걸음소리에 번번이, 길중 씨가 오나보다 하는 착각이 일었던 것이다.

대문간 앞 작은 꽃밭엔 백일초가 한창이었다. 블록을 세워 쌓은 경계, 블록의 구멍마다 채송화가 피어 있고, 하늘하늘, 종잇장 같기도 하고 입술 같기도 한 양귀비꽃 한 포기가 금방 부러질 듯이 하늘거렸다. 검붉은 꽃잎, 딱 하루 동안만 피는 꽃. 그 꽃을 볼 때마다 은용은 무언지 모르게 불길한, 요기롭다는 느낌에 사로잡혔다. 경찰서에서 알면 잡혀가는 꽃이라고 올케가 호들갑스럽게 말해서일까, 이상하게 홀리는 것 같은 아름다움이 은용을 불안하게 했다. 채송화처럼 소박하지도, 백일초처럼 투박하지도 않은 꽃. 저물녘이면 서러운 진분홍으로 피어나는 분꽃이 조금이나마 닮았을까. 분꽃은 아직 꽃잎을 참하게 오므리고 있다.

방문을 열어놓은 채, 은용은 이맛전에서 흘러내리는 머리카락을 귀 뒤로 넘기면서 눈은 방학 숙제인 뜨개질에, 귀는 문간에 잇닿은 골목에 주고 있다. 하얀 레이스 실로 꽃병 받침을 뜨는 게 숙제였다. 코바늘을 놀리는 은용의 연한 눈동자에 겁이 실렸다. 동그랗고 커다란 눈동자, 다른 때에는 늘 먼데를 바라보듯 순하던 눈이 긴장으로 어둡게 반짝거렸다. 현희 언니는 무얼 하고 있나. 은용이 앉은 자리에선 ㄱ자인 본채의 골방이 보이지 않는다. 툇마루 아래 댓돌은 비어 있다. 세 살배기 조카는 안방에서 잠들어 있고, 올케는 젖먹이를 업고 장을 보러 간다고 나갔다.

타박타박, 골목 어귀에서 발짝소리가 다가왔다. 은용의 욱죄었던 가슴이 풀어졌다. 두 살 아래인 동생 인기다.

「다 왔지? 이젠 그러지 마, 응?」

인기가 가만가만 달래는 소리가 들창 너머로 들려왔다. 은용은 몸을 일으켜 신을 꿰었다. 두드리는 소리가 나기 전에 문을 열어주어야지. 문간에서 기척만 나도 현희 언니의 긴장이 느껴져서, 은용은 대문 두드리는 소리가 나기 전에 움직이곤 했다. 운동화를 잘잘 끌며 대문간으로 갔다. 나무 빗장을 잡아당기고 문을 열었다. 막 문을 두드리려던 인기가 한 손을 든 채 주춤했다. 황갈색 털이 거칫한 개, 똘이는 축 늘어뜨린 고개를 틀며 은용의 눈길을 외면했다.
「얘, 어디 있디?」
「기혁이네」
「또 갔구나. 거긴 가지 말랬잖아!」
슬몃슬몃 대문간을 넘는 똘이를 은용이 나무랐다. 풀잎이 바람결에 쓸리는 듯 가느다란 목소리, 나무람을 느끼기엔 너무 약한 목소리다. 똘이는 못 들은 척하고 대문턱을 넘어서더니, 제 집이 있는 뒷마당으로 내뺐다. 내빼고 싶은 마음을 들키지 않으려 지칫거리지만, 어서 식구들을 피해 혼자 있고 싶은 게 역력했다. 인기 반친구네 암캐에게 반해서, 대문만 열리면 사람의 가랑이 사이를 비집고 기어이 나가 달음질치는 똘이, 마침내 담장을 뛰어넘었던 똘이, 식구들 보기 부끄러운 모양이다.
똘이가 집을 나갔을 땐 인기가, 인기가 집을 나갔을 땐 똘이가, 사람과 개는 서로를 찾아나섰다. 걸핏하면 책상 위에 편지 한 장 떨구고 집을 나가는 인기, 온 집안이 발칵 뒤집혀 찾다보면, 인기는 엉뚱하게 장롱이나 다락 속에서 웅크리고 잠들어 있거나, 아는 어른에게 붙들려 자전거 짐받이에 실려 오곤 했다.
「글쎄, 날은 어둑어둑해지는데 이놈이 혼자 갈머리 동네 모퉁이에 앉아 있더라니까요. 어디 가냐고 물어도 대답도 없고」
어스름 속에, 책가방을 멘 인기를 내려놓으며 하는 말이었다. 그 책가방 속엔 옷, 일기장, 꼬깃꼬깃 모아둔 지전 몇 장이 들어 있을 터였다. 벌써 몇번째인가. 길귀신이 들렸나, 역마살이 끼면 왕손으로 태어나도 거지로 산다는데……. 한차례 졸경을 치른 뒤 고단하게 잠든 인기의 머리맡에서 어머니 윤씨는 나직하게 탄식했다. 어디 가려고 그랬니? 은용이 물어보면 인기는 눈으로 신작로를 짚을 뿐, 말이 없었다.

은용은 인기 뒤에서 얼른 대문을 단속했다. 삐이이걱, 경첩이 빡빡해졌는지, 나무 대문이 신음소리를 내며 밀렸다.

「인기 왔어? 개는 찾았대니?」

마당가의 변소로 가는 은용을 본 현희가 골방 안에서 말을 걸었다. 현희는 타르르 올이 풀려버린 스타킹을 매니큐어로 때우는 참이다. 매니큐어를 바른 뒤, 스타킹을 들고 후후 입으로 불었다.

꼬불꼬불 파마해서 귀 옆으로 올려 뒤에서 묶은 머리. 어둑한 방 안에 있는 현희의 등뒤, 뚫린 문으로 똘이의 집 지붕이, 그 지붕을 수직으로 잇고 나간 해바라기 대가 보였다. 해바라기꽃은 해를 쳐다볼 생각은 안 하고, 깊은 생각에 잠긴 것처럼 고개를 수그리고 있다. 방안에 비해 그쪽은 환하디환하다. 똘이는 풀이 죽어서 제 앞발에 고개를 파묻고 있으리라.

올해 봄, 길중 씨와 아내 윤씨를 제외한 식구들은 모두 이 집으로 옮겼다. 길중 씨가 경영하는 철공소와 철물점을 확장하면서 공장 뒤편의 살림채를 줄이게 된 것이다. 집 바로 뒤가 시장통이어서 아이들이 몹쓸 일부터 배운다고 걸려 하던 길중 씨는, 집 한 채를 세내어 큰아들 효기 부부에게 동생들을 맡겨버렸다.

서울에서 대학에 다니는 윤기가 방학을 맞아 내려오면서 현희를 아예 집으로 끌어들인 것도, 길중 씨의 눈을 피할 수 있으리라는 심산이 섰기 때문일 것이다. 지난해 여름, 현희가 와서 역앞 여인숙에 오래 묵었다는 걸 아는 사람은 은용과 인기뿐이었다. 윤기의 전갈을 전하러 다녔던 것이다.

현희가 들어오자 전전긍긍하는 건 올케였다. 여섯 살이나 위인 형을 아랑곳하지 않는 시동생에 대한 불만도 있었고, 그보다 더 큰 문제는 그랬다, 어른들께 알려야 하나 말아야 하나. 알려도 난리고 알리지 않아도 난리일 게 뻔했다. 현희는 마을 사람의 눈을 피하기 엔 너무 도회적이었다. 낮에는 일꾼들과 똑같이 공장에서 일하는 윤기, 일과가 끝나면 현희를 데리고 나가곤 했는데, 오가는 길에 마을 사람의 눈에 띄면 길중 씨의 귀에 소식이 들어가는 건 잠깐이리라. 그리고 길중 씨가 안다면, 끊어진 기타 줄은 아무것도 아니리라.

여름이 시작되고 현희가 내려오기 전 어느 날, 공장에서 일하다가 점심을 먹으러 왔던 윤기는 기타를 치고 있었다. 그날, 은용과 인기를 청중으로 한 연주에서 윤기가 마지막으로 친 곡은 「해 뜨는 집」이었다. 세모진 피크가 기타 줄을 긁어내릴 때마다 공명통 안의 나무가 그 떨림을 받아 안았다가 내보냈다. 쇠줄의 날카로움은 나무의 부드러움에 순화되어, 하오의 뜰을 간질이는 듯했다. 딩 디디 디딩, 딩 디디디딩…….

「사람들이 해 뜨는 집이라고 부르는 집에서 살던 아이가 있었대. 그 아이의 이야기를 담은 노래야」

동생들을 앞에 두고 연주하며 이야기할 때, 윤기의 매섭던 눈빛은 순해졌다. 길중 씨나 효기 앞에선 늘 뱀처럼 표독하던 눈빛이.

해 뜨는 집? 어디서 본 그림인가, 벌판 위에 오두마니 서 있는 집 한 채가 툇마루에 걸터앉은 인기의 눈앞에 그려졌다. 그 집 지붕 위로 해가 뜨는가?

길중 씨가 집으로 들이닥친 건, 다시 한번 쳐보라는 인기의 말에 윤기가 막 전주를 시작하던 때였다. 점심 먹으러 간 윤기가 늦도록 안 오자, 성질 급한 길중 씨가 뛰어든 것이다. 맞춘 물건을 저녁 때 싣고 가겠다던 탄광에서, 마침 나왔던 길이라며 차를 공장에 들이댔고, 저녁 때 실으러 오겠다는 바람에 윤기는 마무리를 안했었다. 그러니 빈차로 간 게 윤기의 잘못은 아니었다. 하지만 그게 이유는 되지 못했다. 아무리 저녁때라고 했어도, 사람 일은 모르는 법이니 준비를 해야지. 하물며 일이 밀렸는데 기타나 뚱땅거리다니!

다짜고짜 길중 씨의 손에 휘잡힌 기타가 댓돌에 부딪쳤다. 댕, 그리고 퍽! 어떤 소리가 먼저 났던가. 댓돌 위에 있던 신발은 그 기세에 저만큼 나뒹굴었고, 여자의 우아한 허리를 떠올리게 하던 공명통은 상아의 이빨처럼 삐죽삐죽, 결을 드러내는 합판으로 전락해 버렸다. 끊어진 채 간당거리는 기타 줄.

기타가 나뒹굴자, 길중 씨는 방으로 뛰어들었다. 검고 반짝이는 소릿골 속에 묻혀 있던 노래들이 산산이 부서졌다. 인기가 늘 틀어 달라고 해서 듣던 레코드 「마음은 집시」도, 「초원」도, 재킷에서 반쯤 퉁겨나온 채 마당 구석에 던져지고.

닫힌 방문 안에서 문틈으로, 마당에 던져진 레코드와 재킷을 보며 은용이 덜덜 떨 때, 마지막으로 검정 자개를 입힌 전축이 마당으로 던져졌다.

「번한 대낮에 일할 생각은 안 하고……」

아무 말도 없이 부수는 일에만 열중했던 길중 씨는, 파괴의 흔적을 밟고 성큼성큼 나가면서 끝내 한마디 했다.

「사람은 등 따뜻하고 배 부르면 못쓰게 되는 법이다. 놀기 좋아하는 사람치고 잘 되는 꼴 못 봤다」

해 뜬 뒤에는 방바닥에 등을 붙이지 못하게 하던 길중 씨였다. 오락이나 유희, 바둑이나 장기 같은 잡기도 허용이 되지 않았다.

그런 금기를 깨고 윤기는 기타를 퉁겼고, 중고라는 전축을 들여놓고, 음악을 틀어댔다.

「은용아, 문 열어라」

기어이, 은용은 들창 밖에서 들려오는 소리에 쿵, 내려앉고 만다. 어머니 윤씨의 목소리가 오늘은 조금도 반갑지 않았다. 목소리를 알아들은 똘이가 먼저 쪼르르 달려나오고, 은용은 어쩔 바를 몰라 저린 오금을 겨우 폈다.

「은용아, 문 열래두」

목소리에서, 단단하게 박인 심지 같은 게 느껴졌다. 대문을 붙들고 흔드는 소리가 잇따랐다.

문소리만 들리면 뒷문으로 달아나기로 했던 현희는 어쩔 줄 몰라하는 표정으로 오히려 마루로 나와 서성였다. 올케가 있었으면 이럴 때 어떡해야 하는지 알 텐데. 은용은 현희에게 신을 신으라는 시늉을 하며 인기에게 입은 크게, 소리는 작게 말했다. 가서, 얼른 뒷문 열어 줘.

「니 새언니는 어디 갔냐?」

윤씨가 대문을 들어서면서 들이단짝 묻는 것도 전에 없던 일이었다. 은용의 얼굴이 먼저 홧홧거렸다. 어찌 됐든, 어머니를 속여야 하는 것이다.

「시장 보러 갔어요」

「그래?」

손바닥을 올려 이마의 골진 부분을 지그시 누르며 윤씨는 물었다.

「서울서 왔다는 그 색시도 같이 나갔냐?」

인기가 열어 주는 뒷문으로, 효기 아내의 코고무신 한 짝과 샌들 한 짝을 꿰고 나갔던 현희, 목화꽃이 노랗게 핀 목화밭을 지나 밭두렁에서 알짱거리던 현희는 은용에게 불려 다시 들어왔다. 알고 묻는 데야 어쩔 수 없었다.

「이러면 쓰겠소. 아직 나이도 있고 공부도 하던 중이라며」

큰소리는 아니었지만, 속에서 치받는 심사가 가시지 않은 윤씨의 말 앞에서, 현희는 고개를 푹 숙이고 방바닥만 내려다보고 있었다. 진분홍 매니큐어가 칠해진 손톱을 감추느라 주먹을 쥐고.

〈딱하기도 하지. 제 어미가 이 꼴을 보면 복장을 찧을 텐데〉

윤씨는 현희의 수그린 정수리를 바라보았다. 제법 조신하게 방바닥만 내려다보고 있지만, 오똑한 콧대가 아무리 봐도 녹록지 않아 보인다. 아무리 대학생이라지만 공부하는 학생인데, 감추려 해도 드러나는 긴 손톱이며 화장이 먹어든 얼굴, 칠한 입술, 꼬불꼬불 지진 머리. 한국 사람이 서양 사람 흉내내느라 머리까지 지져붙인다던 길중 씨가 보면 이 또한 책잡힐 것이다.

윤기가 여자애를 데리고 왔다는 걸, 윤씨는 효기네 이웃에 사는 과수댁한테서 들었다. 시장에서 만난 과수댁이 난데없이 「둘째 자부 보실 거라면서요?」라는 바람에 어안이 벙벙했던 윤씨는, 웬 아가씨가 효기네 집에 와 있다는 이야기를 듣고 나자 아뜩해졌다. 먼저 떠오른 건 그 집 부모였다. 윤씨로선, 딸을 그렇게 오래 남의 집에 보낼 부모가 있을 성싶지 않았던 것이다. 제대로 말하고 나온 건 아닐 테고, 어쩌면 말없이 나왔을 텐데, 그 부모 속이 여북하랴 싶었다.

「그래, 부모님은 계시고?」

「아버진 안 계세요」

「돌아가셨나?」

「제가 어릴 때 돌아가셨다고 해요」

윤씨는 속으로 혀를 끌끌 찼다. 그러면 그렇지, 부모가 온전히 계신 집 아이 같으면 이렇게 겁없을 수 있으랴. 홀몸으로 키워서 대학까지 보냈으면 그 세월 동안 제 어미 앙가슴이 숯구덩이가 되고도 남았으련만.

「어머니께서 고생 많이 하셨겠구먼. 그러면 더더욱 이래선 안 되지. 아무리 우리 윤기가 내려오라고 해도 삼가야지. 그래, 어머니께선 어디 가 있는지 알긴 하시나?」

「……」

「어찌 됐든, 어린 동생들 눈도 있고 한데 이래선 안 되지. 어서 집에 들어가서 어머니께 잘못했다고 빌어요. 윤기 아버지 아시는 날엔 난리가 날 텐데, 귀하게 큰 사람이 남의 집에 와서 그런 꼴까지 겪으면 쓰나. 그러기 전에 어서 돌아가요」

윤씨는 쪽찐 머리에서 비어져 나오는 머리칼을 쓸어올리며 말했다. 수줍기로는 윤씨가 오히려 더했다. 아들이 데려왔다는 이 서울 여자의 모습이 낯설기만 하고, 생각도 못했는데 터진 일이라 어찌해야 하는지 모르겠는 것이다. 길중 씨 귀에 들어가기 전에 수습하려고 오긴 했지만.

「아무리 좋아 지내도, 물을 거스를 순 없고 일은 순리대로 해야지. 어른들 눈 가리고 이러면 될 일도 안 되기 십상이라」

투투둑, 눈물 몇 방울이 치마 위에 떨어졌다. 눈물도 헤프다. 이만 말에 울 아이라면, 윤기 아버지 맞닥뜨리면 초주검이 될 텐데. 윤씨는 마음이 언짢아진다.

시장에 갔다 돌아온 효기의 아내가 눈치를 보아가며 미숫가루를 타 쟁반에 들고 들어왔다. 성정 거센 시동생 데리고 사느라 너도 고생이다. 모진 데는 없으나 너그럽다고는 할 수 없는 성미니, 말도 못 한 채 끌탕했을 것이다. 그렇긴 하나, 내친김이니 한마디쯤 당조짐해야 할 것이다. 윤씨는 마음을 다잡는다.

「너도 이리 앉아라」

윤씨는 며느리를 불러 앉혔다.

「너도 잘못이다. 집안에 이런 일이 있으면 어서 어른께 알려야지, 이게 가만 덮어둔다고 덮어질 일이냐?」

「잘못했어요, 어머님」

효기의 아내는 고개를 수그렸다. 고등학생인 정기, 중학생인 은용, 국민학생인 인기까지, 줄줄이 있는 제 동생들에게 무슨 본을 보인다고 말하지 않고 덮어주고 있었는지, 괘씸한 마음이 아주 없지는 않다. 하기야, 제 아버지 말도 안 듣는 윤기였으니, 이 아이만 나무랄 것도 아니지.

윤씨는 난감했다. 어서 돌아가라고 했지만, 아이가 쉬 돌아가리라는 보장은 없다. 불과 불이 만난 것 같은 부자지간. 성정이 수긋한 편인 맏이 효기와 달리, 윤기는 사사건건 길중 씨와 부딪쳤다. 서로 빚을 받으러 태어난 것처럼, 뿔 겨루는 소처럼 으르렁거리는 부자지간에 여자애까지 집으로 들이다니, 섶을 지고 불 속에 뛰어드는 게 낫지. 그건 그렇고, 저 아이는 어쩐다. 지들끼리 만나서 좋아 지낸다는 걸 알면, 되던 일도 엎어질 판이다. 우선 집으로 돌려보내고, 제 엄마와 만나서 졸업하는 대로 결혼하게나 되었으면 좋으련만. 윤씨의 손이 다시 이맛전으로 간다. 이만큼 해두었으니, 일하러 나간 윤기가 돌아오는 대로 조처를 취해야 할 것이라고 마음 먹으며 윤씨는 일어났다.

「눈물 그치고. 이따가 윤기 오는 대로 보낼 테.니까, 늦기 전에 집으로 돌아가요. 인연이란 게 끊어낸다고 끊어지는 것도 아니고, 억지로 맺으려 한다고 이어지는 것도 아니니까, 어른들 말씀 듣고 조신하게 학교나 마치고 나면, 인연이라면 인연대로 갈 거고」

숙어버린 햇살을 머리에 받으며 윤씨는 일어섰다. 마루로 나서려 하자, 비칠거리며 현희가 따라나와 마루 끝에서 배웅했다. 그새 벌개진 눈이 보기 언짢아, 윤씨는 얼른 돌아섰다.

윤씨가 돌아간 뒤, 현희는 눈물을 훔치더니 수건을 들고 뒤란으로 나온다. 자배기의 물을 떠서 펌프 안에 붓고 서툰 펌프질을 한다. 물이 다 빠져나가기 전에 급하게 펌프질을 해대지만, 물은 꼬르륵거리며 빠져나가 버린다. 몇 번 하다가 안 되니까, 현희는 은용을 불렀다.

「은용아. 이리 좀 와 볼래?」

현희의 눈물이 얹히는 것 같았던 은용은 현희의 목소리가 반가워 뒤란으로 나갔다. 바가지로 물을 퍼서 마중물을 붓고, 은용은 재빠르게 펌프질을 했다. 한 바가지 더 붓자, 펌프는 쏴아 하고 시원스럽게 물을 퍼올렸다. 현희는 쏟아지는 물을 받아 세숫대야에 붓고 푸푸거리며 세수를 하더니 방으로 들어갔다. 곧 분첩을 꺼내 토닥일 것이다.

흙투성이 겉껍질을 벗겨내자 말갛게 드러나는 파, 부엌 바닥에 앉아 파를 다듬는 은용은 매워서 눈물을 글썽였다. 왜 저래야 하는지. 골방 구석에 하염없이 앉아서 거울을 들여다보다가, 윤기가 오면 반짝 생기가 나는 현희를 보면 멀미기 같은 게 속에서 가만히 일었다. 사랑……. 막 사춘기 문턱을 바라보는 은용, 그 말만 떠올리면, 그네에 올라탔을 때처럼 어지럼증이 머리를 뒤흔든다.

어릴 때부터 병약하던 은용은 그네를 못 타봤다. 여름이면 아이들이 뛰노는 냇가에도 나가 보지 못했다. 한 해에 한 달쯤은 결석하던 학교, 공부를 마치면 그대로 집에 돌아와 방안에 앉아 있거나, 기껏해야 동네 아이들과 공깃돌놀이를 하는 게 고작이었다.

주번이던 어느 날 오후, 은용은 교실에서 맨 마지막으로 나왔다. 운동장은 텅 비었고, 하얀 햇볕만 다글다글 끓었다. 운동장을 걸어나오다 빈 그네를 보았다. 그네는 달랑달랑, 심심해하는 표정으로 매달려 있었다. 은용은 조심스럽게 그네에 다가갔다. 책가방을 내려놓고, 망설이다가 엉덩이를 그네에 걸쳤다. 볕에 달궈진 그넷줄이 맞춤하게 따뜻했다. 발끝이 닿는 데까지 엉덩이를 치켜들었다가 놓자, 앞으로 솟구쳤던 그네는 그 반동으로 뒤로 물러났다. 발을 죽 펴고 구르자 그네는 점점 더 높아졌다. 풍경들이 물러났다 다가왔고, 담장이, 하늘이 흔들렸다. 울컥 치미는 속으로 그네를 멈추려 했을 때, 그때까지 은용에게 우호적이었던 그네는 은용의 의지를 묵살했다. 발을 아래로 내려뜨리고 힘을 놓아도 그네는 멈추지 않았다. 금방이라도 토악질을 할 듯 치미는 입에서 신물이 솟았다. 은용은 맥없이 손을 놓아버렸다.

그날 저녁, 이마의 혹처럼 온몸에 발긋발긋한 두드러기가 돋은 은용은 아궁이 앞에 앉아 불꽃을 바라보았다. 혼곤했다. 어떻게 집으로 왔는지 기억이 토막나는 채로, 은용은 앞자락 데우는 불기에 느른해져 있다. 두드러기에는 똥짚이 제일이라는 처방에 따라, 정기가 친구네 집 변소 지붕에서 볏짚을 뽑아 왔다. 윤씨는 한 손으로는 단지에 든 소금을 은용에게 뿌려대고, 다른 손에 든 볏짚으로는 은용의 몸을 쓸어내렸다.

비나이다 비나이다

거미처럼 여윈 몸, 생기 없는 얼굴, 은용은 아무 생각 없이 불에 닿아 튀어오르는 소금을 보며 혼곤해 있다. 사내애들 밑에서 혼자 자라 치여서 저러나, 윤씨의 눈이 걱정스럽게 훑는 것도 모르고.

있어도 없는 듯, 없어도 있는 듯한 은용이 식구들의 눈길을 끌 때는 아플 때뿐이었다. 미열을 동반한 두드러기는 은용의 지병이었다. 한번 두드러기가 돋으면 일주일은 누워야 했다. 열꽃이 발갛게 돋은 몸을 긁적거리며, 찬바람이 닿으면 더 심해지기 때문에 이불자락으로 몸을 폭 감싸고 은용은 누운 채 지냈다. 남들이 학교에 가고 난 뒤, 은용은 조용히 방에 누워 문 밖의 기척에 귀를 주곤 했다. 저건 새언니가 부엌에 드나드는 소리구나, 다락에서 부시럭거리는 건 쥔가 보다……. 저런, 뭘 저렇게 갉아대지? 저렇게 갉지 않으면 이가 자란다니 얼마나 불편할까.

「아가씨, 맵지 않아요?」

「조금요……」

은용은 눈물이 글썽이는 눈으로 올케를 쳐다보았다.

「깨끗이도 다듬어 놓았네. 다 됐으니 손 씻고 방에 들어가요」

햇기운이 묽어지면서 분꽃이 말갛게 꽃잎을 열었다. 저녁밥 지을 시각이었다. 윤씨가 나갈 때, 똘이는 기어이 윤씨의 치맛자락에 몸을 비비적거리며 나가버렸다. 인기는 또 똘이를 데리러 나갔나. 은용은 대문을 열고 골목 바깥으로 나가 보았다. 사위에 서먹한 푸른 빛이 깔리고 있었다. 그 푸른 빛을 헤치고, 세 사람이 다가오고 있었다. 두 여자와 한 남자. 남자를 먼저 알아본 은용은 그 자리에 얼어붙었다. 아버지, 길중 씨였다.

「어디 가냐, 다 늦은 때?」

길중 씨는 은용에게 한마디하고는 대문을 열어 젖뜨렸다. 길중 씨와 윤씨를 따라온 여자, 틀어올린 머리에 한복을 세련되게 입은 여자가 현희의 엄마임을 은용은 단박 알아보았다. 굵게 쌍꺼풀지고 기름한 눈매가 똑같았다. 문이 거칠게 열리는 소리에 부엌에서 나오던 효기 아내의 얼굴이 지레 붉어졌다.

「아, 아버님……」

「어디 있느냐?」

여자는 길중 씨의 옆에서 집안을 휘둘러보았다. 안방 문은 열려 있으니 한눈에 보였다. 그 옆에 나란히 달린 방문들 가운데 한 곳에 있으리라. 속없는 것 같으니라구.

효기 아내가 어쩔 줄 몰라하자, 길중 씨는 마루로 올라섰다. 열려 있는 안방은 들여다볼 것도 없고, 골방 문을 열었다. 뒤주며 다듬잇돌, 시렁에 얹힌 제기들이 보일 뿐. 그 옆방, 닫혀 있는 방문을 열자, 어둑해진 방구석에 앉아 있다가 부시시 일어서는 현희가 보였다.

「엄마……」

「네가, 네가 이게 무슨 꼴이냐. 집 놔두고……」

여자는 눈을 생각해서 꾹꾹 참으며 말하지만, 목소리는 벌벌 떨렸다. 그러고 서 있더니, 꽉 잠긴 목소리로 말했다.

「어서 가방 들고 나오너라. 가자」

「엄마……」

현희는 움직이지 않은 채 울먹이는 목소리로 엄마를 부를 뿐이었다. 그 울먹임이 여자의 노여움에 불을 질렀다. 현희 엄마는 방으로 뛰어들더니 현희의 등짝을 후려갈겼다. 철썩, 철썩!

「이게 무슨 꼴이냐. 내가 이 꼴을 보자고 널……」

울먹이려던 현희 엄마는 숨을 들이삼키면서 눈을 부릅떴다.

「더 얘기할 것 없다. 집으로 가자」

담장 너머로 기웃거리는 얼굴들. 며칠 전부터, 낯선 여자의 출현이 동네의 소문거리가 되었음을 말해 주는 얼굴들. 은용은 윤기의 방 쪽에서 들려오는 소리를, 문간방 벽에 기대고 앉아 아득해지는 마음으로 듣고 있었다. 양쪽 방문을 닫아선지, 창호지 문을 통해서도 소리는 흐릿했다.

문간을 쓸고 지나가는 발걸음 소리가 들리고, 대문이 열렸다 닫히는 소리가 들리고, 발짝소리가 멀어지고, 은용은 머리가 아프고 아랫배가 당겨왔다. 아픈 일에 익숙한 은용은, 아플 때마다 늘 그랬듯이, 무릎을 가슴께에 오그라붙이며 모로 누웠다. 난 나중에 사랑 같은 건 하지 않을 거야. 은용은 어둠 속에 누워 가운뎃손가락에 긴 반지를 만지작거렸다. 은은 사람의 마음을 알아. 사람이 아프면 색깔이 변해. 반지는, 현희가 제 새끼손가락에서 빼 끼워준 것이었다.

배가 아프다며 저녁을 거른 채 잠들었던 은용이 깨어났을 땐 밤이었다. 언제 쳐놓았는지 모기장이 쳐져 있고, 모기장 바깥에선 모기가 유난스럽게 앵앵거렸다. 변소에 가려고 불을 켠 은용은, 제가 누웠던 요가 시뻘개진 걸 보고 눈이 커다래졌다. 초조(初潮)였다.

그날 밤, 은용이 자리를 수습하고 쓴 일기에는, 〈피가 나왔다〉라고만 씌어 있었다.

벽오동 심은 뜻은

발이 자꾸 허방을 딛는 듯하다. 이야기를 나눌 것도 없이 횅하니 현희 모녀가 떠난 뒤, 길중 씨는 공장으로 돌아가는 대신 집 짓는 곳으로 발길을 돌렸다.

일꾼들은 다 가고, 집터에는 여기저기 널린 목재들만 어수선했다. 슬래브를 굳히느라 세워둔 나무 기둥들, 파인 지하실엔 지난 비에 들이찬 물이 가득했다. 어쩌다 거기에 빠진 널빤지를 타고 개구리들이 떠다녔다. 집터 주변은 논이다. 논에서 개구리들이 개골거리자, 무릇인지 닭똥인지도 모르고 텀벙 뛰어들었던 지하실의 개구리들도 그에 대답하듯 와글거렸다.

길중 씨는 인부들이 대강대강 늘어놓은 목재들을 치우고, 마당에 널브러진 모래를 삽으로 긁어 산 모양으로 다듬어 놓았다. 모래더미 위에 털썩 엎힌 어레미도 벽에 기대어 반듯하게 세워두었다.

〈사람이 제 산 날을 어레미에 치면 뭐가 남고 뭐가 흘러나갈 건가〉

태어나서 처음 자기 손으로 짓는 집이었다. 지천명을 넘긴 나이, 처음이자 마지막이 될 것이다. 터를 잡아 두고도, 성주운이 닿지 않았다는 바람에 이태를 묵힌 뒤에 시작한 집짓기였다. 이도저도 관두고 다 파헤치고 싶은 마음을, 그렇게 물건들을 정리하며 간추렸다. 끓던 속이 조금 가라앉았다.

모래 더미 곁에 쪼그리고 앉아, 모래 더미의 능선을 닮은 앞산을 바라보며 담배를 꺼냈다. 잘 피우지 않는 담배지만, 사람들과 만날 때를 대비해 남방 윗호주머니에 넣고 다녔던 것이다. 찰칵, 기름이 다했는지 라이터는 마른 불꽃만 몇 번 피워올리다 만다. 라이터를 몇 번 흔들고 다시 켰다. 반짝 피어난 불꽃을 얼른 담배에 붙였다. 푸우, 메말라 타던 속에 새롭게 들어간 연기가 열기를 희석시키는지, 단단한 응어리가 에푸수수하게 흩어지려 했다. 그 응어리가 풀리면서 속에서 서름서름 피어나려는 입 짧은 소리를 길중 씨는 애써 눅였다. 이러다가, 자식 농사 실농하는 거 아닌가.

「네가 이제 공부하러 서울로 간다마는, 그래도 반공일이 되면 집으로 내려오거라. 아무리 일꾼들이 내 일같이 해준다고 해도, 식구 손 갈 데는 따로 있는 것이니. 서울이라는 데가 공부하는 데는 낫겠지만, 내 보기엔 보고 배울 게 그리 없어 보이더라」

서울에 있는 고등학교로 효기를 보내면서, 길중 씨는 미리 다짐을 두었다. 아주 특별한 이유가 아니면 주말엔 집으로 내려오라는 것이었다. 효기는 거의 꼬박꼬박 내려왔다. 열차로 여섯 시간쯤 걸리는 거리, 내려오면 밤이었고, 다음날 오전 잠깐 공장에 들러 일하는 시늉을 내다 윤씨가 마련해 준 밑반찬을 들고 올라갔다. 일은, 아들을 불러내리기 위한 핑계에 지나지 않았다.

대학에 진학하면서 조금 고삐를 늦추긴 했지만, 그렇다고 관례가 없어진 건 아니었다. 효기는 순종하는 편이었다. 문제는 윤기였다. 효기가 대학 3학년 때, 서울의 공고로 진학한 윤기는 입학한 첫 달의 마지막 주말에 서울에 남았다.

「윤기는 뭐 하고 혼자 왔냐?」

완행열차에 시달리며 내려온 효기를 맞는 길중 씨의 첫마디는 그랬다.

「하, 학교에서 무슨 행사가 있대요. 그, 그걸 준비하느라고요」

「난 학교 안 다녀봐서 모르겠다만, 학교에서 하는 행사 준비를 공일날 한다는 건 이치가 맞지 않는 것 같다. 어떠냐? 넌 학교 다녀봤으니까 알 거 아니냐. 안 그러냐?」

「그, 글쎄요」

효기의 잘생긴 얼굴이 벌개졌다. 동생을 감싸기 위해 거짓말하기엔 곧이곧대로인데다 도량도 좁은 효기의 붉어지는 얼굴에서, 길중 씨가 본 것은 제 형을 업수이 여기는 윤기의 방자함이었다. 그런데도, 순종하는 효기보다 제멋대로인 윤기를 내심 치게 되었다. 성적으로 치면 효기가 나았지만, 머리 쓰는 건 윤기가 나았다. 아무렴, 사내는 저 하고 싶은 대로 할 줄도 알아야지, 이런 마음이었을 것이다.

현희 엄마의 출현은 그러나, 넘어갈 성질이 아니었다. 아직 군대도 안 갔다온 놈이 벌써 부모 눈을 피해 계집을 끌어들여? 길중 씨로선 억장이 무너질 일이었다. 그걸 감쪽같이 속이려 든 식구들도 괘씸하고.

「저, 거기가 이윤기 학생네인가요?」

기름지고 매끄러운 서울 말투, 듣는 이를 의식해 다듬은 듯한 목소리가 전화선을 통해 들려왔을 때, 길중 씨는 공사가 시작된 뒤

온종일 살다시피하는 집터에서 막 돌아온 참이었다. 전화기 근처를 지나려다 받았던 거지, 그렇지 않았더라면 모르는 채 지나칠 뻔한 일이었다.

「저희 애가 아마도 아드님과 함께 있는 것 같습니다. 알고 계시는지요?」

처음엔 이 서울 여자가 잘못 짚었다고 생각했다. 저희끼리 사귈 수는 있으리라. 하지만 여기까지 내려와 딸을 찾는 건, 번지수를 잘못 짚은……, 그러다가 윤씨의 얼굴을 보았고, 길중 씨는 대번에 알아차렸다.

「제발, 크게 일 벌이지 말고 덮어둬요. 제 엄마도 왔다니 데리고 가면 그만이고, 나중 일이야 보아가며 천천히 상의하면 될 것을」

여자가 있다는 다방으로 가면서, 윤씨는 당부에 당부를 거듭했다. 그러나 길중 씨는 보기도 전에 마음을 다잡아 두었다.

〈나중 일이라니. 두 애들이 저지른 게 어떤 일인데, 나중 일이라니〉

그냥 사귄 거라면, 젊으나젊은 혈기, 눈감아 줄 수 있었다. 하지만 부모 눈을 피해 집으로 끌어들였다는 건, 제 형이며 형수는 물론이고 부모조차도 눈에 들이지 않은 짓이다. 커가는 동생들에겐 또 무슨 본을 보인 거고. 그러잖아도, 이가 득시글득시글 끓을 것만 같은 장발을 더펄거리는 꼴을 보다못해 길중 씨가 가위를 잡고 달려든 게 얼마 되지도 않는데. 기타를 뚱땅거리지 않나, 전축을 들여놓고 틀어대지를 않나, 이젠 테레빈가 뭔가 하는 요물단지까지 들여놓고 싶어서 몸다는 판국인데.

역전 다방에 들어섰을 때, 길중 씨는 찾아온 사람을 한눈에 알아볼 수 있었다. 눈이 크고, 골격이 큼직한 여자였다. 쉰 살이 채 못 되었을까. 손가락마다 긴 반지며 은은히 풍기는 향 냄새가 예사롭지 않았다.

「이렇게 찾아뵙게 되어 죄송합니다」

여자의 태도며 말투에는, 늘 보는 이를 의식하고, 자기의 행동을 보는 눈의 시선으로 가다듬은 여자의 은은한 교태가 배어 있었다. 여염집 여자는 아니로구나. 핸드백에서 손수건을 꺼내 얼굴을 꾹꾹 누르는 손놀림에 실린 교태를 알아보면서 길중 씨는 짚었다.

여자는 냉커피를, 길중 씨와 윤씨는 사이다를 시켰다. 마주 앉긴 했으나 무슨 말을 어떻게 해야 할지 몰라서 머무적거리다, 길중 씨가 입을 뗐다.

「아이들을 따로 내보냈더니, 이거, 집안일인데도 소식이 어두웠습니다. 오늘에서야 이야기를 들었습니다」

「알고 계신지 모르지만, 작년에도 우리 애가 내려왔었습니다. 딸자식 제대로 가르치지 못한 에미가 무슨 할 말이 있겠습니까만, 두 번 겪고 나니, 어이가 없군요」

작년에도? 길중 씨는 연달아 얻어맞는 기분이었다. 뒷골이 당겼다. 작년이라면, 공장 뒤편의 살림채에서 살던 때였다. 그런데도 여자애가 내려와 있었다니. 길중 씨는 사이다를 벌컥벌컥 들이켜고 한 잔 더 시켰다.

「저흰 그것도 몰랐군요. 이거, 부모가 되어가지고 민망스럽기 짝이 없습니다」

「부모 말 듣는 자식 있나요? 부끄러운 말씀입니다만, 지난 봄에 정혼해 둔 데가 있습니다. 그래서 올핸 마음 놓았는데 이렇게 일을 저지르고 말았군요」

「정혼?」

　화려한 여자 앞에서 시선을 내리뜨고 있던 윤씨의 입에서 얼결에 흘러나온 소리였다. 딸 가진 부모 마음이 오죽하랴 싶었던 윤씨는 너무도 당당한 여자에게 놀랐다. 여자애가 며느릿감으로 썩 마음에 드는 건 아니었지만, 이왕 이리 된 거, 구두로나마 아이들 앞길에 실낱 같은 끈이라도 매어 두었으면 하는 마음으로 따라나섰을 윤씨에겐 뜻밖이었을 것이다.
　〈사내야 아무 허물이 되지 않지만……〉
　길중 씨는 필터까지 타들어온 담뱃불을 껐다. 하긴 제 어미 수완이 녹록지 않아 보였으니, 여자애 쪽이야 잘 무마되리라. 세상이 어찌되려는지. 삼강오륜이 무덤 속에 들어간 건 옛날이지만…….
　〈윤기, 개가 피가 뜨거운 게야. 그럴 때가 있지〉
　이제 버석거리며 말라붙은 가슴, 통증을 느끼기엔 무감각하다고 믿었던 가슴이, 시간의 먼지 속에 파묻힌 한 여자를 떠올리자 출렁, 흔들린다. 길중 씨는 그 먼지를 손으로 조심스럽게 털어내려다 서둘러 덮으며 집터를 둘러본다. 슬래브 지붕을 떠받친 기둥 사이로 어둠이 들어차고 있었다.
　「아버지, 왜 여기 나와 계세요?」
　효기다. 어스름이 깔린 속에서도, 효기의 시선은 길중 씨를 맞바로 보지 않고 비꼈다.
　「넌 여기 웬일이냐?」
　「그냥, 일이 어찌 되나 보려구요. 다, 다들 간 모양이죠?」
　효기의 말에, 인부들을 폄하하려는 기색이 깔려 있음을, 길중 씨는 알아차린다.
　「해 떨어지면 일하는 사람은 돌아가게 마련이지. 여태 일할 사람이 어디 있느냐?」

집을 지으면서 길중 씨가 당부한 건 두 가지였다. 방마다, 가능한 한 창을 많이, 크게 내달라는 것. 연탄이 주연료여서 짓는 사람은 난방을 염려했지만, 길중 씨는 양보하지 않았다. 앞으로 치러야 할 큰일들이 많았다. 네 아이의 혼사도 있고, 환갑상도 받아야 한다. 떠올리고 싶진 않지만, 장례도 치르게 되리라. 아주 커다란 방이 필요했다. 또 있었다.

「시간이 얼마든지 걸려도 좋으니 튼튼하게만 지어주쇼」

도급제 아닌 일당제로 맡기면서 시간이 얼마든지 걸려도 좋다는 주문을 한 건, 그만큼 공사비가 늘어난다는 것을 뜻했다. 효기가 그 점을 지적했을 때, 길중 씨는 입을 막았다.

「재촉하지 마라. 하루 이틀 살 집도 아니고, 사람이 짓는 집이다. 일하는 사람에게 그만큼 정성을 보이면 집도 눈에 안 보이는 데서부터 단단해지는 법이다. 왜정 때, 내가 만주에 갔을 때도 그랬다. 저수지 둑을 쌓는 일이라 누구 손 갈 것 없이 사람들이 달려들어 하는 일인데도, 그때 일하던 사람들은 그랬더니라. 나중에 우리 자식들하고 두루마기 입고 와서 이 둑 우리가 쌓았다고 말하려면, 튼튼하게 지어야 한다고. 일하는 사람 마음은 그런 거니라」

일하는 사람의 마음은 그런 거였다. 자기가 짓고 있는 게 무어든, 그게 완전에 가까워지도록 노력하는 일. 그런 마음을 불러일으키는 건, 일을 맡기는 사람의 정성과 신뢰였다. 집은 결국 사람이 만드는 것이고, 사람의 손으로 이루어지는 모든 일이 그러하듯, 사람에게 공력을 들이면 그만큼 집을 짓는 손길에도 정성이 깃들이리라. 길중 씨는 그렇게 믿었다.

〈저앨, 남의 밑에서 몇 년 일하게 하는 건데 그랬어. 그래야 남의 돈 먹는 사람 심정을 알 텐데. 내가 나 기운 딸리는 것만 생각

해서 매어뒀더니……〉

　강파르던 얼굴에 결혼하면서부터 살이 붙어, 효기의 유한 성질이 더 두드러져 보였다. 올 가는 머리카락에서 둥그런 눈, 반듯하나 오뚝한 맛이 없이 퍼져 버린 콧대. 장님이 손으로 만져서 형체를 알아내듯, 길중 씨는 어스름 속에서 아들의 얼굴을 읽어버렸다. 힘이나 패기 같은 게 느껴지지 않는, 그저 온건하고 유함만이 느껴지는 얼굴. 저런 얼굴로 이 세파를 어떻게 헤쳐나갈지, 길중 씨는 염려스럽다. 서른 살이다. 서른 살 된 아들을 염려해야 한다는 게 스스로 역정이 났다. 윤기가 옹골차서 그나마 마음을 놓았더니, 옹골참을 지나쳐서, 앞질러 가려고 한다. 걷기도 전에 뛰려 하는 격이다.

　끄응, 길중 씨는 쪼그렸던 다리를 펴며 몸을 일으켰다. 쪼그렸던 무릎, 눌렸던 혈관이 툭 트이면서, 허벅지가 아릿해졌다. 아들과 엇비슷한 키, 체구는 더 크고, 아들보다 더 옹골차 보이는 몸집이었다. 발을 떼면서 묻는다.

　「일은 끝났냐?」

　「예, 따, 땅이 굳어서 애먹긴 했지만」

　윤기와 함께 상수도 공사를 나갔다 돌아오는 길이었다. 길중 씨도 효기도, 변죽만 울리고 있었다. 효기의 말은 목젖에서 한번씩 걸렸다 튀어나왔다. 느닷없이 튀어나온 옛 버릇 때문에 효기는 당황했다. 또박또박, 한 마디씩 끊어서 말해야지. 그럴수록 마음은 조급하고, 말이 걸릴 거라는 예감 때문에 효기는 더 어눌해졌다. 더듬거리는 효기의 말투에 짐짓 일려는 짜증을 혀끝으로 눌러 삭이며 길중 씨는 물었다.

　「윤기는 어디 갔냐?」

「집으로 먼저 들어간다고 갔어요」

「그런 일이 있으면 네가 말렸어야지. 형이 돼가지고 그게 무슨 꼴이냐?」

「걔, 걔가, 어디 제 마, 말을 듣나요」

이 말이 하고 싶었던 걸 게다. 효기의 말에는, 장자의 지게에 아버지가 얹은 무거운 나뭇단인 형제들, 아무리 간추려 지고 가려 해도 불쑥불쑥 떨어지거나 비어져 나오는 생솔가지들을 짐스러워하는 마음이 불쑥 퉁겨나왔다. 그럼에도 불구하고, 그 나뭇단을 덜어내거나 두 번에 나눠 지고 갈 요량은 없는 사람을 지켜보는 답답함이 오히려 길중 씨의 성미를 녹여 버렸다.

「정 그랬다면 알리기라도 했어야지」

「……」

침묵으로 불편한 심사를 드러낸 효기는 길가에 다닥다닥 붙은 집들을 보았다. 빛이 죽어가면서 거뭇해진 집, 창에 켜진 불빛들. 그 안에서 머리 맞대고 살고 있을 사람들. 그 사람들 속에서 들끓는 마음들. 가로등 옆을 지나갈 때, 길중 씨의 그림자가 효기를 덮었다. 그걸 보는 효기는 숨이 답답해졌다.

「집으로 들어갈 테냐?」

「예, 아, 아버지는 안 들어가시구요?」

가서 윤기를 만나 마무리를 하셔야지 않겠냐는 뜻이다. 그러나 윤기를 보기엔 길중 씨의 마음이 쑤셔놓은 짚북데기 같았다. 보는 대로 손이 올라붙을 것 같아서 길중 씨는 일의 가닥을 먼저 잡으려 했다. 이미 볼꼴 못볼꼴 다 본 며느리이지만, 며느리의 눈앞에서 다 큰 자식 그런 꼴 보이는 건 온당치 않았다. 며느리는 아내와도 자식과도 달랐다.

「난 시내로 갈란다」

소방 망루 곁에서 길중 씨는 효기와 갈라섰다. 몇 걸음 걷다가 효기가 간 길을 돌아보았다. 가로등 불빛이 닿지 않는 길, 길갓집에서 새어나온 불빛에 효기의 윗몸만 보였다. 아랫도리가 보이지 않는 효기는, 허깨비 같았다. 애아버지가 돼 가지고 부실하니…….속으로 혀를 차며 길중 씨는, 공장을 물려주고 들어앉겠다는 게 바른 결정인지 문득 의심스러워졌다.

집이 완공되면, 공장 뒤의 살림집을 효기에게 물려주고, 아예 공장에서 손뗄 요량이었다. 공장은 효기에게 맡기고 몇 마지기 있는 논농사나 지으며 여생을 즐기리라. 한두 해 더 돌보고 나면, 공무원 정년과 얼추 비슷한 연배, 이르지도 늦지도 않은 퇴직일 것이다. 아직 일에 대한 미련은 남지만, 애를 둘이나 낳은 자식과 공장에서 복작대는 게 남보기에도 그럴 뿐더러, 혼자 맡아 하고 싶은 마음을 효기가 자꾸 내비치는 것도 나 몰라라 할 순 없었다. 그런데도 아침이면 공장에 먼저 나가게 되는 건, 지루한 미련이리라. 민들레 홀씨처럼 홀홀단신으로 와서 터잡은 자부심이기도 하고.

고개를 돌리려다, 길중 씨는 소방서 망루를 올려다본다. 망루 위, 망루 구멍 속에 날아와 씨를 묻은 벽오동 한 그루가, 망루 안에서 바깥으로 힘겹게 가지를 뻗어올린 채 자라고 있다. 그걸 볼 때마다 길중 씨는 안타깝고 대견스럽다. 살려고, 어쩌다가 엉뚱한 곳에 뿌리를 내렸지만 시들시들 망루 안에서 시들어가는 게 아니라 해를 향해, 망루 구멍 바깥으로 자기를 밀어올리는 그놈이 대견스러운 것이다. 돌로 쌓아올린, 첨성대를 닮은 망루 구멍에 삐죽 솟은 푸른 잎을 보았을 때, 무슨 나무인지도 모르면서 그 푸른 잎으로 쏠리던 마음. 좀더 자란 뒤에 보니 벽오동 나무였다. 망루가 있는 경찰서와, 큰길을 사이에 두고 대각이 되는 지점에 있는 약국 앞의 벽오동 나무에서 날아와 발을 내렸으리라. 오가며 그 나무를 볼 때마다, 바람을 타고 한길을 건너 날아와 망루 구멍 속으로 들어갔을 그 씨앗을 생각할 때마다, 몇십 년 전, 이 읍에 와 두리번거리며 걷던 소년이 떠오르는 것이다.

열세 살이던 그때 길중은 이미 가장이었다. 세상 돌아가는 형편에 근심이 하도 많아 〈근심 샌님〉이라는 별명을 얻은 길중의 아버지는 집안일엔 손놓고 지냈다. 그러면서도, 부귀빈천, 말 순서를 중히 여겼다. 돈이 최고다, 돈 있으면 강아지도 멍 첨지가 된다. 그때, 길중은 반발했다. 부보다는 귀가 앞서는 거고, 그래서 배움이 필요하다고, 길중 씨는 믿었다. 하지만 그 배움은 아홉 살 때 들어간 학교에서 한 학기로 끝났다.

「글이 밥 먹여준다더냐?」

아버지는 돌아앉았고, 어머니가 어찌어찌 마련해 준 돈은 이어지지 못했다. 기어이 아버지 앞에서 눈물을 보이고 마음을 거두던 날, 뒷산에 철퍼덕 주저앉아 눈물을 훔칠 때, 지게 작대기를 든 아버지가 살금살금, 발소리를 죽인 채 뒤에서 나타났다. 어깨며 허리를 호되게 내지르던 매보다, 뒹굴다 몸에 배기는 자갈보다 더 뼈아팠던 건, 아버지의 비겁함이었다. 고작 아홉 살배기를 때리기 위해 발소리를 죽여 돌아왔던 아버지.

감시원의 눈을 피해 나무를 해다 팔거나 미꾸라지를 잡아 닭을 먹이는 집에 팔아 연명하는 나날의 어느 하루, 성냥 공장에 다니는 외삼촌이 출장 왔다가 짬을 내어 들렀다. 가장의 고충이, 길중의 입에서 흘러나왔다.

「이럭저럭 살 수는 있겠죠. 동생들 배야 곯지만 그래두 죽어나가는 건 아니구. 허지만 누가 아프면 의원에게 보일 수나 있나, 나는 까막눈이나 다름없으니 앞으로 뭘 해볼 수나 있나. 이대루두 살기야 살겠지만, 이 인생이 이래서 쓰겠나 싶은 마음만 들어요」

다식판에 찍은 듯이 외탁한 조카, 살아보겠다고 바둥거리는 조카를, 외삼촌은 백리쯤 떨어진 한천의 발동기 방앗간에 소개했다.

「남의 밥 먹기 쉽지 않다는 건 너도 짐작할 것이다. 어린 나이에 객지살이 하려면 눈물을 소금 가마로 한 가마는 쏟아야 할 것이다. 그저 나 죽었습니다, 하고 한 세월 버텨 봐라. 넌 눈썰미가 있으니, 그러면서 둘러보면 할 일이 있을 게야. 니 아버지한텐 내가 말해 주마. 쇠뿔도 단김에 빼랬다구」

그 다음날, 외삼촌은 하루 종일 서둘러서 길중을 떠나 보낼 채비를 했다. 길중이 떠나는 걸 보고 떠나겠다는 외삼촌의 속마음을 길중은 알아차렸다. 아버지가 붙들까봐 먼저 보내려는 것이었다.

낯선 마을에 이르러 두리번거리며 걷던 길중은 길가의 한 집에서 새어나오는 소리에 무심코 눈을 돌렸다. 텅, 터엉. 그 소리에 눈을 돌린 순간, 어둠침침한 안쪽에서 발갛게 달아오른 불꽃이 보였다. 빨간 불덩어리에서 피어오른 불꽃은 포물선을 그리며 떨어져 스러졌다. 한 사내가 쇳덩어리 위에 발갛게 단 쇠붙이를 놓고 두드려댔다. 속이 비칠 듯 투명하게 어른거리는 쇳덩어리. 내리치는 망치에 실린 힘을 고스란히 받아내는 불덩어리. 망치로 한 번씩 내리칠 때마다, 햇무리 같은 불덩어리는 한꺼풀씩 껍질을 벗었다.

다 단련했는지, 대장장이는 집게로 쇳덩어리를 집어 발치로 내던졌다. 끌이었다. 그만그만한 끌이 몇 개, 발치에 쌓여 있었다. 말갛고 발간, 막 던져진 끌은, 검푸르고 무뚝뚝해 보이는 끌 위에서 조금씩 제 빛을 가라앉히기 시작했다. 광물질의 광택으로 번들거리며, 제 맑던 얼굴을 지워 침착하고 무뚝뚝해졌다.

그 사이, 대장장이는 또 다른 쇠붙이를 단련하고 있었다. 집게가 달아올랐는가, 곁에 놓인 물통 속에 집게를 넣자 푸시시, 물이 끓어오르는 소리가 났다.

「뭘 그렇게 보냐?」

여태껏, 쇠붙이 이외에는 아무것도 눈에 들지 않는다는 듯이 일에 몰두하던 대장장이가 말을 건네는 바람에 길중은 화들짝 놀랐다.

「아, 아니오」

해오던 동작을 그대로 이어가면서도, 대장장이가 눈여겨본 것을 알 리가 없었다. 문고리며 경첩 같은 것이 매달린 문간을 조심스럽게 막고 서서 붙박인 아이, 집중하느라 거의 모들뜨기 눈이 다 된, 전에 못 보던 아이니 유심히 볼 수밖에.

대장장이의 물음에 뒤로 물러섰던 길중은 그새 배짱이 늘어, 반쯤 대장간 안으로 몸을 들이밀며 의뭉스럽게 물었다.

「그게 끝인가요?」

몰라서 묻는 게 아니었다. 그냥 말을 붙여보고 싶은 거였다.

아궁이에 때던 것과는 다른 불이, 쇳덩어리를 다른 모양으로 바꾸게 하는 불이 거기에 있었다. 크지 않은 키, 깡마른 체구의 대장장이의 팔뚝에서 불끈불끈 솟는 근육이 길중을 호렸다. 일단 망치를 놓으면, 밤낮 마실이나 다니고 동네 뜬소문이나 챙기며 무위도식하는 몰락한 향반, 그렇다고 남들처럼 농사꾼으로 나서지도 못하고 묵은 족보를 뒤척이며 좋았던 한시절에 기대어 현실을 잊는 아버지의 팔과 다름없는 팔이었다. 그런데 망치를 들면, 그 팔뚝에서 근육이 결마다 살아나는 것이다. 거기에 홀려서 길을 바꿨다.

맨 처음 배운 건 불 피우는 일이었다. 풀무를 조절해 화력을 일정하게 유지시키는 일. 해머를 들면서 뼈가 단단해졌고, 불과 물을 오가며 담금질과 단근질을 거듭하는 동안, 쇳덩어리가 길중의 의지대로 변하는 기쁨을 누렸다. 제 손으로 무언가를 만들어낸다는 기쁨.

중간에 뜬벌이 몇 년 나다닌 것말고는 바로 그 자리에서 뼈를 굵히며 살았다. 사십 년이다. 그리고 이제 아들들에게 물려주려는데, 하는 짓들이 영 부실하니 미덥지 않다.

아직 어린 벽오동 나무가 어둠 속에서 제법 퍼진 잎을 너울대는 듯하다. 살아 있는 것들은 다 그렇게, 힘겹게 제 한 생을 버팅기려고 한다.

한글도 뜨덤거리며 읽는 공장 일꾼들을 대하는 길중 씨의 마음에는 그런 게 깔려 있다. 그래, 니들은 부모 잘못 만나고 배운 거 없어서 지금 고생하지만, 어떻게어떻게 일어나 보란 듯이 좀 살아봐라. 때로는 아들에게보다 더 마음이 쏠리는 것은, 그들에게서 길중 씨 자신을 보기 때문일 것이다. 그런 만큼, 아들에게는 상대적으로 엄격해지게 마련이었다. 그런데.

〈내, 윤기 이 녀석을……〉

어둠에 발을 묻고도 빛을 향하여 한사코 저를 밀어올리는 벽오동을 보느라 부드러워졌던 길중 씨의 미간이 좁혀졌다.

여름 한낮

　버스는 느릿느릿, 게으르게 집 앞을 지나간다. 좁다란 국도는 불볕 더위에 하염없이 늘어나고, 버스의 속력조차 느려진 것 같다. 버스가 지날 때마다, 꽁무니에서 뭉글뭉글 번져나온 검은 연기가 한바탕 길을 덮는다.

　제아무리 잔등의 땀으로 셔츠가 척척 달라붙어도, 여름은 어딘지 모르게 풀이 죽었다. 아침의 그 녹작지근한 열기가 가시고, 저녁 무렵이면 바람은 제법 땀을 들이기도 한다. 집 앞을 달리는 버스의 숫자도 줄어들었다. 바닷가로 가는 버스가 줄어든 걸 보니, 여름이 끝나가는 모양이다. 멀지 않아 해수욕장은 철시할 것이다. 고비를 넘긴 듯하던 더위가 마지막 기승을 부려보느라, 공기는 늘어진 엿가락처럼 느른하고 들척지근하다.

　그래도 이쪽은 조금 낫다. 응달인 것이다. 양달인 길 건너편의 집들은 볕에 삭아내리는 것 같다. 물들인 옷이 볕에 바래듯, 집도 바래는 것 같다. 금방 삭아내릴 듯한 밝음 속, 황토색 페인트를 칠한 쪽문은 어제부터 북적거린다. 이따금 아이고, 아이고, 울음소리가 한낮의 적요를 흔들고, 누런 상복 차림의 상제들이 드나든다.

「이 더위에 돌아가셨으니, 땅속에 들기도 전에 육탈하시겠네. 한겨울보다야 땅 파기가 수월해서 좋다만. 내일이 발인인가?」

걸진 소리로 들어서는 이는, 시장통에서 양복점을 하는 효기의 국민학교 동창이었다. 지나가다가 길중 씨가 없는 걸 확인하고 들어온 것이다. 철공소에 잇닿은 철물점에서, 땀 냄새를 맡고 달라붙는 파리를 쫓던 효기는 그를 반갑게 맞아들였다.

「내일 아침. 가게는 어떡하구 이렇게 할랑거려」

「한여름에 양복 맞추는 사람 있나. 이제 찬바람이나 좀 불어야 장가 가는 사람이 생기려나. 여름에 해수욕장에서 짝 만나 후딱후딱 날이나 받아서 매상 올려줬으면 좋겠구먼」

「그래두 양복장이 팔자는 상팔잔 줄 알어. 여름 한철은 놀고 먹잖어?」

「왜, 그래도 남방 맞추는 사람은 드문드문 있어. 이런 날씨에 재봉틀 앞에 앉아 보라구. 땀은 눈으로 쏟아지지, 잘못하면 옷감에 뚝 떨어지지. 철 안 타는 철공장이만큼 상팔자가 어디 있으려구」

효기와 너나들이 하는 그는 공장 쪽을 힐끗 넘겨다보았다.

「아버님 어디 가셨어?」

「집 짓는 데. 요즘은 거기 출근하서, 인부들 뒷바라지 하시느라고. 새참까지 직접 챙기시니. 인부가 상전이지, 뭐」

「그래, 집 짓는 일이 어디 만만한가. 하여튼 정성은 지극 정성이셔. 어머님은 안에 계셔?」

그는 다시 살림채로 난 문을 기웃 들여다보았다. 부엌은 어둡고 조용했다.

「아니, 앞집에 계셔」

공장과 안채를 다 확인한 그는 담배를 꺼냈다. 효기가 픽 웃으며 구석에 있는 의자를 밀어주고 선풍기를 그쪽으로 돌려주었다.

「이 정도 더위론 모자란가 보지, 속에다 불을 더 때는 거 보니?」

「한 대 피우려나?」

「아니」

그는 한 모금 맛있게 빨더니, 연기를 동글동글 피워올렸다. 어둑한 가게 안에, 연기는 뭉글뭉글 번졌다.

「근데 왜 윤기는 안 보여? 어디 일 나갔나?」

구렁이 같으니라구, 귀도 밝지. 어디서 또 이야기를 들었는지. 그러잖아도 입쌧을 마음은 없었지만, 효기는 저쪽이 먼저 너스레를 걸어오자 심기가 좋진 않았다.

「글쎄, 며칠째 안 보이네」

「서울 색시가 왔다면서? 윤기 개가 나긴 났어. 이런 촌구석으로 여대생 불러들일 정도니. 경찰서 앞을 장발 더펄거리고 다닐 때부텀 알아봤지. 여자가 인물도 훤하다며?」

「남방 많이 지어났나보네? 남의 집 담장 너머 일에 그렇게 관심 쏟는 걸 보니」

「발 없는 말이 어딘들 못 가나. 그런데 그게 정말야? 여자네 집에서 쫓아 내려왔고 윤기가 튀었다며?」

「튀긴, 콩 볶나, 튀게. 잠깐 서울 다니러 갔나보지. 개가 오면 온다 가면 간다 말하고 다니는 앤가. 나야 이조시대를 살지만 개야 자유 아닌가」

윤기에 대해 말할 때면 효기의 말투에서는 어쩔 수 없이 껄끄러움이 배어나온다. 여섯 살이나 층하가 지는데도, 윤기는 효기를 꺾어눌렀다. 아니, 효기 스스로가 꺾인 셈이다. 효기는 아버지의 권

위 앞에서 주눅이 들었고, 윤기는 맞섰으니.

대학에 들어가기 전까지만 해도, 효기는 길중 씨 앞에만 서면 말이 목젖에 걸렸다. 다른 사람 앞에서 멀쩡하던 말이, 속을 꿰뚫는 듯한 길중 씨 앞에만 서면 더듬거려졌다. 마음만 급하지 말은 가슴에 얹혀 촌충처럼 토막났다. 빗장뼈에 걸린 말을 꺼내려는 효기의 안간힘을, 길중 씨는 기다리지 않고 다그쳤고, 그럴수록 말은 안으로 숨어들었다. 말로 제 뜻을 펴는 게 힘들었으므로, 효기는 아버지의 말에 고분고분한 아들이었다.

대학에 가면서 조금 고삐가 풀리긴 했지만, 그건 위안이 못 되었다. 처음부터 길중 씨의 말을 꺾으려 든 윤기가 있었던 것이다. 입학한 첫달에 이미, 윤기는 반기를 들었다.

「형이나 가쇼. 난 여기서 바빠요. 아버지가 물으면, 학교에 일이 있다고 말하든가」

수업 끝나고 오면 몇 시인지 묻는 효기에게, 윤기는 운동화를 신기 위해 허리를 구부리며 대답했다. 그리고 휑하니 나가 버렸다.

주말의 용산역은 사람들로 붐볐다. 효기는 주위를 휘둘러보았다. 혹시라도 윤기가 마음을 바꾸지 않았나 하는 기대를 버릴 수 없었던 것이다.

기계총 앓아 한움큼 빠진 정수리를 드러내고 구걸하는 소년, 지게꾼들, 장사치들로 붐비는 역, 교복을 입은 학생들이 지나갈 때마다 효기는 눈에 힘을 주었지만 윤기는 끝내 나타나지 않았다. 그날, 열차와 열차 사이를 잇는 통로에 서서 효기는 무연히 레일을 내려다보았다. 스치듯 뒤로 물러나는 레일, 저 레일 위로 몸을 던지고 싶다는 마음이, 볼에 스치는 바람처럼 효기를 때렸다. 나는 왜 한 번도 맞서지 못했는가. 그저 고삐 꿰인 송아지처럼 끌려가는

가…….

「이 개명 천지에 무슨 이조시대 타령. 자네도 자유로 살겠다고 나서지. 집 올리면 어차피 그쪽으로 가실 거 아닌가」

「아, 요새 신문도 안 보나. 입바른 말 했다 줄줄이 명줄 단축하는 거. 유신은 무슨, 죽을 때까지 대통령 해먹겠다는 거지. 나라 살림에만 독재가 있는 줄 아나?」

「나야 나라 살림까지 걱정할 건 못 되니까……. 그건 그렇고, 공사는 잘 되나? 엊그제 오다 보니까 아직도 슬래브 굳히고 있던데……」

아방궁을 짓는 것도 아니고……, 효기의 얼굴에 짜증이 스쳐갔다. 슬래브를 굳히는 동안, 그 곁에 짓는 창고 벽돌을 쌓아올리는 중이다. 집 주인이 재촉해도 빨리 할까 말깐데, 천천히 지으라니. 그 인건비를 누가 당할 것이며……. 되놈들 일 시키는 것도 아니겠고.

「욕심이 있는데 빨리 되겠나. 슬래브야 오래 굳히면 굳힐수록 좋다니까 나야 그런가보다 하는 거지」

「허긴, 아버님 성미에 허술하게야 하시겠나. 집 튼튼하면 좋지 뭐. 어차피 나중에 다 자네 거 될 텐데. 여기저기 사둔 땅도 짭짤할걸?」

「무슨……」

효기가 말문을 돌리려는데, 시장을 보러 온 듯한 부인 한 사람이 어릿거리며 들어섰다. 환한 밖에서 침침한 가게 안으로 들어서면 어릿거리게 되었다.

「못 좀 주세요」

「얼마만한 거 드릴까요?」

「글쎄, 바람벽에 박고 이것저것 걸 건데, 이만하면 될라나……」
여자는 꺼끌꺼끌한 손을 펴서 엄지로 가운뎃손가락을 집어 보였다. 효기는 두 치 오 푼짜리 못을 시멘트 부대에 쌌다. 여자와 엇갈리며, 이마에 땀이 송글송글 맺힌 은용이 들어섰다.
「오빠, 엄마가 돈 좀 주시래요」
「뭐 하신다고?」
「저보고 대원상회 가서 화투 사오래요. 앞집 할머니 관 속에 넣어드린다고」
화투로 소일하던 앞집 할머니, 상길이 할머니는 윤기의 수양어머니였고, 윤씨에게는 기둥이었다. 더러 자라고 더러 죽은 동생들이 태어날 때마다, 효기는 밤낮없이 길 건너편 대문을 두드렸다. 그때마다 상길이 할머니는 말했다. 알았다, 금방 가마. 그때마다, 손엔 화투패가 들려 있었다. 피라미드처럼 쌓았다 허물어가며 떼는 패, 여섯 줄로 늘어놓고 떼는 패, 여덟 줄로 늘어놓고 떼는 패, 벽돌색 뒷면을 보인 화투를 하나하나 뒤집어가며 상길이 할머니는 중얼거렸다. 오늘은 손님이 오시겠구나.
「하기야, 그 양반 늘 화투패 떼는 걸로 소일하셨으니 저승에 가셔두 화투 없으면 심심해 못 사실 거라. 화투 한 벌 넣어드려야지. 가서 제일 좋은 걸루 달래라」
은용은 화투를 사러 나가고, 의자에 앉으려던 효기는 진열장 아래에서 박카스를 꺼내 그에게 내밀고 자기도 하나 마셨다. 박카스는 들척지근하고 미적지근했다.
「근데, 정말 윤기는 집에 없어? 상길이 할머니가 윤기 수양어머니 아냐? 수양어머니도 어머닌데, 복 입어야 하는 거 아닌가?」
「글쎄 어디 갔는지, 그 속을 내가 어떻게 알아. 크레믈린 한가진

데」

　아닌게아니라, 수양어머니가 돌아가셨으니 장지까진 가야 할 텐
데. 윤기는 현희 엄마가 다녀간 날부터 보이지 않았다.

　그날, 길중 씨와 헤어져 집으로 돌아가면서, 효기는 이번에는
그냥 넘어가서는 안 된다는 부담감에 내내 시달렸다. 나 몰라라 하
는 게 가장 편하지만, 속도 없수, 하는 듯한 아내의 눈길을 더는
받아내기 힘들었다. 말해봤자 씨알도 안 먹히겠지만. 마음속을 채
정리하지 못한 채 다다랐을 때, 다행히 윤기는 집에 없었다.

　「아버님, 만나셨어요?」

　아내는 뒤란에서 등물하는 효기에게 물을 끼얹으며 물었다. 펌
프에서 길어서 낮 동안 볕에 데운 물은 알맞게 미지근했다. 어
이, 시원하다. 현희가 와 있는 동안 조심스러웠던 효기는 머리를
흔들어 물을 털어냈다. 느닷없이, 해묵은 버릇인 말더듬이가 나와
서 당혹스러웠던 마음을 털어내듯이. 윤기 일이어서 그랬던 거라고
효기는 스스로 진단을 내렸다.

　「집 짓는 데 계시더라구. 어둑어둑한 데서 혼자 쪼그리고 앉아
계시던데」

　「아버님, 마음 어지간히 상하셨을 거예요. 설마 그런 일까지 벌
이리라고야 생각하셨겠어요?」

　「이번도 내 탓이지, 뭐. 동생들 돌보면서 그런 것도 다스리지 못
한다고. 개가 말린다고 들을 앤가. 그래, 그 엄마는 와서 뭐래?」

　「제대로 보지도 못했어요. 아버님 오시는 바람에 어찌나 놀랐던
지. 들이단짝 짐 싸게 하더니 마파람 몰아치듯 몰고 가더라구요.
어디 나가는 여자 같더라구요. 화장이며 옷이며」

　「윤기는?」

「저녁도 안 먹고 바로 나갔어요. 하마터면 나만 의심받을 뻔했어요」

「의심은 무슨, 그 집 엄마가 찾아왔더라며?」

「아니오. 낮에 어머님께서 어떻게 아시고 오셨더라고요. 와서 보시고 야단 치시는데, 뭐라 드릴 말씀이 있어야죠」

「어머니가? 누가 말씀드렸지?」

「모르겠어요. 말씀 안 하시니 알 수가 있어야죠. 어쨌든 끝났으니 후련해요. 그 동안 아가씨랑 도련님도 괜히 겁먹어가지고 고생한 걸 생각하면」

「걔들이 무슨 죄야. 글쎄. 하여튼 미꾸라지 한 마리가……」

저녁을 먹고 나도 윤기는 돌아오지 않았다. 다음날, 효기가 아버지의 기색을 살피며 공장에 나갔을 때에도 윤기는 보이지 않았다. 그게 사흘 전이었다.

내일이 발인이니, 수양어머니 장례도 못 볼 것이다. 이래저래 심란한데, 담배 연기가 눈에 맵다. 왜 또 피우는지 모르지만.

겉날리듯 농담을 주고받지만, 피차 속속들이 이해할 순 없는 처지다. 국민학교만 마치고 양복 기술을 배운 동창과, 서울에서 그래도 괜찮다는 대학을 졸업한 효기. 주변에서 장사하는 사람들 이야기를 깐작거리며 나누다가도 어느 순간에 벽 같은 게 가로막았다. 제기랄, 잘 나가다 꼭 대학 나온 티를 낸다니까. 그래봤자 저나 나나 시장판 장사꾼인데. 다시 담배에 불을 붙이는 동창의 얼굴에서 그런 구시렁거림을 읽지만, 그게 크레믈린이라는 단어가 무슨 뜻인지 못 알아들은 데에서 생겨난 것인 줄은 모른다. 모르는 채, 투명하나 견고한 벽은 효기의 주위에서 좁혀 들어왔다.

대학을 졸업하던 해, 효기는 집으로 내려왔다. 취업난도 심했을 뿐더러, 세속적인 야망도 없었던 효기는 그저 길중 씨가 펴놓은 길을 그대로 밟아가고 있었다. 그러면서 공장과 가게를 지키는 효기, 일상은 한여름 수돗물처럼 밍근했고, 배움은 오히려 시장통 사람들과 겉돌게 할 뿐이었다.

「덕중 탄광으로 전화하래요. 광차 다 됐으니 가져가라고요」

정기가 공장에서 얼굴을 내밀고 말했다. 길중 씨의 엄격함은 아래로 갈수록 묽어져서, 공부에 뜻이 없어서 읍내의 농고에 진학한 정기는 비교적 자유롭게, 일한다기보다는 구경하듯 공장을 드나들고 있었다.

효기가 전화기를 끌어당기려는데, 그가 일어서면서 황급히 담배를 비벼 껐다. 길중 씨가 들어서는 중이었다.

「오셨습니까?」

「응, 왔나」

그는 선풍기 앞에서 비켜나면서 말했다.

「저, 그럼 가보겠습니다」

「그래, 가려구?」

길중 씨는 붙잡지 않았다. 그가 자꾸 드나드는 게 마뜩지 않은 것이다. 배우고 못 배우고를 떠나서, 친구란 건 친구가 잘 되도록 말 한마디라도 좋게 이끌어야 하는 거였다. 그런데, 효기가 동생들을 부담스러워하고 제 처지에 만족하지 못하는 게, 언구력한 동창생들이 드나들면서 깔작거리는 데에도 원인이 있다고 길중 씨는 넘겨짚었다.

「덕중 탄광 광차 다 됐다네요」

「항모하고 간드레도 가지러 올 거다. 개수, 저기에다 써놓았다」

효기가 항모와 간데라를 싸는 동안에 공장으로 들어가 광차를 점검하고 나온 길중 씨는 효기에게 한마디 툭 던지고 다시 나갔다.

「윤기, 당분간 안 들어올 작심하고 나간 것 같다. 그렇게 알고 있거라. 나, 앞집에 좀 간다」

무슨 일이냐고 물어볼 겨를도 없이 길중 씨는 밖으로 갔다. 자전거가 오는 걸 비키느라 잠시 응달진 길어깨에 섰던 길중 씨는 이미 길 건너편 초상집으로 들어갔다. 효기는 그 말 속에 숨은 뜻을 알았다. 돈을 가지고 나갔구나. 아예 들고 튀었구나.

〈얼마나 들고 나갔을까. 학교는 어떡하려고. 영영 안 들어올 생각인가. 독한 데가 있으니 그럴지도 모르지〉

「나도 모르겠다. 언제 올라나」

입관을 마치고 돌아온 윤씨에게 길중 씨의 말뜻을 물었을 때 돌아온 대답이었다.

「돈 꺼내 갔어요?」

「집 나갈라니 돈도 필요했겠지. 수양엄마도 엄만데 하필 상 당했을 때. 사람 노릇 못하는 것도 가지가지다」

며칠 새 마음 고생으로 노래진 윤씨, 입안엣말을 하더니 조갈이 이는지 살림채의 부엌으로 들어가 버렸다. 초상집에서 일 거들다 온 어머니를 붙들고 다그쳐 묻기는 그랬고, 가만히 있자니 자기만 따돌려지는 것 같아, 효기는 다른 때보다 일찍 집으로 돌아왔다.

장구벌레가 이글거리는 수채에서 퀴퀴한 냄새가 났다. 어스름이 시야를 지워버리자 후각이 예민해지는지, 오늘따라 수채 냄새는 더 진하고 탁했다. 풀 냄새와 흙 냄새, 수채 냄새기 후텁지근한 공기를 더 끈적거리게 만들었다.

「배고파, 밥 줘」

밥상을 들여놓은 뒤, 물에 분 손으로 젖을 두어 번 문지른 아내는 칭얼거리는 아기에게 젖을 물렸다. 손가락을 입에 물고 한참 단잠에 빠져 있던 큰애는 모기에 물렸는지 움찔했다. 이마에 땀이 송글송글 맺혀 있었다. 효기는 벽에 걸린 수건을 내려서 큰애의 이마와 목덜미를 닦아주고 밥술을 들었다.

「당신은?」

「전 아까 아가씨랑 먹었어요」

「정기는 안 들어왔어?」

「친구들이랑 해수욕장에 간다고 나갔어요」

「세월 좋아졌다」

「아버님 모르시게 하라고 말하고 갔어요」

효기가 대학교 때, 학교 친구들이 해수욕장에 왔었다. 오겠다는 친구들을 막지 못하고 내려오게 했지만, 길중 씨의 성미를 뻔히 아는 터에, 마음이 편할 리 없었다. 효기가 미리 가르친 대로 너부죽하게 큰절을 했지만, 절을 받은 길중 씨는 효기를 집안에서 한 발짝도 못 나가게 했다. 젊으나 젊은 아이들이, 떼지어 놀러다니는 꼴을 보아 줄 수 없었던 것이다.

세상이 바뀌니 완고함도 물러지는 건 당연한데, 효기는 그걸 헤아릴 아량이 없다. 워낙 눌려 지내다 보니, 나이 어린 동생들이 자기와 다른 대접을 받아도 옛일이 새록새록 되살아나는 것이다.

아내는 아기의 입에서 젖을 뺐다. 다른 쪽 가슴을 열고 문지르더니, 오물거리는 아기의 입을 그쪽에 물린다.

「이가 나려나 봐요. 잇몸이 근질거리는지 자꾸 오물거려요」

효기는 왼손을 들어 아내의 탐스러운 젖을 빠는 아기의 볼을 쓰다듬다가 슬쩍, 아내의 젖가슴을 쓰다듬어 보았다. 작고 팡파짐한 몸매, 아기를 낳으면서 젖가슴은 더 탄력이 붙었다.

「이이는……」

아내는 효기의 손을 탁, 때렸다.

대학을 졸업하고 공장으로 돌아온 효기를 기다리는 건 결혼이었다. 길중 씨가 결혼 문제를 끄집어낸 건, 공장에서 한 달쯤 일하고 난 뒤였다.

「사람 일이란 알 수 없는 거다. 내가 지금은 이렇게 움직이고 있지만, 언제 어찌 될지 모르는 일이다. 그러니, 네가 어서 장가들어야겠다. 네 동생들도 아직 어리고, 무엇보다도 사내란, 결혼하고 가족을 부양해야 어른이 되는 법이다. 결혼하지 않은 사람은 아무리 나이가 먹어도 어른이 못 된다. 예부터 그러지 않았느냐. 장가 못 간 사람은 머리가 허애져도 상투 못 틀고, 여자도 귀밑머리 풀지 않는 한 어른이 못 된다고」

「아직 생각해 본 적이 없어서요」

「생각은 무슨 생각, 사람이란 다 때가 있고 철이 있다. 나이 먹으면 장가 가고, 아이 낳고, 이렇게 살아야지. 아, 냇가에 날아오는 백로 못 봤냐? 새들도 짝 지을 철이 되면 이쁜 깃이 새로 돋지 않던? 다 때가 있는 법이다. 너는 배웠다고 네 자유로 결혼하고 싶어하는 모양인데, 그건 안 된다. 너는 맏이고, 네 동생들 거두려면 배운 여자는 감당하기 어려울 것이다」

마음속에 부글부글 반발이 치밀었지만, 효기는 결혼에도 순종했다. 딱히 거절할 명분을 찾지 못해서였다. 결혼을 미루고 매달리고 싶은 일도 없었고, 이렇다 할 여자가 있는 것도 아니었다. 사진으로 본 신부감은 이목구비가 반듯했고, 결혼 생활은 무난한 편이었다. 알파벳조차 모르는 아내였지만, 공장에 나가고 들어오는 생활, 게다가 동생들이 한 집에서 사는 생활에 특별히 속 깊은 이야기를 나눌 겨를도, 일도 없었다.

큰애가 웅얼거리며 몸을 뒤챘다. 그 바람에 배를 덮어둔 타월이 걷히면서 봉긋한 배가 드러났다. 박을 엎어놓은 것 같은 배가 볼록거렸다. 효기는 옆구리에 깔린 타월을 빼내어 아이의 배를 덮었다. 이애가 여름생이니, 가만 있자, 생일이 멀지 않았구나.

「얘 생일이 언제지?」

「음력 7월 말일이죠. 양력으론 9월 접어들걸요?」

「옷이라도 한 벌 해줘야지」

「그러죠, 뭐」

상을 물린 아내가 내온 수박을 먹으며, 효기는 아까부터 마음을 잡아당기던 홀가분함과 찜찜함의 정체를 깨달았다. 윤기가 없다는 데에서 오는 홀가분함, 그리고 얼마나 많이 들고 나갔는지를 모른다는 찜찜함이었다.

〈도대체 그 속을 알 수가 있어야지. 꼭 크레믈린 같으니〉

수박 씨를 뱉어내며, 효기는 길중 씨에겐지 윤기에겐지 대상이 분명하지 않은 채 투덜거렸다.

해변의 가설무대

클러치를 끊었다가, 기어를 삼단으로 넣는다. 등뒤에서 누가 힘껏 떼미는 것처럼 오토바이는 앞으로 달려나간다. 앞에서 무시무시한 흡인력을 지닌 빨판 같은 것이, 혹은 무어든 빨아들이는 블랙홀 같은 것이 오토바이와 윤기를 잡아당긴다. 윤기는 다리를 오토바이의 몸체에 꼭 붙이고, 바람의 저항을 덜 받도록 윗몸을 구부린다. 물고기처럼 또는 로켓처럼, 공기의 저항을 가장 덜 받게.

찬바람이 가죽 점퍼를 때리고, 차가운 기운이 등줄기를 훑어내렸다. 왼쪽의 솔숲이 바쁘게 뒤로 물러났다. 텅 빈 논이 뒤로 물러섰다. 드문드문, 검은 형체의 인가도 물러났다. 오토바이의 속력은 그 모든 것들을 한갓 환영처럼 문대어 버렸다.

지워버리고 싶다. 윤기는 고개를 터는 대신, 솔수펑이가 있는 모퉁이를 도느라 기어를 이단으로 밟았다. 휙, 맞은편에서 오던 차가 아슬아슬하게 비키며 사라졌다. 모퉁이를 돌아서자, 해안선을 따라 환형동물처럼 기다랗게 늘어선 건물의 형체가, 그 사이사이에서 무슨 신호처럼 새어나온 불빛이 보였다. 합판으로 겉을 치장

하고 그 위에 페인트로 조악한 간판을 그려넣었을 집들.

작은 광장에서 왼쪽으로 굽어지며 좁은 길을 사이에 두고 늘어선 상가들은 가설무대 같았다. 철 지난 바닷가의 한산하고 막막한 얼굴. 화장독 오른 맨얼굴을 드러낸 채 허벅지가 들여다보이는 속치마 바람으로 퍼더버리고 앉은 술집 여자처럼, 청승맞은 얼굴로 서로 의지하며 늙어가는 퇴기처럼 마주 보는 상가 사이로 난 길은 해안선과 평행이었다. 윤기는 민간인 출입금지 구역에 가까운 동쪽 끝까지 달려 〈블루 스카이〉 앞에서 멈췄다. 쿵닥쿵닥. 블록으로 쌓고 합판을 바른 다음 페인트로 야자수를 그려넣은 벽 너머에서 타악기 소리가 새어나왔다. 문을 열자, 터진 봇물처럼 소리가 윤기를 때렸다. 휘청, 뒤로 밀리려는 몸을 가눈다. 탁하고 후텁지근한 열기가, 붉은 기가 깔린 채 번쩍이는 조명이 윤기를 강타했다. 뇌하수체, 기억이 집적된 부분을 마비시키려는 듯.

윤기가 제 안의 모멸감을 싸늘하고 야비한 웃음으로 덧바르고 돌아온 집엔 일종의 묵계가 서 있었다. 윤기가 날마다 공장에 나와서 일을 하는 한, 길중 씨는 다른 일꾼에게 말하듯 일에 관한 지시를 할 뿐이었다. 걷잡을 줄 모르고 상승세를 타던 대립에서 길중 씨는 끈을 놓아 버렸다. 승자의 관용일 수도 있었다. 팽팽히 당기던 줄 끝을 한쪽이 놓아버렸을 때, 그 반작용으로서의 뒤둥그러짐. 이쪽의 손에만 억세게 쥐어 있는 줄을 보는 허망함.

윤기가 공장에 도착할 땐 대개 그날의 일이 제법 돌아가고 있을 때였다. 효기는 철물점에 앉아 신문을 보고 있고, 쇠가 부딪치는 이 시린 금속소리가 공장에서 튀어나왔다.

「왔나?」

의례적인 인사를 건네는, 공장에서 잔뼈가 굵은 김씨의 알은체에서 윤기는, 〈저 팔자 좋은 놈〉이라는 속마음을 읽고야 만다. 자격지심. 스스로에 대한 모멸감은 그리도 뿌리 깊어, 무심한 얼굴에도 제가 만들어낸 제 마음을 덧바른다. 그리고 윤기는 그 마음을 받아친다. 그래, 나는 애비 잘 만나 팔자 좋은 애에 지나지 않는다. 제가 피워올린 독기로 번들거리는 눈, 자신을 향한 독기는 남을 치려는 독기보다 훨씬 강해서, 사람들은 윤기의 눈을 맞받아치지 못했다.

공고에 진학한 뒤부터, 윤기는 집에 오면 선반과 용접을 거들었다. 선반 아래 흙바닥엔, 쇠뭉치에서 스프링처럼 깎여 나간 쇠부스러기가 쌓여 있었다. 발밑에서 어석거리는 쇠부스러기처럼, 윤기의 가슴은 늘 버석거렸다.

보안경 너머로 보이는 불꽃, 안개 자욱한 날 안개 사이로 보이는 해처럼 광물질만 두드러지는 불꽃, 용접봉 끝에서 피어오르는 불꽃을, 얼마나 자주, 제 손등에 갖다대고 싶어했던가. 손등에 닿는 순간 사라질 불만 아니었다면.

이따금 공장에 나와 보는 길중 씨와 윤기는 헛것처럼, 서로 유령인 것처럼 스쳐 지나갔다. 피치 못하게 상대방에게 말해야 할 때, 두 사람의 말투는 상대방이 아니라 그 뒤에 있는 다른 무엇을 향하는 것처럼 서걱거렸고, 시선은 아득히 엇나갔다. 결국 두 사람은 요령을 터득했는데, 공장에서 잔뼈가 굵은 김씨가 있는 자리를 골라서 서로에게 전할 말을 하는 것이었다.

「명보 탄광 광차, 오는 20일까지 보내달라던데, 되겠나?」

얼굴은 김씨를 향하고, 소리는 자신이 공장에 들어서는 걸 의식한 순간 딴전을 피우기 위해 일거리를 잡은 윤기를 향하면서 길중 씨는 말한다.

「그래요? 어이, 윤기, 그때까지 되겠지?」

한식구나 다름없어서, 부자간의 반목을 기승전결까지 주르르 꿰고 있는 김씨가 길중 씨에서 윤기 쪽으로 시선을 옮기며 묻는다. 일의 켯속은 김씨가 더 잘 알지만, 마무리는 대개 윤기가 하는 편이다.

「되겠죠」

윤기는 짧게 대답한다. 김씨를 바라보지도 않은 채 하는, 불손한 대답이다.

저녁은 늘 같은 모양이었다. 일과가 끝나고, 불 위에 매달아 놓았던 깡통에 데운 물로 일꾼들이 공장 뒤편에서 기름때를 씻을 때, 윤기는 페인트 냄새가 채 가시지 않은 새집으로 온다. 집이 완성되면서, 효기네는 공장 뒤 살림채로, 길중 씨 부부와 나머지 형제들은 새집으로 자리바꿈을 했다. 길중 씨를 피해 살그마니 들어간 윤기는 작업복을 벗고 오토바이를 꺼낸다. 바다가 보이는 곳, 그보다는 지금 자기가 서 있는 자리를 잊을 수 있는 환락이 기다리는 곳으로. 짧은 겨울해는 떨어진 지 오래고, 바람이 칼날처럼 점퍼 속을 쑤셔온다. 풍경이 뭉그러지고, 윤기의 마음속에서 뭉그러졌던 무엇이 형체를 잡아 뭉글뭉글 납빛 덩어리로 뭉친다. 기어이, 폭죽처럼 터져나온다. 현희, 현희야…….

현희가 엄마에게 끌려갔다는 걸 알았을 때, 윤기의 머릿속엔 어서 현희를 따라가야 한다는 생각뿐이었다. 그날, 집에 들어서서 그 말을 듣자마자, 윤기는 그대로 돌아섰다. 길중 씨와 부딪칠 위험을 무릅쓰고 공장으로 갔다. 공장 일꾼들은 다 돌아갔고, 살림채 부엌에선 윤씨가 혼자 저녁을 짓고 있었다.

언제 길중 씨가 들어올지 몰랐고 맞닥뜨릴 위험을 피하고 싶었던 윤기는 윤씨가 모르게 안방으로 들어갔다. 신을 벗지 않은 채 들어가면서 윤기는 쓰게 웃었다. 제 집에서 도둑질을 하다니. 안방 벽장 속의 미제 탄피통, 거기에 돈이 있을 거였다.

「쨍그렁!」

부엌에서 뭐가 떨어지는 소리가 났다. 윤기는 멈칫했다. 어머니……. 가슴이 아렸다. 형제들이 자랄수록 횟수가 뜸해졌지만, 두드려맞던 어머니의 모습은 각인처럼 머릿속에서 지워지지 않았다. 밥이 질다고, 국이 짜다고, 아이들 교육을 잘못시켰다고……. 술만 들어가면 그랬다. 이유는 붙이기 나름이었다. 대학에 가서 윤기는 알았다. 가족이라는 단어의 어원이 라틴어 파밀리아이며, 파밀리아는 한 사람에게 속한 노예 전체를 뜻한다는 걸. 길중 씨야말로 이 어원에 충실한 가장이었고, 윤기는 유일하게 반기를 든 노예였다.

이번에 윤기가 저지른 일의 덤터기도 다시 윤씨가 뒤집어 쓸 것이다. 어머니, 죄송해요. 마음은 욱죄어 오는데도 손은 어김없이 벽장 문을 열었다. 방도 어두운데다 벽장 속은 더 컴컴했다. 제기, 족보 들이 쌓인 귀퉁이에서 국방색 탄피통을 꺼냈다. 소리 나지 않도록 걸쇠를 쥔 손 끝에 힘을 주고 열었다. 잡히는 대로 꺼내어, 작업복 호주머니에 집어넣었다.

부엌에서 북어국 끓이는 비릿한 냄새가 났다. 속도 상했겠지. 윤씨가 북어국을 끓인다는 건, 길중 씨가 어디선가 술을 마실 가능성이 높다는 걸 뜻했다. 술 마시고 돌아오면 북어 패듯 패는 남편을 위해, 남편이 술 마시는 저녁에 다듬잇돌에 북어를 올려놓고 두드려 가시를 발라내던 윤씨. 윤기는 부엌을 들여다보고 싶은 마음을 질끈 누르고 빠져나왔다.

서울로 가는 차는 이미 끊겼으리라. 택시를 대절해 갈까 하다가, 윤기는 역전의 여인숙에 들었다. 현희가 지난해에 와 머물렀던 일출여인숙이었다.

「어이구, 아가씨는 어디 가고 혼자 온다」

뚱뚱한 주인 아줌마가 윤기를 알아보았다. 윤기는 더 말을 못 붙이게 잘랐다.

「방 있어요? 내일 새벽에 차 타야 해요」

「그려? 그럼 7호실로 가요. 모기장 걸려 있으니 치고 자고. 그런데 올핸 아가씨 안 내려왔어?」

화물차인가, 기적을 울리며 열차가 다가오는 소리가 들렸다. 후텁지근하게 감겨드는 더위 속에서, 현희의 카랑카랑한 목소리가 귓전에서 울렸다.

「우리는, 쫓겨난 사람 같군요」

우리? 윤기는 뒤돌아보았다. 옥상에서 몇 번인가 본 여학생이었다. 유난히 크고 길쭉한, 약간 튀어나온 듯한 눈이 사나워보이는 여자. 그러나 가까이에서 본 그 여자의 눈은, 툭 건드리면 눈물이 쏟아져 나올 것처럼 일렁거렸다. 저건 설움인가. 뾰족 구두에 미니스커트를 입고, 앞가슴에 책을 모아쥔 여자. 학교에서 마주치는 여느 대학생과 다를 바 없는 여자의 눈에 일렁거리던 설움이 윤기 속의 무엇을 툭, 건드렸다. 여자가 다가와서 윤기 곁에 섰다. 교문을 등지고서였다.

「왜 저기 안 내려가죠?」

「꼭 저기에 있어야 하나요? 여기에 있으면 안 되나요?」

여자는 저기와 여기에 힘을 주어, 책을 읽듯 또박또박 물었다. 하나요와 안 되나요 사이에 잠깐, 힘을 주어 말을 끊느라 고개를 위아래로 끄덕였다.

　윤기는 말없이, 옥상 벽에 다가섰다. 귓전에 여자의 눈길이 느껴졌다. 여자의 유난히 긴 속눈썹이 볼을 쓸고 지나간다는 느낌이 들었다. 그럴 리가 없는데도.

「거길 자주 봤어요. 늘 혼자 옥상에 계시더군요」

　윤기도 더러 여자를 보았다. 옥상으로 통하는 문 앞엔 부서진 책상, 겨울에 때는 난로 같은 것이 어수선하게 쌓여 문을 가로막았다. 채워져 있던 열쇠는 누군가, 그보다 먼저 옥상을 필요로 했던 사람이 뜯어버린 흔적을 남기고 있었다. 더러 못이 삐죽 솟아나온 널빤지들을 피해 그 문을 밀었을 때, 문과 대각선이 되는 구석에 한 여학생이 발을 쭉 뻗고, 옥상 벽에 등을 기댄 채 앉아 있었다. 옥상 턱이 만들어낸 그림자에 반쯤 갇힌 병아릿빛 원피스가 떠 보였다. 어디론가 열심히 뛰어가다가, 에라 모르겠다, 뛰던 것도 잊고 널브러진 자세로.

　철문이 열리는 소리가 들렸으련만, 여자는 이쪽을 돌아보지도 않았다. 막 옥상으로 발을 들여놓으려던 윤기는 그 발을 뒤로 거둬들이며 문을 닫았다. 누군지 몰라도, 그 잡동사니의 산을 너머 여기까지 올라온 사람이라면, 그만큼 아무도 없는 공간이 절실했으리라.

　윤기가 옥상에서 담배를 피울 때, 문소리가 나기도 했다. 윤기도 뒤돌아보지 않았다. 가로수 우듬지의 까치집에 준 눈길을 돌리지 않는 것, 그것만이 윤기가 할 수 있는 배려였다.

「떨어질 마음은 없고, 날개가 없으니 날지도 못할 테고…… 저 지상으로 내려가려면 별수없이 온 길을 걷는 수밖에 없겠죠?」

　여자의 긴 속눈썹이 철사로 만든 듯 움직이지 않았다. 그 말, 깜박이지도 않은 채 바라보는 그 눈속에, 여자는 무언가를 감추고 있었다. 어린 시절, 땅바닥에 못으로 글자를 파놓고 흙을 덮은 뒤, 손가락으로 더듬어 글자 알아맞히기를 기대하며 바라보는 아이의 얼굴 같은 것이. 좋아해 따위, 말로 할 수 없는 마음을 파서 덮어놓고, 친구의 손바닥이 마른 흙을 더듬고 몇 번의 시행착오를 거쳐 그 결을 따라가서 마침내 온전한 글자를 찾아내기를 바라는 아이의 두근거림이. 윤기는 파놓은 글자 위에 덮인 흙을 손바닥으로 헤치며 손끝으로 더듬어 글자의 꼴을 따라갔다. 외로워요. 그 글자에 이끌려 윤기는 계단으로 향하는 문을 열었었다.

물기가 그렁그렁한 현희의 눈을 떠올리며 여인숙에서 눈을 뜬 다음날, 새벽차로 서울로 온 윤기는 현희를 불러내었다. 현희는 입던 차림 그대로 집을 나왔다. 신당동 골목 안에 방을 얻고 캐시밀론 이불, 양은 그릇, 석유 풍로를 샀다.

골목으로 난 보자기만한 창이 있는 방에서, 두 사람은 살림을 시작하며 산 라디오를 듣거나 누워 지내는 일말고는 아무것도 하지 않았다. 학교는 여전히 휴교중이었고, 바깥의 시간은 계절을 바꾸며 흐르고, 두 사람 사이의 시간은 고여 있었다. 갇힌 물 위에 떠서 몰려 있는 잎사귀를 바라보는 것 같은, 너겁 같은 시간들.

날씨가 쌀쌀해지자 현희의 얼굴엔 버짐이 하얗게 피었고, 물일에 익숙지 않은 손등은 빨개졌다. 파마기로 곱슬곱슬하던 머리는 끝이 갈라지고 파슬거렸다.

미장원에 가라고 채근해도 듣지 않던 현희는 파슬거리는 머리 끝이 그래도 마음에 쓰였던지, 안집에서 가위를 빌려다 제 손으로 머리 끝을 조금씩 쳐냈다. 방바닥에 깔린 신문지 위로, 밑머리보다 노르스름한 머리카락들이 어수선하게 날렸다. 그걸 보면서, 윤기는 내내 그 가윗날에 돋은 녹이 마음에 걸렸다. 어설프게 잘린 머리 끝을 손으로 쓸고 난 뒤, 윤기는 코에 그 손을 가져다 댔다. 아릿한, 피 냄새와도 같은 녹 냄새가 손에서 묻어나는 듯했다.

〈사랑은, 밥도 국도 못 되지〉

일자리를 구하러 나갔다가 허탕치고 돌아오는 저녁, 속에 고인 신물이 목을 타고 울컥 솟구쳤다. 내다버린 연탄재가 담장 아래마다 쌓여 있었고, 겨울이 코앞에 다가와 있었다. 옹기종기 모여 앉은 아이들 앞에서 국자에 설탕을 녹이는 뽑기 냄새에 빈 위벽을 긁히며 언덕을 걸어올라가면, 방문 바로 앞의 변소에서 풍겨나오는 암모니아 냄새를 맡으며, 라디오를 들으며 기다릴 현희, 사랑은 허기를 지워내진 못했다.

삐이걱, 나무가 내지르는 비명처럼 삐걱거리는 음습한 나무 계단 위의 전당포에 시계를 맡기고 터무니없어 보이는 금액을 빌려들고 나온 날, 윤기는 이제 바닥이라고 생각했다.

가야 할 사람이기에 안녕, 안녕이라고 말해야지. 돌아설 사람이기에 안녕, 안녕이라고 말해야지. 울먹이는 마음일랑 가슴에 삭이면서……

라디오에서 흘러나오는 노래를 듣던 현희는 몸을 일으키며 윤기를 맞았다. 눈이 빨갛고 얼굴이 푸석푸석했다. 운 건지 열에 들뜬 건지, 구분이 안 되는 얼굴이었다.

「춥지? 여기 아랫목으로 내려와요. 쿨룩쿨룩」

손바닥을 활짝 펴서 빨갛게 언 윤기의 귀에 가져다 대며, 현희는 담요가 깔린 아랫목을 내주었다.

「귀가 얼음장이야」

현희의 따뜻한 손이 귀에서 얼굴로 옮겨갔다. 온기인지 열기인지, 윤기는 더 깊어진 기침 소리를 내는 현희의 따뜻하다 못해 뜨겁게 여겨지는 손바닥을 느꼈다. 현희의 손에 가져다 대려던 윤기의 손이 무르춤하니 아래로 떨어졌다. 호주머니에 들어 있었지만, 손 또한 얼음장이나 다를 바가 없었다.

「제일 먹고 싶은 게 뭐냐?」

아랫목에 앉았다가, 따뜻한 물을 끓이려고 일어나던 현희가 고개를 갸웃했다. 세번째가 네번째 만남부터, 먹을 거라든가 갈 곳에 대해 현희의 뜻을 물은 적이 없었던 걸, 윤기는 떠올렸다.

「웬일이야? 돈이 어디서 났어요?」

「생겼어. 나가자. 나가서 맛있는 것 사 먹자. 뭐 먹고 싶니?」

「짜장면!」

「밀가루 신물이 나지 않냐? 라면을 그렇게 먹고도 밀것을 먹고 싶어?」

「그래도 짜장면은 다르잖아요?」

「뭐, 따뜻한 찌개 같은 게 먹고 싶지 않아?」

「아뇨. 사실은 조금 전에 아나운서가 짜장면 이야기를 했거든요. 짜장면을 싫어해야 어른이 된다면서. 그 말을 듣는 순간부터 눈앞에 짜장면이 어른거렸거든. 오늘 못 먹으면 내일쯤 사망하고 싶을 정도였어. 난 어른 되긴 글렀나봐」

현희는 목도리를 둘러쓰면서도 재잘거렸다. 속에서 증식하는 불안을 눅이려는 것이리라. 이게 그들의 최후의 만찬이 되리라는 걸, 현희는 알고 있었다.

「그런데, 돈이 어디서 났어요?」

「강도질한 거 아니야. 사실은, 갈비 먹자고 할까봐 겁이 났어. 얼마 안 되거든」

기나긴 골목을 걸어내려와 들어간 시장통의 중국집은, 한겨울인데도 물청소를 했는지 질척한 바닥에서 냉기가 뻗쳤다. 손님이 없어서 난로 곁의 자리에 앉을 수 있었던 것만도 다행이었다.

「이 집 짜장면 맛있네」

현희는 먹다 말고 주위를 휘둘러보았다. 붉은 칠을 한 벽에 중국 여인들의 전신 초상화가 빙 둘러 붙어 있다. 현희는 면발을 씹으며 그 여인들을 차근차근 눈으로 훑었다. 고개를 돌리자, 머리카락으로 가렸던 왼쪽 볼의 멍이 덜 풀린 게 드러났다. 그러잖아도 한기가 일던 윤기는 그만 썰렁해졌다. 저 자국은, 그렇다, 윤기가 만든 것이었다.

쿨룩쿨룩, 약국에서 약을 지어다 먹으며 거의 보름을 버티던 현희의 기침소리는 날로 깊어졌다. 쿨룩, 폐뿐 아니라 온몸의 공간을 다 공명하여 나오는 듯한 기침이 얼마나 깊었던지, 한 차례 기침을 하고 나면 구역질을 하며 눈물을 글썽였다. 부엌으로 쓰이는 툇마루에 나와 앉아 담배를 피우며, 윤기는 현희를 돌려보내리라, 다짐했다. 구역질하며 뱉어낸 가래에서 선홍색 피가 엷게 섞여 나오던 날이었다. 필터만 남은 담배를 발로 비벼 끄고 윤기는 방문을 열었다. 벽에 모로 기대놓은 베개로 등을 받치고, 이불을 둘러쓰고 있던 현희는 기침이 고됐는지 눈물을 글썽이고 있었다.

「집에 들어가 있어, 당분간만. 내가 집에 가서 어떻게 해볼게」

「지금 들어가면 못 나와요. 다시 못 봐요」

현희는 그 큰 눈으로 윤기를 쏘아보았다. 서운함이 더럭 실린 눈이었다.

「학교에 가는 것도 힘들 거고요」

하기야, 학교엔 미련 없지만. 현희는 혼잣말을 덧붙였다. 졸업반인 윤기보다 현희는 한 학년이 아래였다.

「이대로는 겨울도 못 난다, 너」

쿨룩쿨룩, 터져나오려는 기침을 삼키느라 현희의 얼굴이 새빨개지며 눈물이 글썽거렸다. 입을 막았던 손을 목으로 가져가다가 현희는 기침과 침을 꿀꺽 삼키고 말했다.

「그러지 말고, 차라리, 우리, 죽어요」

후두둑, 끝내 눈물이 방바닥으로 떨어지며 현희가 어깨를 들먹였다. 그 울음 사이에, 우물 속에서 들려오는 소리처럼 깊디깊은 기침소리. 윤기는 끝내 고집을 피우는 현희의 뺨을 때렸다. 철썩!

현희는 그 큰 눈을 멍하니 떴다. 방금 뺨을 스쳐간 게 무엇인지 모르겠다는 듯이. 눈물이 그렁그렁한 눈이, 얼어붙은 듯 고정되었다. 그 눈동자에 윤기가 아주 작게 들어가 있었다.

짝짝! 현희가 손을 들어 윤기의 양쪽 뺨을 쳤다. 윤기는 홧홧거리는 두 뺨에 차라리 안도했다. 그래, 이게 현희지. 죽으라면 죽는 시늉도 할 것같이 굴다가도, 제가 정한 한계를 넘으면 되받아치는 여자. 현희를 때렸다는, 그 궁지를 벗어나는 길은, 이미 시작된 폭력을 폭력으로써 마무리하는 거였다. 윤기는 때렸다.

사람이 자기를 때릴 수 있다면 얼마나 좋겠는가. 이렇게 난폭하게, 이렇게 가차없이 자기를 향해 주먹을 휘두를 수만 있다면. 봐라, 현희야. 이게 나다. 난 이것밖에 안 된다.

윤기는 치밀하게, 절제된 난폭함으로, 정확한 간격으로 현희를 때렸다. 가겠다는 말이 나올 때까지.

현희는 멍든 광대뼈 부근을 머리카락으로 가리고, 그릇에 남은 짜장 건더기를 젓가락으로 긁어 그릇 가장자리로 몰아 집어먹었다. 알뜰하게 먹어치우는 현희를 보며, 윤기는 짬뽕 국물을 안주삼아 배갈을 들이켰다.

하필 그때였다, 기억 속에 묻혀 있던 짜장면이 불쑥 고개를 치민 것은. 어린 시절의 어느 저녁, 어머니 머리 위에 모자처럼 얹혔다가, 상을 툭 치고 방바닥에 떨어져 깨어지던 짜장면 그릇. 베일처럼, 어머니의 얼굴을 주르륵 가리며 흘러내리던, 검고 하얀 짜장면 가닥. 아아, 윤기는 현희 몰래 이를 악물었다. 왜 그래야만 됐을까, 어떻게 그럴 수가 있었을까. 어린 자식들 보는 앞에서. 그날, 어머니가 왜 저녁을 못 지었던가, 허락받지 않은 외출에서 늦었던가. 아버지는 짜장면을 식구 수대로 시켰다.

「당신도 먹어, 어서 먹으라구」

제법 자상한 지아비처럼 채근하는 아버지, 음모였다. 윤기는 상 아래서 아프게 두 손을 쥐었다. 아버지의 목소리가 낮고 은근해지면, 그 뒤끝엔 무슨 일인가가 벌어졌다. 윤기는 너무 잘 알고 있었다. 철없이, 짜장면에 몰두한 동생들 곁에서 윤기는 목이 메었다.

「넌 왜 안 먹냐? 왜, 짜장면이 싫으냐. 다른 걸 시켜주랴?」

아버지의 눈이 살모사처럼 윤기를 핥고 지났다. 윤기는 마지못해 젓가락을 들었다. 조금만 더 마음이 굳세었더라면,

최후의 만찬처럼, 상 위에 죽 놓인 짜장면 그릇들. 동생들은 그 그릇 앞에 앉아 입가에 묻은 짜장을 핥으며 먹고 있었다. 무슨 일이 일어나지……

「당신은 왜 안 먹어? 어서 먹어요」

아버지는 다시 물었다. 어머니가 더 버텨주었으면 하는 마음과, 어서 젓가락을 들었으면 하는 마음이 반반 엇갈렸다. 어머니는

그저 묵묵부답이었다. 쪽찐 머리를 조금 수그려 상 위를 바라보는 어머니의 시선에서 옹골찬 고집이 묻어나왔다. 그릇에 얼굴을 파묻고 면발을 삼키던 동생들의 젓가락질 속도가 떨어졌다. 납작한 옆모습으로 불안이, 전압이 낮아져 순간적으로 흐려진 불빛처럼 뉘엿댔다. 그릇이 어머니의 머리를 덮은 건, 갑자기 전등불이 밝아진 순간이었다. 흡, 동생들의 손이, 입이, 어깨가, 똑같은 순간에 굳어버리는 걸, 윤기는 이상하도록 넓어진 시야로, 갑자기 밝아진 불빛 아래, 낱낱이 보았다. 그리고, 어머니…….

뒤집어쓴 그릇 아래서 짜장이 먼저 흘러내렸다. 주르륵, 콜타르처럼 번들거리는 짜장이, 짜장과 범벅이 되어 채소인지 비계인지 짜장 덩어리인지 모를 덩어리가, 그리고 맨 마지막으로 하얀 면발이 주르륵 흘러내렸다. 살의를 담은 주먹을 웅크리고, 윤기는 윤씨의 목으로 파고드는 짜장을, 하얀 동정을 개칠하는 짜장을, 녹두색 저고리에, 밥상에, 윤씨가 앉은 등뒤의 횃대보에 토사물처럼 튄 짜장을 보았다. 국수 가닥과 짜장이 가린, 딱딱하게 굳은 얼굴.

아프도록 움켜쥐었던 주먹 속의 살의를 어쩌지 못해, 그날밤, 잠자리에서 벽을 쳤던가. 쿵, 어둠 속에서 진동이 오고, 그보다 먼저 찌르르, 바스러지는 듯한 아픔이 팔을 타고 흘렀지.

〈왜 하필 짜장면이었을까, 그날, 현희가 먹은 게 다른 거였다면. 하다못해 짬뽕이었더라면〉

기억이 뭉개질 수만 있다면. 윤기는 흐느적거리며 오가는 사람들을 바라보며 술을 들이켰다. 밴드는 여전히 음악을 연주하고 있고, 사람들은 음악에 맞춰 흐느적거린다. 언제 온 것인가, 앞자리에 두 남녀가 합석해 있는 것도 눈에 들어온다. 분명 윤기의 양해를 구했을 텐데, 기억에 없다. 기억 속에서 잘려나간 시간들.

현희가 웃고 있다. 아니지, 저건 현희가 아니지. 현희의 얼굴은
저렇게 동그랗지 않아. 윤기는 가물거리는 눈에 힘을 준다.
「왜 혼자야? 애인은 어디 가구?」
영애다. 양손에 맥주병을 들고 지나다가 잠깐 선 모양이었다. 윤
기와 이따금 붙어다니던 친구가 오늘은 왜 없느냐, 묻는 것이다.
「내가 애인 해줄까? 혼자 마시는 술은 더 쓸걸?」
「엇다 대구 찍찍, 반말이냐?」
볼 때마다 살갑게 구는 영애, 그럴 마음은 아닌데 말이 거칠게
나왔다. 제법 만만한 것이다, 피차.
「엇다 대긴, 우리 서방님 안전에 아뢰는 중이지」
말은 유들거리지만, 영애의 목소리가 조금 튀었다.
「그 술, 여기 놓을 거 아니면 빨리 가져다주고 와 앉아라. 네 술
한번 받아 보자」
「저엉말? 웬일이세요. 그 고고하던 서방님이 이런 년 술을 받으
시겠다니. 오래 살고 볼 일이야」
영애는 하이힐을 딸각거리며 밴드 근처의 테이블로 다가갔다.
키가 작아서, 상대적으로 구두 굽이 위태로워 보였다. 뿌연 담배
연기 사이로 쏟아지는 조명, 사람들은 원생동물처럼 흐느적거린
다.
비틀스의 노래 「렛 잇 비」가, 강한 비트를 섞어가며 연주되고 있
었다. 윤기는 휘둘리는 머리로, 흔들리는 듯한 몸으로 음악을 들었
다. 음악 사이 사이, 늘 드나들어 안면을 튼 얼굴들이 다가왔다 물
러서곤 했다.
비록 헤어지게 된다 할지라도 다시 만날 기회는 있는 법, 해답
은 있게 마련이라네. 흔들리는 머릿속으로, 윤기는 가사를 더듬었

다. 주님께 맡겨? 맡기면 된다구? 웃기지 마라.

노래가 끝날 무렵에야 나타난 영애는 윤기의 옆자리에 털썩 앉았다. 드러나는 허벅지가 신경에 쓰였는지, 손으로 가렸다.

「애인은 오늘 결근이네. 덕분에 내 차지 됐으니, 매상이야 줄든 말든 난 고마워해야 하지만. 남은 술 먼저 마셔요」

말은 함부로이지만 숙달된 솜씨라서, 거품은 잔을 넘지 않았다.

「날마다 이렇게 술 마시고 용케 살아요?」

「술기운으로 산다. 넌 안 그러냐?」

「우리야 다르지. 거긴 가장이 되어야 할 몸 아녜요. 그렇게 속이 곯아가지고서야. 나중에 마나님이 맨날 술국 끓이느라 바쁘겠어」

「너더러 끓이라고 안 할 테니 염려 마라」

「난 끓이고 싶어 죽겠는데?」

「이러지 마라, 임자 있는 몸이다」

말이 말을 끌어낸다. 쓸데없는 이야기를 하는구나. 핑글핑글 도는 눈으로도 윤기는 현희 이야기를 이렇게 실실거리며 말하는 건 아니라고, 고개를 저었다. 내가 취했구나. 술이 나를 먹고 있구나.

윤기를 바라보는 영애의 가슴에서 보이지 않는 손이 뻗어나왔다. 그 손은 자기를 채찍질해 대는 무엇에 밀리느라 오그라든 윤기의 가슴을 찬찬히 어루만졌다. 윤기는 단숨에 들이켜고 잔을 내밀었다. 영애의 손은 술병을 잡고 있었다. 그런데 윤기는 보았다, 그 손 아닌 다른 손이 영애에게서 뻗쳐나오는 것을. 그리고 윤기의 가슴을 가만가만 쓰다듬는 것을. 내가 취했구나.

「이봐요? 왜 이래요」

영애다. 영애가 팔을 붙잡고 흔들고 있구나. 빛살이 실내를 이리저리 들쑤시고, 밴드의 쿵작거리는 소리가 심장을 조여오고. 알코

올은 빠르게 피를 타고 돈다. 이렇게 또 하루가 가는구나. 사이키델릭? 사이키, 사이코……. 빙글빙글 도는구나. 윤기는 고개를 테이블에 박는다. 이렇게 목숨을 탕진하고 있구나. 생을 낭비하고 있구나.

물속의 시간

　하늘에 구름 몇 점이 햇솜처럼 무심한 표정으로 떠 있다. 공기가 파슬파슬하다. 빨래 말리기에 좋은 날씨다. 옥상에서 빨래를 널던 은용은 눈이 시려서 가느스름하게 뜬다. 빛깔이 진한 것부터 연한 것대로, 큰 빨래부터 작은 빨래로, 크기와 빛깔을 맞춰 가지런히 널어가며 빨래 집게로 꼼꼼하게 집어 놓는다.

　바구니를 들고 내려오다가 은용은 새삼스러운 눈으로 주변을 휘둘러본다. 집이 참 많이 들어차 있다. 이 집을 짓던 십여 년 전, 주변은 모두 논이었다. 저 자리가 논이었지? 자운영과 부들이 촘촘하던 논두렁도, 무논에서 시끄럽던 개구리도, 마음 먹고 기억을 되살리지 않으면 없었던 듯하다. 거기엔 빨간 기와 지붕이거나 슬래브 지붕을 한 집들이 드문드문 들어차 있다. 몇 년 전 길중 씨가 사들인, 집과 잇닿은 터는 윤씨가 텃밭으로 가꾸었다.

　한 고랑엔 윤씨가 좋아하는 두렁콩을 심고, 밭 가장자리엔 옥수수가 수염으로 제 알곡을 감싸고, 해바라기가 목을 늘였다. 다른 고랑엔 고추, 상추, 아욱, 쑥갓이 심어졌다. 집에서 새어나가는 수챗가에는 토란이 그 너른 잎을 하늘을 향해 펼쳤고, 저 홀로 날아와 씨를 묻은 까마종이도 배탈에 쓰인다는 윤씨의 알뜰한 손에 말려졌다. 밭에 나갔다 들어올 때마다 치맛자락에 들러붙는 가막사리 씨를 떼어내는 일이 귀찮지도 않은지, 윤씨는 틈만 나면 밭으로 나갔다. 설거지 뒤끝에 나오는 찌꺼기들을 묻어주러, 길중 씨 눈에 안 띄게 담배를 피우러, 방에 있기가 답답하다며……, 하루에도 몇 번씩 밭에 나갔다 오면서 윤씨는 말했다.

「봐라, 상추가 이렇게 깨끗하잖니? 물로 대강 씻어내고 쌈장 만 들어 놓아라」

「비름이 셀 뻔했다. 좀 뜯어다놓지 않구. 참기름 몇 방울 떨구어 무쳐 놓아라」

봄날, 머릿수건도 쓰지 않고 종일 파종한 다음날 텃밭에 나갔던 윤씨는 어린애처럼 입이 한 자나 나오기도 했다.

「그놈의 쥐새끼들이 종자로 놓은 콩을 다 파헤쳐 먹었네. 쥐약을 놓든지 해야지……」

그런 윤씨의 얼굴은 밝았다. 육식을 하지 않아 원래 얼굴이 맑은 편이긴 했다. 밭에서 들어오는 윤씨를 볼 때마다, 은용은 어머니가 비로소 맞는 일을 찾아냈다고 여긴다. 생활 때문에 장사를 해야 했지만, 장사는 윤씨에겐 어울리지 않는다고, 셈 바른 데가 하나도 없는 사람이었다고, 옛일을 되돌아보는 시간이 많아진 길중 씨는 말하곤 했다. 너희 오빠 집 지으라고 땅 샀더니, 네 어머니 좋은 일만 시켰구나. 이제서야 자기 할 일 찾은 것 같다…….

변하지 않는 건 하늘뿐이다. 은용은 층계를 내려오기에 앞서 하늘을 본다. 말 그대로, 가을 하늘이다. 구름은 그 자리에서 조금도 안 움직인 것 같다. 솜사탕을 뜯어서 펼쳐놓은 것 같은 구름. 이부

자리를 정리해야겠구나. 그러다가 픽, 웃음이 나왔다. 맑디맑은 하늘에 떠 있는 구름에서 하필 묵어서 무거워진 솜을 탈 생각을 하다니. 어쩔 수 없었다.

사람은 참 우스워. 자기가 생각한 것만큼만 보려고 해.

사람의 생각은 자기가 몸담은 곳에서 벗어나지 못한다. 자기 생각에만 골몰한 사람이, 남의 이야기를 듣다가 제 생각과 잇닿은 곳에서만 반응해 엉뚱해 보이듯, 고등학교를 졸업하고 집안 살림을 도맡아 온 은용에겐 모든 게 살림살이와 결부되었다. 날씨가 좋으면, 빨래가 잘 마르겠구나. 텔레비전 뉴스에서 식중독 이야기가 나오면, 당분간 어패류는 사지 말아야겠구나.

집은 늘 고요했다. 결혼해서 한 해 동안 이 집에서 살던 윤기는 분가해 서울로 갔다. 고액권을 말아넣은 기저귀 고무줄을 양말에 감고 입대했던 정기는 제대해서 도청소재지에 근거지를 두고 슈퍼마켓에 물건을 납품하는 일을 하고, 인기는 대학에 다니는 중이었다.

부엌 모퉁이를 돌아서려는데 전화벨소리가 들렸다. 오래 울렸는지, 은용이 막 수화기를 집으려는 순간 벨소리가 그쳤다. 누구였지? 생각하다가 은용은 미주네 유치원으로 전화를 해본다. 마침 미주가 받았다.

「너, 집에 있었구나. 내가 금방 전화했는데……」

「너였구나. 빨래 널고 와서 받으려니까 끊기더니. 왜?」

「그냥, 오늘 나올래? 점심 같이 먹자」

「무슨 날이니?」

은용은 머릿속으로 달력을 넘겼다. 미주의 생일은 초겨울이었다. 어느 핸가, 교실에서 아이들과 초코파이에 성냥을 꽂은 케이크

로 미주의 생일을 축하할 때, 창 밖에서는 첫눈이 나풀나풀, 생각
에 잠긴 듯 내리기도 했다. 생일은 아니고……。

「날은 무슨, 오늘 아이들 오전만 하고 가는 날이거든. 그냥 점심
이나 먹자구. 날씨가 너무 좋지 않니? 레테에 가 있을래? 아니면
여기 들러서 같이 가든가」

「시간이 어떻게 될지 모르겠다. 엄마가 오셔야거든」

「어디 가셨니?」

「왜, 남자 중학교 교장 선생님, 그 분 사모님이 입원하셨어. 울
엄마랑 친목계원이잖아. 거기 문병 가셨어」

「어디 편찮으시대니?」

「암이래. 본인은 모르시는데, 오래 못 사실 것 같다더라」

며칠 전, 은용이 쑨 잣죽을 들고 문병 갔다 온 윤씨는 버선을 벗
으며 고개를 저었다. 사람 살았달 것 없다. 얼마 전까지만 해도 그
렇게 곱던 양반이 얼굴이 반쪽이 됐더라. 식구들은 쉬쉬 하는데 임
교장 부인은 눈치챈 것 같더라.

「어떡하니. 그래도 알려드려야 가실 준비를 할 거 아냐?」

「글쎄, 그렇기도 해」

「언제 가셨니? 오시는 대로 와라. 너 올 때까지 여기서 기다리고
있을게. 정리할 것도 있고 하니까」

「그래, 그럼 갈게. 울 엄마, 곧 오실 거야」

전화를 끊고 은용은 머리를 감았다. 젖은 머리를 수건으로 싸
매고, 점심 준비를 했다. 쌀을 씻어 안치고, 아침에 끓인 콩나물
국이 얼마나 남았는지 열어보고, 소반 위에 상을 차려놓았다. 길중
씨는 오늘 밖에서 점심 약속이 있다고 했으니 윤씨 혼자 점심을 먹
게 되리라.

읍에서 고등학교를 마친 동창생들은 뿔뿔이 흩어져 갔다. 가뭄에 콩 나듯 대학에 진학하기도 하고, 읍내나 도시의 사무실에 취직한 아이도 있고, 스물을 갓 넘기자마자 결혼한 아이도 있었다. 전문학교 유아교육과를 졸업하고 유치원 교사가 된 미주는 비교적 꾸준히 만나는 친구였다.

머리를 말리고, 은용은 청바지 위에 무얼 입을까, 잠깐 망설였다. 올이 굵은 베이지색 스웨터를 꺼내 입어 본다. 깨끗하지만 혈색이 없는 얼굴은 베이지색 위에서 노란빛을 띠었다. 조금 더워 보이기도 했다. 은용은 스웨터를 벗어놓고 자주색 티셔츠 위에 남방을 걸쳤다. 조금 나아 보인다.

옷을 입고 난 은용은 다락에서 미주에게 줄 세제 샘플들을 챙겼다. 며칠 전 들른 정기가 놓고 간 것이다.

일찍이 공부에 뜻이 없던 정기는 어릴 적부터 장사하겠다고 말했고, 길중 씨도 아예 그러려니 하고 있었다. 형들과 달리 읍에서 고등학교를 마친 정기는 군에 다녀오자마자 장삿길로 들어섰다. 도청소재지에 근거를 두고 슈퍼마켓에 세제를 납품하러 다니는 정기는 이따금 들렀다.

윤씨가 들어서는 대로 은용은 집을 나섰다. 가을, 바람이 살갗을 까실하게 했다. 뒷산 쪽으로 가다가 농수로로 쓰이는 개울을 타고 올라가면 측백나무로 담장을 한 학교가 있고, 그 옆이 미주네 유치원이었다. 저만큼 보이는 산도 어느새, 그 독하던 초록 기운을 눅여서 부드러워졌다. 곧 단풍이 들리라. 은용은 개울 둑으로 올라선다. 철 지난 개망초가 둑에서 한들거렸다. 보랏빛 쑥부쟁이가 오롯하게 피어 있고. 꺾어서 미주에게 가져다 줄까, 하다가 은용은 그냥 지나쳤다. 누구네 집 염소인가, 까만 염소 한 마리가 풀을 뜯다가 반들반들한 눈을 들어 은용을 올려다보며 매에, 울었다.

저만큼 앞에서 바람이 한 자락, 둑을 쓸며 다가온다. 휘늘어진 거미줄처럼, 물결처럼 결 살린 흙먼지를 밀어올리며. 은용에게 다가온 바람은 은용의 긴 머리를 헤집어 눈을 덮고 달아났다. 빨래 집게를 빠짐없이 꽂았던가, 은용은 손을 올려 머리를 쓸었다. 가렸던 시야가 트이고, 스무 발짝쯤 앞, 학교 담장으로 꺾이는 모퉁이에, 땅에서 솟은 것처럼 두 남녀가 나타났다. 그들이었다. 은용의 가슴이 설렜다.

「애, 오외과 있잖니? 거기 입원실을 세준다며? 근데 거기에 봄부터 세든 사람 가운데 아주 젊은 부부가 있대. 부부는 아니고 동거하는 거 같은데, 남자가 직장에 다니는 것도 아니고, 아마 학생인가봐. 학생들이 부모 몰래 내려와 살림 차린 것 같대」

미주가 들뜬 목소리로 전화를 건 건 여름 초입이었다.

오외과는, 은퇴 직전의 원장이 간단한 외래 환자만 받고 있었다. 입원 환자며 수술을 요하는 환자는 모두 근처의 다른 외과로 보냈다. 나야 뭐, 이제 다 산 사람인데, 손도 떨리고. 길중 씨와 친목계원인, 길중 씨보다 다섯 살쯤 위인 오 원장은 그렇게 말하고 껄껄 웃었다. 진찰실 건물 건너편, 방을 죽 잇대고 툇마루를 놓은 입원실은 각각 세를 놓았다는 이야기를 은용도 들었다. 호기심이 그득한 미주의 목소리를 들었을 때, 은용의 눈앞에 한 쌍의 남녀가 떠올랐다. 그들이리라, 은용은 확신했다.

키가 크고 테 굵은 안경을 쓴 남자와, 남자애의 것인 듯한 남방 셔츠 소매를 둘둘 걷어올린 여자애는 여러 번 은용의 눈에 띄었다. 그들이 눈에 띄는 건 외지인이기 때문이었다. 테 굵은 안경이 남자애의 얼굴을 이지적으로 보이게 했고, 여자애는 가늘고 긴 눈, 생머리를 질끈 묶은 게 인상적이었다. 그보다 더 눈에 띄는 건, 유난히 느린 걸음이었다. 그들의 느린 걸음에는, 은용이 알 수 없는 무엇이 있었다. 느릿느릿, 남자애의 어깨에 반쯤 기대어 걸어가는 여자애의 손에는 이따금 강아지풀이 들려 있기도 했다. 도대체, 사람의 눈을 의식하지 않는, 내부로 쏠린 시선. 각자의 몸에 무게중심을 두는 게 아니라, 그들이 낀 팔에 두고, 그 장력으로 걷는 그런 걸음. 그 낀 팔짱 사이로 따뜻한 피가 서로 오고 가는 듯한 느낌. 때로 그들은 물풀 우거진 늪을 헤치고 나아가는 것처럼 보였다. 너무 느려서 그렇게 보이나? 까닭 모를 조바심으로, 은용은 그들을 비껴 지나가면서 뒤돌아보았다.

시장에서 만난 동창생과 들렀던 즉석 떡볶이 집에서 그들을 보기도 했다.

프라이팬에서 솟아오른 김이 여자애의 서늘한 옆얼굴 윤곽을 지웠다. 물감이 날아간 남방 셔츠 칼라에서 삐죽 솟아오른 목이 금방 꺾일 듯이 가늘고 허전했다. 여자애는 김을 호호 불어가면서, 물컵을 들어 물을 마셔가면서 떡볶이를 먹었다. 남자애의 젓갈질은 상대적으로 더뎠다. 먹는 시늉만 내는 것 같았다. 그러다 냅킨을 들어 땀이 송글송글 맺힌 여자애의 콧등을 눌렀다.

「그렇게 먹고 싶었니?」

남자애가 한 음계 낮춘 목소리로 물었다. 뱃속 깊숙이서 끌어올린 것 같은, 뱃속을 한바퀴 공명한 듯한 울림이 느껴지는 목소리. 여자애가 젓가락을 뻗치다 말고 잇몸이 환히 드러나게 웃었다.

「같이 먹어. 나만 먹는 것 같잖아」

「나도 먹고 있잖아」

은용이 들은 것은 딱 세 마디였다. 남자애의 깊숙한 목소리와 여

자애의, 하늘거리는 망사천을 통해 울려나오는 것 같은 섬세한 목
소리. 거리에서 그들을 만나고 집으로 돌아올 때면 은용의 걸음도
느려졌다.

　바로 그 남녀였다. 학교 담장에서 냇둑 쪽으로 막 꺾어지고 있었
다. 손을 잡고, 잡은 손을 깍지 끼고, 천천히. 여전히 같은 옷이었
다. 여자애는 셔츠 소매를 내렸고, 안에 티셔츠를 받쳐 입었고, 남
자애는 여전히 같은 티셔츠 차림이었다. 볼 때마다 똑같은 옷차림.
준비도 안 하고 야반도주한 것처럼, 이제는 쓸쓸한 느낌을 더해 주
는 옷차림. 바람이 제법 까실까실한데⋯⋯. 수로를 사이에 두
고, 건너편 냇둑을 걷는 그들을 비끼며 은용은 그들의 허술한 옷차
림이 걸렸다.

　아직 안 끝났나? 사랑유치원. 현판이 걸린 문간에서 은용은 마당
과 교사를 기웃이 들여다보았다. 별과 달 그리고 해, 나는 새를 색
색이 붙인 유리창 안에서 아이들이 〈네!〉 하고 지르는 소리가, 빈
마당을 흔들었다.

　모래를 깐 마당에, 열기는 가셨지만 풀은 죽지 않은 햇살이 다
글다글 끓었다. 정글짐이며 지구 뺑뺑이, 낡은 타이어에 색칠해 만
든 놀잇감들이 알록달록했다. 지나가는 바람이 흔든 그네는 달랑거
렸다. 저기에 한번 앉아 봐? 은용은 조심스럽게 다가가 앉았다. 원
장실에서 눈에 뜨이지 않을까, 은용은 교사를 둘러본다. 큰소리라
고는 한번도 질러보지 못했을 것 같은 다정하고 온화한 원장. 비로
소 은용은 유치원으로 굳이 온 바닥에 원장을 다시 한번 보고 싶어
한 마음이 있었던 걸 깨달았다. 까닭없이, 길중 씨에게 죄책감이
일어 은용은 그네를 굴러본다. 조심스럽게.

　「누구시더라?」

　미주를 기다리던 여름날, 오른편 볼에서 고개를 갸웃하며 건네오는 말소리에 은용은 고개를 돌렸다. 아, 비어져 나오려는 소리를 막느라 은용은 입술을 꽉 물었다. 빈틈없이 하얀 머리카락에서 부서지는 햇살이 눈부셨던 것이다. 어쩌면 저렇게 하얄까……. 손으로 쓸면 뽀얗게 가루가 묻어날 것처럼 하얗고 올이 가는 머리카락이었다. 밤내 내린 눈이 하얗게 덮인, 아무도 밟지 않은 새벽길처럼 정갈한 머리. 주름이 곱게 진 얼굴은 맑았다.
　「저, 김 선생 친구예요. 여기서 만나기로 해서……」
　「옳아, 수업이 아직 안 끝나서 기다리는 중이로구나. 예서 이러지 말고 내 방으로 와서 기다려요」
　「아니에요. 곧 끝날 텐데요」
　「노인네가 혼자 차 마시기 심심해서 그러니 들어와 기다려요. 마침 좋은 차가 한 봉지 생겼거든」
　더 거절할 수 없어서 은용은 원장의 뒤를 따랐다. 현관 신발장에 신을 넣고 슬리퍼를 신으며 은용은 교실 안을 넘겨보았다. 손을 새의 깃털처럼 좍 펼치고 아이들에게 무언가를 이야기하던 미주가, 원장과 함께 들어서는 은용을 보고 눈을 휘둥그래 떴다. 은용은 앞선 원장을 눈짓으로 가리키고 복도를 걸어들어갔다.
　「이 물은 수돗물이 아니에요. 내가 아침마다 저 뒷산에 가서 떠오는 약수니까 많이 들어요. 수돗물은 죽은 물이라서, 차를 끓일 때는 이 물을 쓰곤 하지」
　원장은 녹차를 따르며 말했다. 백두산 천지 사진이 액자에 끼워져, 책상에 앉은 원장의 시선이 닿는 곳에 놓여 있었다. 푸르고 깊은 물이 넘실거리는 천지, 실향민이랬지. 연둣빛이 배어나온 녹차에선 쌉싸름한 풀 냄새가 났다.

「아까 이리로 들어오는 거, 김 선생이 봤으니까 아이들 보내고 이리 올 거요. 큰길 건네줄 거거든. 워낙 차들이 겁없이 달리니까. 차 더 마셔요」

원장은 식은 찻물을 찻주전자에 부었다가 찻잔을 나란히 놓고 따랐다.

「그래, 이름이……?」

「이은용이에요」

「그래, 이 선생은 뭐 하시나?」

「그냥…… 집에 있어요」

「옳아, 살림 거드는구나. 살림 하는 거, 그게 제일 큰일이지. 사람이 살아가는 데 가장 필요한 일이니. 요즘 여자들, 살림보다는 바깥일에만 값을 치는데, 그게 아니에요. 집안을 화평하게 하고, 식구들을 건강하게 하는 거만큼 큰일도 없을걸」

큰일이라고? 어제가 오늘 같고 오늘이 어제 같은데. 달력을 보지 않으면, 날짜도 요일도 모르고 지내는 나날이었다. 텔레비전 프로그램을 확인할 때에나 겨우 요일을 확인할 뿐.

「여자가 대학 공부까지 해서 뭐 하나. 집에서 살림 배우다 시집 가면 되지」라던 길중 씨 말이 아니더라도, 은용에겐 이 읍을 떠나 다른 무언가가 되겠다는 야망 같은 건 없었다. 반에서 한두 명 가는 대학에 갈 만큼 성적이 좋은 것도 아니었고. 맨날 집에 있으면 지루하지 않니? 미주의 궁금증이 오히려 은용에겐 낯설었다.

「애, 너도 뭐 좀 배워 봐라. 사람이 자기 있는 자리에 만족하면 발전을 못해. 우리처럼 이런 곳에서 사는 사람들일수록 뭔가를 해야 돼. 사실 우린 보고 듣는 것도 적잖니? 그럴수록 찾아서 배워야지. 뭘 배우는 게 얼마나 즐거운지 아니? 꽃꽂이를 배우잖니? 남의 집에 가서 화병에 아무렇게나 꽂아둔 꽃도 꼭 매만져주고 싶은 거야」

그런 말을 들을 때면 미주의 교과서가 먼저 떠올랐다. 〈하면 된다〉〈네 처음은 미약하나 네 나중은 창성하리라〉라고 앞장마다 씌어 있던 미주의 교과서.

「어떻게 여기에 유치원을 세우셨어요?」

지난해 봄에 세운 사랑유치원은 읍내의 화젯거리였다. 원장이 도청 소재지에서 병원을 하다가 온 외지인이라는 점, 자모회를 만들어 학부모에게 부담을 지우는 일이 없다는 점, 국민학교 입학 준비 기관 같은 다른 유치원과 달리, 아이들에게 미리 한글을 가르친다거나 하지 않고, 그저 아이들을 놀게 하고 놀이 속에서 자라게 한다는 점 등.

「아, 그거? 아직 아무한테도 말 안 했는데……」

원장의 눈에 물살 같은 웃음이 실렸다. 원장은 차를 한 모금 마셨다.

「피란 길인데, 우연찮게 배를 얻어타고 여기 어항에 닿았지. 정처없이 걷다가 궁말쯤에서 한 집에 들렀어요. 물이나 좀 얻어마시려고. 그런데 마루에 앉아 있던 할머니가 내 행색을 보더니 좀 앉았다 가라는 거야. 전쟁이 깊지 않아서 아직 인심이 괜찮았던 때였거든. 예닐곱 살 되어 보이는 손녀에게 부엌에 가서 감자를 좀 내오라며. 염치없이 앉았지. 물 먼저 마시고 아무리 기다려도 아이가 안 나와. 내가 걸터앉은 마루 곁이 바로 부엌인데. 물을 마셔서 기운을 차리고 나니까 슬그머니 호기심이 생기는 거야. 애가 뭐하누? 부엌을 살그마니 들여다봤지」

열 살이 채 안 되었을 계집아이는 아궁이의 불티를 이리저리 헤쳐가며 감자를 골라내고 있었다. 작은 것들은 작은 것들끼리, 큰 것들은 큰 것들끼리 모다기 지어가며. 아마도 그 집 식구의 다음 끼니였을 터였다. 아이는 큰 무더기에서 가장 탐스럽고 알이 통통 하게 오른 것을 몇 개 골라 내왔다.

「그때 내가 결심했지. 아, 여기 인심이 이렇구나. 나중에 내가 돈 벌면 여기에 와서 여기 아이들을 위해 뭔가를 해야겠다고. 그 아이는 지금쯤 며느리 보았겠지만」

원장실을 나오자마자, 막혔던 물꼬를 트듯이 미주의 입에서 이 야기가 쏟아져 나왔다. 넌 언니 없어서 좋겠다. 우리 언니 때문에 미치겠어.

「왜, 여전히 집으로 안 들어오겠대?」

「여전하지, 뭐. 엄마는 창피해서 시내 못 다니시겠단다. 남편 앞 세운 딸이 피둥피둥해지니 남세스럽다고. 글쎄, 지난 일요일에 갔더니, 퉁퉁 부은 눈으로 시루떡을 먹고 있는 거야. 같이 세 사는 집에서 가져온 걸 냉장고에 뒀었나봐. 딱딱한 떡을 찌지도 않고 먹 고 있는데, 어떻게 된 줄 알고 가슴이 철렁했다야」

서른두 살, 한창 나이에 남편을 잃은 미주의 언니는 우체국 교 환수였다. 고등학교 때부터 연애를 해서 스물한 살에 결혼했다. 금 실이 너무 좋아서 아기가 안 생긴대. 미주는 말했었다. 살이 찐다 고 좋아하더니 간암이라 배가 부푼 거였고, 병치레에 든 빚을 갚느 라 집을 팔아넘긴 뒤, 미주의 형부는 죽었다. 몇 달 뒤에 본 미주 언니는 이스트로 부풀린 것 같았다. 아무 거라도 집어넣지 않으면 널브러질 것 같아서 먹어댔더니 다 살로 가더라며, 은용에게 어설 프게 웃어 보였다. 아직도 그러고 있는가 보았다.

네거리에서 미주는 왼쪽으로 꺾어들지 않고 길을 건너려 했다.

은용은 미주의 팔을 잡았다.

「레테로 안 가니?」

「아니, 다른 데가 생각났어. 너, 레스토랑 새로 생긴 거 모르지? 국민은행 옆에 새로 생긴 건물인데, 내 옆자리 선생이 근사하다더라. 우리 거기 가보자」

광산 쪽에서 나오는 탄차가 연달아 달려와서, 두 사람은 눈을 찌푸리고 서 있었다. 네 대의 차량이 연달아 지나가고, 은용이 길을 살피며 건너려는데, 미주가 탄력 있는 목소리로 인사를 했다.

「어머, 시내 나오셨어요?」

막 길을 건너려던 은용은 주춤했다. 사거리의 왼쪽 길을 막 건너다 미주의 인사를 받은 사람을 오외과에 산다는 남자로 착각했던 것이다. 굵다 싶은 테의 안경, 허름한 면 티셔츠. 청년은 고개를 가볍게 숙이더니 물었다.

「이제 끝났나 보죠? 아직 퇴근 안 하셨죠?」

「네, 계세요. 가보세요」

청년은 다시 가볍게 끄덕 하고 지나갔다. 미주는 그 뒷모습을 바라보며 은용을 쿡 찔렀다. 얘, 우리 원장님 아들이야. 대학 졸업하고 곧 군대 갈 거래. 멋있게 생겼지?

은용은 미주의 시선을 좇아 그 뒷모습을 바라보았다. 허정거리는 걸음이었다. 옆에 누가 있어야 겨우 걸을 것 같은 걸음.

레스토랑 베네치아의 실내는 전체적으로 푸른빛이었다. 커튼, 의자, 바닥에 바른 아스타일도, 농담과 채도가 다를 뿐 푸른색이었다. 물의 도시, 푸른 물이 넘실대는 것 같은 실내.

「어떠니?」

「글쎄, 레테보다 나은 것 같은데, 조금 추운 느낌 안 드니?」

「나도 그래. 파란색 때문인가? 그래도 여기가 더 시원스럽지? 우리 앞으로 여기서 만나자」
「그래, 여기 생겨서 레테가 조금 타격받겠다」
「아무래도 그러겠지」
고기를 썰면서 미주는 칼로 자르듯이 말했다.
「그놈의 사랑이 뭔지, 속상해 죽겠어」
「네 언닌들 그러고 싶겠니? 기다려야지」
언니? 미주는 은용을 바라보더니 비로소 무슨 말인지 깨달은 듯이 말을 돌렸다. 우리도 그렇게 지치지 않고 사랑할 수 있을까?

9월 18일
그렇게 지치지도 않고 사랑할 수 있을까. 미주의 말이다. 삼년상 치를 것도 아니니까 언니가 새사람 만나서 새로 시작했으면 좋겠다고 한다. 어떻게 그렇게 지치지 않고 사랑할 수 있을까. 오외과 그 아이들도 그렇고, 미주의 언니도 그렇고. 잘 모르겠다.
미주네 원장 선생님 아들, 잠깐 보았지만 원장 선생님처럼 부드러운 느낌은 없다. 이상하다. 장작개비처럼 마른 뒷모습이 이상하게 낯익다.

9월 19일
성혜가 왔다. 친정 아버지 생신이라 집에 왔다고 전화해서 만나다. 친정 아버지. 그렇게 말하는 성혜가 갑자기 어른 같았다. 임신했다는데 배는 아직 안 부르다. 수업 시간엔 늘 노를 젓더니. 도시락 반찬이 맨날 김치뿐이던 성혜. 엄마한테 반찬을 많이 담아 달라고 해서 나누어 먹긴 했지만, 성혜가 그렇게 많이 졸았던 게 영양

부족 때문이라는 걸 짝꿍이면서도 몰랐다. 낮잠 자면 야단 맞는다
는 이야기를 했을 때, 성혜가 우리 집은 잠을 많이 자면 배가 덜
고프다고 많이 자랬어라고 말했지. 그때 얼마나 놀랐는지. 오늘 본
성혜는 건강해 보였다.

9월 20일

생활비 받아오다. 아껴 써라. 안 해도 될 말을 꼭 못지르듯 하는
효기 오빠. 남들은 열아홉 살만 되도 시집가는데 넌 집에서 뭐 하
냐? 집에서 밥만 축낸다는 말을 꼭 그렇게 하고 싶었나. 시집 간다
고 하면 어쩌려구? 하여튼…….

9월 21일

방송통신대에서 공부라도 할까. 이대로 시간을 보내는 게 아깝
다. 텔레비전을 보는 것말고는 아는 게 없다. 미주는 신문에 난 기
사들에 대해서도 뭐라고 하던데, 나는 신문도 보기 싫고. 그렇다고
다른 책을 읽는 것도 아니고. 자꾸 처지는 느낌이다.

9월 22일

정기 오빠 다녀갔다. 저수지에서 뱀장어를 사왔다. 잡아야 하는
데 아버진 안 계시고, 정기 오빤 내가 어떻게 잡느냐고 하고. 할수
없이 내가 잡았다. 아버지가 하시던 대로 했더니 되긴 됐다. 도마
에 송곳으로 머리를 박고, 호박잎으로 몸을 잡는데 뱀장어가 꿈틀
거렸다. 쓸개를 터뜨릴 뻔했지만, 어쨌든 저녁상에 올릴 수 있었
다. 정기 오빠 내가 잡는 걸 보면서 넌 징그럽지도 않냐더니 잘만
먹고 갔다. 두 주일쯤 뒤에 또 올 거라고 하고. 설마 또 뱀장어 데

리고 오지는 않겠지.

9월 23일

인자 결혼식. 한천예식장.

웨딩드레스를 입은 인자는 예뻤다. 하긴, 안 이쁜 신부가 어딨
어. 홀어머니의 외아들이라는 인자 신랑은 입이 함지박만했다. 꽃
값 받아서 해수욕장에 가서 놀다 오다. 여름에 시집간 경옥이는 인
자가 시집살이할까봐 걱정부터 한다. 시집살이? 그런 게 나한텐 왜
안 그려지지? 내가 생각하는 결혼은 그거다. 예쁜 웨딩드레스(아버
지는 한복 입고 결혼하는 게 보기 좋더라고 말씀하시는데, 그래도
웨딩드레스는 입어봐야지?) 입고 결혼식을 한 다음에 다시 예쁜 옷
으로 갈아 입고 신혼여행을 떠나기 위해 공항에 가는 것, 그런데
어떡하지? 비행기 멀미를 할 텐데.

9월 24일

임 교장 부인이 돌아가셨다. 오래 고생 안 하신 게 차라리 다행
인 것 같다. 암으로 죽을 땐 다른 병보다 더 아프다던데.

미주는 죽으면 화장을 하고 싶다고 했다. 나도 동감이다.

그저 한움큼의 재가 되었으면. 나룻배를 타고 한줌씩 강물 위에
뿌려졌으면.

저녁, 설거지를 하면서 부엌 창으로 산을 보다가 마음을 바꿨
다. 조그만 묏등 밑에 눕는 게 낫겠다. 오갈 데 없는 사람들, 마음
붙일 곳 없는 사람들이 걸어가다가, 묏등 쓰다듬으며 제 설움 부려
놓고 가게.

은용아, 너 지금, 서러운 거니? 뭐가?

9월 25일

베네치아에서 성희와 커피를 마셨다. 군부대 장교들과 미팅한 이야기를 성희가 신이 나서 하는데, 누가 지나가다가 알은체했다. 원장의 아들이었다. 울렁거렸다. 얼굴이 빨개졌을 텐데, 그래도 불빛이 흐렸으니까 못 봤겠지.

이은용, 정신 차려.

9월 27일

그애들이 죽었단다. 미주가 전화했다.

가슴이 철렁했다. 불붙인 연탄을 안에다 피워놓고 잠들었다고. 오 원장이 대전에 있는 아들네 집을 가느라 병원을 쉬는 날인 걸 알고 있었던 것 같다고. 다행히 주민등록증이 있어서 가족에게 연락했다더라, 서울에서 대학에 다니던 아이들이라더라……. 그애들은 왜 여기까지 와서 죽었을까.

땅속에서 보낸 한철

어떻게 이렇게 지을 생각을 했을까.

어스름을 밟고 집으로 돌아와 벨을 누를 때마다 불쑥, 그런 생각이 든다. 검은 벽돌을 붙인 이층집은 성채 같다. 고급 주택가에서도 그 위용은 두드러진다. 위용, 이다. 사람이 사는 집이라기보다는 성채 같은, 네모 반듯하게 지은 집. 집주인에 대한 설계자의 애정이 느껴지지 않는 집이다. 어떤 때는 설계자의 야유마저 느껴질 때가 있다. 이 집은 졸부의 집, 이라고 말하고 싶어하는 듯한.

차 두 대가 넉넉하게 지나갈 만한 너른 골목을 사이에 두고 마주한 집들은 대개 비슷한 모양새다. 빨간 벽돌로 쌓아올리고 빨간 기와를 얹은 그만그만한 이층집들. 그 사이에, 검은 벽돌에 슬래브 지붕을 한 채, 다른 집들보다 널찍하게 터잡은 집은 조금 기괴해 보인다.

골목 안은 조용하다. 어스름 속, 목련이 나무의 영혼처럼 하얗게 피어 있다. 조금 지나면 라일락꽃 냄새가 골목 안을 떠돌고, 라일락이 지고 나면 빨간 장미꽃이, 집단 탈옥하는 죄수들처럼 담장을 넘으리라.

윤기가 처음 집을 보러 왔을 때에도 목련이 한창이었다. 몇 군데
의 복덕방을 돌아다니는 동안, 황사에 목은 텁텁했고, 집인지 장
바닥인지 모르게 시끄러운 집들에 질렸던 윤기는 이 동네의 싸아한
정적이 마음에 들었다. 높은 담장으로 둘러싸인 집들, 널찍한 골목
을 하얗게 만드는 정적은 또 그만큼 배타적이었다. 복덕방 사람에
이끌려 들어간 집은, 굴속 같았다. 하지만, 불을 켜니 그런대로 널
찍했다.

「주인이 시내버스 회사 사장이에요」

세를 조금 낮출 수 없겠느냐는 윤기의 물음에, 복덕방 사람은
엉뚱한 대답을 했다.

「몇 번이라더라, 노선도 여러 개예요. 돈이 궁해서 세를 주는 집
이 아니에요」

돈이 궁해서 내놓는 집이 아니라면 세를 낮춰줄 수도 있을 법
한데, 돈이 많은 집이어서 깎아가면서까지 내놓을 마음은 없다는
거였다.

「그러니까 이렇게 비워두죠」

차라리 비워둘지언정 세를 낮춰서 내놓지는 않겠다는 주인의 자
존심이, 복덕방 사람의 콧대까지 덩달아 세워 놓았다. 살던 집을
비워주어야 할 날짜는 코앞에 다가와 있었고 목련은 환하디환했다.
아내와 함께 와서 계약을 하던 그 다음날까지도.

「여기예요? 참 조용한 동네네요」

「좋지, 동네는」

「애들이 다 지네 집 마당에서 노나 봐요. 한낮인데도 길이 이렇
게 조용하네. 안집에도 애가 있대요?」

목련이, 하얗게 벙글어진 목련이 한낮의 적요를 더 돋보이게 했다. 그 적요 속에서, 잔디가 깔린 마당에서 놀 아이를 생각하는 아내의 얼굴을 보며 윤기는 가슴이 답답해졌다. 아이는 잔디는커녕 뜰도 밟아 보지 못할 것이다. 출입구도 따로 나 있어서 편할 거라는 복덕방 사람의 말처럼, 대문에서 담벼락을 타고 직각으로 꺾인 곳에 서향의 쪽문이 있었다. 그러니 뜰이 있는 안채에 들어가려면 대문이 열려야 했고, 세든 아이를 위해 열릴 대문은 아니었다.

묘지 속으로 들어가는 것처럼 자연광이 전혀 안 들어오는 지하 셋방을 구경하고, 계약서에 도장을 찍고 나오면서 아내는 말했다.

「이 집에서 나오기 전엔 세진이 동생 볼 생각 말아야겠어요」

계약서가 든 봉투를 핸드백에 넣고 나오려다가 아내는 뜰을 둘러보았다. 담장엔 아직 꽃을 피우지 않은 덩굴장미, 잔디와 자연석으로 조화를 이룬 마당엔 집집마다 있는 목련나무와 대추나무, 그걸 찬찬히 눈에 담는 아내를 보며 윤기는 속이 아렸다.

삼 년만 살다 이혼하겠다구? 윤기는 헛웃음을 웃는다. 자신에 대한 야유다. 어디서 그런 독한 마음이 생겨났을까. 딛고 선 사닥다리의 가로장을 툭툭 잘라내며 사닥다리를 오르는 듯한. 하지만 그땐, 짐짓 해보는 생각이 아니었다. 선을 본 몇몇 여자 가운데 지금의 아내를 선택한 것도 그걸 염두에 두고서였다. 더러, 마음이 쏠리는 여자들이 있긴 했다. 조용하면서도 그 조용함이 어떤 자기 주장보다 더 실팍함을 느끼게 하는 여자. 여름 해변의 백사장처럼 양명한 여자. 그렇게 더 마음이 쏠리는 여자들을 건너뛰어, 떠받들리며 자라 세상 물정 모르는 지금의 아내를 택한 것은, 어그러지기 시작한 운명, 그 어그러짐을 완성시키겠다는 의도였을 것이다. 어쩌면 윤기의 무의식 속에 흔적기관처럼 흐릿하게 남은 양심이, 막판에 이르러 돌아갈 곳이라도 있는 여자를 택한 건지도 모른다.

부동산으로 졸부가 된, 첩이 둘이나 있다는 장인 될 사람에게서도, 그 막내딸인 아내에게서도 부박함이 한눈에 알아볼 수 있을 만큼 드러났다. 길중 씨가 내건 명분은 양반 집이라는 것이었다. 본관이 파평 윤씨이니, 양반은 양반이었다. 삼 년만 살다 이혼하겠어. 결혼하겠다는 바람에 들뜬 집안에서 윤기 혼자 얼음처럼 차가웠다. 스스로 생각해도 벌받을 마음이지만, 그 벌이 두렵진 않다. 이미 내 삶은 한고비 꺾였다, 지금은 그저, 꺾인 가지로서 시들시들 말라가는 것뿐이다.

편지에 적힌 주소를 들고 이사한 현희네 집을 찾았을 때, 현희는 이미 떠나고 없었다.

치과 의사와 결혼해 캐나다로 갔다고, 식모인 듯한 할머니가 대문간에서 일러주었다. 발밑이 그대로 꺼지는 것 같아 발을 질질 끌며 내려오던 언덕길, 언덕 아래에서 스믈스믈 올라오는 어둠처럼, 윤기의 가슴은 꺼멓게 무너져 내렸다. 허기와 추위를 견디기엔 너무 부실했던 사랑, 꺼멓게 썩어 흐무러지는 가슴. 울음끝 질긴 아이가 울음 끝에 딸꾹질하듯, 마음이 딸꾹거리며 온몸의 뼈 마디가 어긋났다. 무릎은 자꾸 꺾이려 했다. 현희가 갔다. 다시는 볼 수가 없다. 고장난 뻐꾹시계처럼, 무언가가 속에서 단조롭게 딸깍거렸다. 현희가 떠나서가 아니었다. 현희를 떠나 보낸 게 윤기 자신이었고, 데리러 가겠다는 약속을 못 지킨 것도 자기여서였다. 첫 만남부터 알아본 현희의 그 외로움을 지켜주지 못했다…….

「떨어질 수 있는지 없는지, 날마다 실험중이었어요. 우스웠겠죠? 미니 스커트 입고 옥상에서 떨어지면」

제일 높은 옥상을 찾아, 가정대에서 공대 건물이 있는 언덕까지 오르면서 현희는 그런 생각을 했다고 했다.

처음 현희를 안았을 때였다. 현희는 능란했고, 그걸 조금도 감추려 하지 않았다. 그리고 혈흔이 남았다.

「고등학교 때, 엄마를 만나러 가끔 오던 사람이 있었어요. 난 아저씨라며 따랐고, 어쩌면 엄마도 기둥서방 두듯 함께 살 생각을 했던 거 같아요. 혼잣몸에, 술장사에, 돈도 좀 있겠다, 제가 봐도 꼬이는 사람이 많았거든요. 어느 날 그 아저씨한테 당했고, 나는 세상이 끝났다고 생각했어요. 집에선 엄마가 학교에선 선생님이, 여자에겐 그게 목숨이라고 가르쳤으니까. 그래서 약을 모았죠」

현희는 윤기의 마른 가슴, 기타의 현처럼 드러난 갈비뼈를 만지작거리려 짚어 내려가며 말을 이었다.

「병원에서 깨어났어요. 왜 약을 먹었는지 알게 된 엄마는 아저씨에게 칼을 겨눴어요. 찌르진 못했지만. 일단 알려지고 나니까 오히려 편해졌어요. 막나갔어요. 학교는 빠지고, 아무 남자나 품에 안고, 그러고 다녔어요」

그게 목숨만큼 소중한 게 아니라고 말해 주는 사람이 한 사람만 있었더라도, 그렇게 막나가진 않았을 거예요. 현희는 한숨 쉬듯 말하고 눈을 질끈 감았다.

「엄마는 현실적이라서 방법을 찾아내더군요. 절 산부인과에 데려갔어요. 그러더니, 번 돈을 처들여 청강생으로 넣더군요. 괜찮은 남자 만나서 보란 듯이 시집가려면 대학에 다녀야 한다고. 책을 안고 허깨비처럼 몇 년째 왔다갔다하고 있었어요」

참 이상하지요. 왜 윤기 씨가 처음인 것 같은지……. 그랬는데, 그러던 현희였는데. 그것밖에 방법이 없었을까, 그 굽이를 꼭 그렇게 넘겨야 했을까.

아버지 잘못했습니다. 제가 아직 어려서…….

다시, 얼굴이 붉어지는 부끄러움. 혹시라도 살아날까봐 묻어두려 했던 편지 한 장. 대학 노트지에 써 내려간, 길중 씨가 좋아했던 윤기 자신의 유려한 필체.

기침을 쿨럭이는 현희를 집 앞까지 데려다주고, 윤기는 불기가 미지근하게 남은 방구석에 엎드려 편지를 썼다. 잘못을 깨달았노라, 이번만 용서해 준다면, 아버지가 바라는 대로 열심히 공부하고 일하는 아들이 되겠노라. 캐시밀론 이불의 차가운 촉감이, 창으로 새어 들어온 바람만큼이나 시렸다. 그보다 더 시린 건, 비죽 비어져 나오는, 자신에 대한 경멸이었다.

졸업식날에도 봄이 되어도, 현희한테선 연락이 없었다. 며칠 말미를 내어 올라와 서성이던 현희네 집, 대문은 늘 굳게 닫혀 있었다. 그 닫힌 문 앞에서 며칠을 서성이다가 윤기는 집으로 돌아와 길중 씨 앞에 엎드렸다. 결혼하라는 허락만 떨어지면, 현희네 담장이라도 넘을 수 있을 것 같았다. 그러나 끝내 넘지 못한 그 담장.

그렇게 그렇게 흘러간 시간을 딛고 한 장의 편지가 손에 들어왔을 때, 자신이 보낸 편지가 현희의 손에 들어가지 않았듯, 현희가 보냈을 편지들도 중간에서 없어졌다는 걸, 윤기는 깨달았다. 다 늦은 뒤에야.

은용의 지리과부도를 펼쳐 현희가 떠났다는 나라를 찾아보았다. 알래스카 아래쪽 넓디넓은 땅덩어리는, 한반도와는 푸른색으로 칠해진 바다를 사이에 두고 있었다. 나라 이름만 알 뿐, 동부인지 서부인지조차 알 길이 없었다. 태평양의 흔적이라곤 언젠가 가본 동해바다가 전부였던 윤기로선 그 거리를 가늠할 수 없었다. 윤기는 지도를 덮었다. 마음도, 신문지처럼 접혀 버렸다. 다시는 펼 수 없으리라. 편다 하더라도, 그 접힌 자국은 영영 없어지지 않으리라.

접힌 마음은 시간이 지남에 따라 웅크린 짐승 모양을 이루었다. 식구들은 점점 더 윤기를 피했다. 윤기 속의 그 짐승을 알아본 것이다. 그 짐승은 자갈투성이인 마음의 비탈을 어슬렁어슬렁 내려가거나, 너설에 엎드려 발등에 머리를 얹고 흐린 눈으로 세상을 멀찌감치 바라보았다. 세상이 얼어붙든 들끓든, 윤기의 망막에는 세상의 상이 맺히지 않았다. 윤기의 시간은 세상의 운행과 무관한 궤도로 돌았다.

「도대체 뭐지요? 뭐가 그렇게 괴롭히나요」

이 도련님아, 영애의 눈은 그렇게 묻고 있었다. 윤기와 동갑인 영애는 산전수전 다 겪은 노련함으로 윤기를 어루만졌다. 거의 날마다, 오토바이를 타고 찾아와 술을 마시다 통금이 임박해 돌아가는 윤기, 영애가 보기엔 도련님이었다. 그런데도 끌렸던 건 곁에 아무도 들이지 않는 당신의 차가움이었다고, 술집에 나앉은 여자의 몸은 공유물이라고 생각하는 뭇 사내들과 달라서 내가 이렇게 몸달아 했다고, 영애는 옷을 벗으면서 말했다.

「이걸 피워 봐요, 당신. 안개가 걷히고, 선명해질 거예요. 인생이 뭔지 알게 될 거예요」

그저 담배였다. 필터까지 끼워진 담배였다. 코앞에 대었을 때, 낯선 풀 냄새가 났다. 한 모금 빨았다. 풀 냄새가 진하달 뿐이었다. 다시 한 모금, 다시 한 모금, 영애의 말소리가 물결처럼 다가왔다 멀어졌고, 벽이 휘어졌다. 온몸이 풀리면서 가라앉았다 떠오르고 다시 가라앉았다.

「처음 피우면 토하는 사람도 많은데, 받나봐요, 당신은」

욱신거리는 머리로 깨어나, 먼길에서 막 돌아온 사람처럼 낯선 눈으로 보았을 때, 영애가 신기하다는 듯이 말했다. 한 번 발을 디디니, 그 다음은 수직으로 미끄러져 가는 갱도처럼 흘러내렸다. 그 흐름에서 건져올려졌을 때, 윤기는 형사의 눈초리에서 경멸을 보았다. 원 세상이 어떤 세상인데, 젊디젊은 것들이 할 지랄이 없어서. 차라리 데모를 해라, 데모를.

이따금, 그 짐승이 고개를 들고 발톱을 일세울 때가 있다. 그럴 때, 윤기는 그 짐승의 쩍 벌린 목젖을 향해 잭나이프를 날렸다. 미군부대에서 흘러나왔을 잭나이프. 몸체의 단추만 누르면, 감춰둔 살의처럼 칼날이 툭 튀어나오는 그것. 다락문도 마당의 등나무도 번번이 표적이 되었고, 때로는 방바닥의 장판이 찢겨나가기도 했다.

어느 날인가, 윤기는 제 운명을 시험하듯 방문을 향해 칼을 날리고 있었다. 칼이 윤기의 손을 벗어나는 순간 방문이 열렸다. 은용이었다. 칼은 은용의 단발 머리를 휘익 스치고 마루로 날아가, 현관문의 유리창에 부딪쳤다. 톡, 아주 가벼운 소리를 내며, 유리는 금이 갔다. 유리 건너편의 벽오동나무가 잘린 유리의 단면에 어긋났다. 그때서야 윤기는 그 짐승 아닌 다른 것을 표적으로 삼고 있었음을 깨달았다. 은용보다는 큰 키를 가진, 식구 중의 한 사람. 아니다, 아니다 하면서도 그 앞에 자신이 무릎 꿇었던 그를.

은용은 자신에게 벌어지려 했던 일이 무엇인지 가늠이 안 된다는 듯 뒤를 돌아보았다. 윤기를 한 번 보고, 마당으로 나가 말없이 칼을 주웠다. 칼을 줍기 위해 허리를 구부린 은용의 등판에, 등나무 줄기를 꿰고 들어선 햇살이 조각조각 얹혔다. 은용이 허리를 펴자 그 햇살 조각들은 흩어져 버렸다. 은용은 날이 펼쳐진 나이프를 장식장 위에 얹고 고미다락을 향해 올라가 버렸다. 은용의 말없음을, 윤기는 뼈아픈 질책으로 들었다. 이제 이런 짓 그만둬.

그날 밤이었을 것이다. 해변에 나갔던 윤기는 늘 보아 두었던, 발끝 저리는 아슬함으로 지나쳤던 급커브길에서 슬그머니 핸들을 놓아버렸다.

〈이제 끝나리라. 이제 끝내리라〉

그러나 목뼈는 부러지지 않았다. 병원에서의 나날, 슬멋 눈을 피하며 시중 드는 식구들, 부러진 이 사이로 새어나오는 헛바람.

삼 년만 살다 이혼하겠어.

예식장은 여느 예식장답게 북적였다. 경조사를 꼼꼼히 챙기며 길중 씨가 닦아놓은 길이 있어서, 여느 예식보다 붐볐다. 검정 양복을 입은 윤기는 홀 입구에 길중 씨와 나란히 서서 사람들에게 인사를 했다. 상복 같구나. 양복은 새것이어서, 새것 특유의 맨드러운 광택이 났다. 친구들의 농담에, 새로 해넣은 가치를 드러내며 웃기도 했다. 가면처럼 덮어쓴 웃음이 살갗에 쏠려서 손으로 얼굴을 쓸어내렸다. 이발을 하고 면도를 한 살갗이 후피동물의 가죽 같았다. 옆에서 앞에서, 카메라 플래시가 터졌고, 호주머니에 꽂힌 카네이션 부케가 비어져 나와 바닥에 두 번 떨어졌다. 그때마다 곁에 있던 누군가가 주워서 윤기의 호주머니에 다시 꽂아주었다. 이술 저 술 뒤섞어 마시고 억병으로 취했을 때처럼, 윤기는 결혼식날을 단면 단면으로 기억한다. 분명히 일관된 흐름에 따라 실수 없이 끝낸 예식인데, 기억이 토막난다. 결혼을 앞두고 담근 술이 아주 잘됐다고, 이렇게 맛있는 술은 처음이라는 사람들의 치사에 피로연을 한 식당에서 수줍게 웃던 어머니의 얼굴까지 생각나는데.

여자는 결혼행진곡에 맞춰 웨딩드레스를 잘잘 끌며 입장했다. 거품처럼 흘러내리는 레이스가, 좌석 사이의 통로에 색동천으로 만든 길을 쓸며 윤기에게 다가오고 있었다. 그 레이스 안에서 현희가 다소곳이 고개를 숙이고 걸어오고 있었다. 아니었다. 현희가 아니라 여섯 번쯤 만난 여자, 윤기에게 운명을 걸겠다는 여자가 그 아버지의 손에 이끌려 자분자분 걷고 있었다.

「사주는 타고나는 건데, 사주에 쓰인 운명을 바꿀 기회가 딱 한 번 있대요. 결혼이 그 기회래요」

그렇게 말하고 입을 나부죽하게 만들며 웃던 여자, 아내였다. 애티가 가시지 않은 동그란 얼굴, 넉넉한 집에서 귀엽게 자라 세상이 제 집안 울타리 같은 줄 알고 있는 여자, 혹 무슨 일이 생기더라도 돌아갈 곳 있는 여자. 결혼식장은 윤기가 제 음모를 완성시키는 곳이었다.

남자에게 결혼은 그저 사건일 뿐이지. 목적 없는 여행을 떠나듯, 그냥 역에 나가서 시각표의 지명들을 읽어내리다 마음을 잡아당기는 지명까지 차표를 끊듯, 그렇게 선을 보고 결혼을 결심하며, 윤기는 여자가 운명 운운하는 것이 부담스러웠다.

삼 년만 살다 이혼하겠어.

그 주문을 욈으로써, 윤기는 새신랑의 모습을 연기할 수 있었다. 결혼을 결심하고 해넣은 가치를 혀끝으로 밀어보았다. 내출혈. 짓무른 속에서 흐르고 엉기는 피, 윤기는 하얗게 질린 얼굴로 터지는 플래시 앞에 섰다. 남들처럼 트렁크를 들고 신혼여행도 갔다. 첫날밤, 뻣뻣하게 굳은 채 순종하는 아내를 안으며 윤기는 눈을 질끈 감았다. 무슨 업보로 이 여자는 나를 만났나.

삼 년은 금방 지나갔다. 시간은, 흐르는 게 제 임무라는 걸 알고 있다는 듯이 묵묵히 흘러갔다. 순간순간이 이어진 그 흐름들, 잘린 단면들에, 서울로 올라와 조그만 기계 부속상을 열던 날, 매상에 따라 엇갈리는 희비, 경리 아가씨의 들고남, 부도를 막느라 뛰어다니던 날들이 점점이 놓였다.

　윤기는 그 성채의 대문을 지나, 모서리에 붙은 쪽문의 초인종을 눌렀다. 문을 열기도 전에, 안쪽에서 딸아이가 소리쳤다.

「아빠다!」

　형광등 아래에서 노는 아이의 얼굴은, 형광등 불빛이 아니어도 푸른 기가 돌았다. 통통한 뺨도 혈색이 없었다. 아이를 안아올리려는데 연탄 냄새가 확 끼쳐들었다.

　결혼한 뒤 한동안 윤기는 피임을 했다. 아직도 그 주문 같은 다짐은 사그라들지 않았고, 이 세상에 아이를 떨굴 마음은 더더욱 없었다. 아버지의 바람기에 질린 아내 또한 아이를 간절하게 원하진 않았다. 셋방살이를 빌미삼아, 윤기는 생리적으로 살아난 몸의 일부에 스스로 차단막을 씌웠다. 생명이 될 수도 있었을 그것들은 덧없이 쓰레기통으로 버려졌다.

　삼 년만 살다 이혼하겠어.

　결심은 두 해를 넘기지 못했다. 두 해 겨울을 넘기고 난 봄, 수축된 피부 깊숙이 스며들었던 숨기운이 모세혈관을 열어 나른해지는 봄날 저녁, 이제는 흐릿해져서 본래의 형체마저 잃어버린 채 너덜너덜, 기억의 모퉁이에서 나달거리는 결심을 걸고 윤기는 도박을 했다. 그토록 새겼던 결심을 맥없이 어기는 자신을 용납할 수는 없고, 어디서 징집 영장이 날아와 현실로부터 끌어내 갈 전망은 더더욱 없을 때, 동전을 던지듯 도박을 했다. 자살을 위해서보다는 자기 이야기를 들어줄 귀를 모으기 위해 다리 난간에 오르는 사람이 벗어놓은 신처럼 도르르 말린 비닐을 펴려다, 윤기는 그대로 두고 아내를 안았다.

　티밥 같은 이가 돋을 때부터 아이는 유달리 제 아비를 탐했다.

아이가 텔레비전의 유아 프로그램을 따라 뒤뚱거리며 춤추는 걸 보다가 웃음을 떠올리기도 했다. 아이 앞에서 담배를 피우지 못하게 하는 아내의 채근에, 주방에 나와 담배를 피우거나 창문을 조금 열고 담배 연기를 뿜어내기도 했다. 과거는 등뒤로 늘어뜨려진 그림자였다. 그렇게 살았다. 이제 더 이상 사는 일에 어떤 기대도 설렘도, 노여움조차도 없으리라, 멀리서 바라보는 민둥산처럼 밋밋하고 지루하게 흘러가리라. 쓴 잔이 주욱 놓인 어지러운 술자리를, 그 잔을 남김없이 비워가며 다다른 적막함.

그리고 윤기 앞에는, 가게 문을 닫을 것인가 말 것인가 하는 새로운 잔이 놓여 있었다. 부도를 막느라 얻은 빚은 히드라처럼 새로운 빚을 키웠다. 밤마다 어수선한 꿈에 시달렸다. 험한 산을 올라야 한다든지, 벗어놓은 외투가 없어진다든지 꿈풀이 사전을 펼치면서 시작하는 아침이 이어졌다. 아침을 시작하는 게 아니라, 지난밤 꿈속의 상징이 하루를 이끌어내고 지배하는 나날.

「인기는?」

「시골에 다녀온다고 내려갔어요. 휴교라던데요」

「언제 온대?」

「당분간 가 있겠다구요. 전화한다고 했는데 못 받았어요?」

「낮에 밖에 있었어. 잘 갔겠지」

일상은 이런 것이다. 익숙한 대화, 친숙한 찬이 차려진 밥상, 서툰 수저질에 부스스 흘러내리는 밥알을 주워 입으로 가져가는 아이의, 아이답지 않게 주름진 손매듭이 아내를 닮았음을 보는 일. 윤기가 한 말에, 「그게 무슨 뜻이에요? 못 알아듣겠어요」라고 재우쳐 묻는 아내의 순진함이 미덕으로 보이는 것. 일상의 자잘한 기억들이 쌓여 이루는 익숙함, 사람들이 정이라고 일컫는.

결핍을 모르고 자란 아내는, 분가해 나온 처음 얼마간은 결핍 자체를 신기하게 받아들였다. 6개월마다 이삿짐을 싸서 몇 번 옮겨 다니는 동안, 번쩍이는 자개 장롱 귀퉁이에는 찍은 듯한 흠집이 생겼다. 부잣집에서 태어나 자랐고, 괜찮게 사는 집으로 시집온 줄 알았을 아내는 어느 날부턴가 장롱 닦는 일을 그만두었다. 화장실이 있는 안채의 문을 밤이면 걸어잠가서, 밤중에 갑자기 변의를 느끼면 부엌 바닥에 신문지를 깔고 일을 보아야 하는 집, 연탄가스를 마셔 문턱을 나서다 쓰러진 집, 벽에 곰팡이가 피어 아침이면 목이 컬컬해지는 집…… 그 집들을 거치며, 아내의 얼굴에 남았던 앳됨은 가뭄 든 땅에 물 스며들 듯 가뭇없어졌다.

언젠가, 이사할 집을 보러 돌아다니다 구두 속에 꼭 끼이는 발을 의식하며 돌아오던 버스 안에서였다. 아내는 옆으로 비껴 지나가는 이삿짐을 골똘히 바라보았다. 작은 트럭 짐칸에 실린 허술한 살림들, 얼핏 보아도 싸구려임에 분명한 장롱, 쌀통, 고무 끈으로 잡아맨 세발자전거와 그릇이 담겼을 고무 자배기. 자취생의 짐보다 조금 많은 살림 속에, 삼십대 초반, 윤기 또래로 보이는 왜소한 체구의 사내가 입에 담배를 문 채 파묻혀 있었다. 사내의 눈길이 닿는 짐칸 귀퉁이, 조그만 화분에서 유엽도는 화사한 분홍 꽃을 무더기로 피워올리고 있었다. 그 꽃을 오래 바라보던 아내의 눈에 물기가 얼비쳤다. 윤기가 처음 보는 눈물이었다. 얼굴이 푸릇푸릇한 매질 앞에서도 보이지 않던 눈물.

신혼 초, 윤기의 공격성은 아내를 방어적으로 만들었고, 아내는 사소한 일에 거짓말을 하기 시작했다. 아내의 거짓말이 자기의 공격성에서 비롯된 걸 알면서도, 윤기는 그걸 빌미삼아 아내를 때리기 시작했다. 속이 빤히 들여다보이는 아내의 거짓말에 천진한 구석까지 있다는 걸 알면서도. 차로 삼십 분 거리인 친정에 말없이 갔다 오고도 잠깐 시장 보고 오는 길이라고 우긴다는지 하는 거짓말. 너무 빤해서 천진한 구석마저 느껴지는 거짓말. 어디로도 분출할 길 없는 윤기의 가학성을 쏟을 수 있게 한.

아내가 정직하기 짝이 없었다 하더라도, 그때의 윤기로선 폭력을 휘둘렀을 것이다. 곧이곧대로이면 곧이곧대로라고, 깔끔하면 여자가 복없게 군다고, 소탈하면 털털맞다고, 아마 어떻게든 이유를 붙여서 폭력을 행사할 구실을 만들어냈을 거라는 걸 윤기는 안다. 채 삭지 않은 고깃덩어리처럼 속에 얹힌 광포함, 그 폭력을 정당화하기 위해, 제 핏속에 흐르는 길중 씨의 피까지 끌어대며. 그때마다, 윤씨는 아들의 팔에 매달린 채 막아보겠다고 허우적거렸고, 몇 번인가, 짚단처럼 맥없이 허물어지고, 급기야 피를 쏟기도 했다. 그래도 울지 않던 아내였는데.

「오늘 버스표 샀어요. 아침에 안집 아줌마가 일부러 불러서 말하더라고요. 곧 버스비가 오를 거라고, 버스표 많이 사두라고요」

생각만 해도 신이 난다는 듯, 아내의 입가가 방글거렸다. 눈 아래, 기미가 물샌 천장의 얼룩처럼 얼룩지는데도. 환풍기를 좀 달았으면 좋겠다고 말했을 때, 전세니까 세든 사람이 다는 거라고 잘라 말하던 여자는 그 이야기를 하면서 시혜를 베푼다는 기쁨을 누렸으리라. 속없긴, 윤기는 아내가 안쓰럽다.

「그래서 샀어? 얼마나 샀어」

「있는 대로 샀죠, 뭐. 사두면 언제고 쓸 거니까」

아내는 웃었다. 그 웃음 아래, 조심스러운 불안이 뉘엿거렸다.

「못 구했어. 내일은 시흥 쪽으로 가봐야 할 것 같아. 그쪽엔 방이 좀 싸다니까」

「……언니한테, 말해 볼까요」

「아니, 빌린대도 아직은 갚을 길도 막연하고. 어차피 이사는 해야 하니까」

「정 그러면, 아버님에게 말씀드려 보지 그래요」

「됐어」

어렸을 적, 집안을 쑥대밭으로 만들어놓고도 문 밖에 나가 호인처럼 웃던 아버지의 얼굴을 본 그때부터인가. 연원을 알 길 없는 증오. 죄책감에 사로잡히면서도 그 순간의 쾌락을 잊지 못해 수음을 하던 때, 아버지의 정액에서 자기가 생겨났다는 걸 깨달은 그 순간부터, 그렇게 해서 피를 나눈 형제들까지도, 윤기에겐 벗어나고 싶은 짐일 뿐이었다.

대학에 다니는 인기에게도 윤기는 무관심으로 일관했다. 얼굴을 대하는 건 저녁 밥상머리뿐이었고, 말수 적은 인기는 그저 덤덤히 밥을 먹거나 가시 바른 생선을 아이의 수저에 얹어줄 뿐이었다.

「아빠, 나 기역자로 누웠다!」

벽에 비스듬히 기대 다리를 뻗은 윤기의 엉치에 제 머리를 가져다 대고 누우며, 아이가 까르르 웃었다.

「우리 세진이, 기역 자도 알아」

「응, 테레비에서 배웠어. 아빠, 기역자 맞지」

「그럼, 맞구말구」

저릿저릿해지는 다리를 꼬며, 윤기는 아이의 명주실같이 가느다란 머리로 손을 뻗쳤다. 실재하지 않는 것처럼 부드러운 머리카락을 쓸어내리며, 윤기는 머릿속에 지도를 펼쳐보았다. 내일은 좀더 먼 곳까지 나가 봐야겠구나. 다니기에 불편하더라도 이애가 볕을 보고 살 수 있는 곳으로.

차창 밖의 간이역

은용이 읍의 중심부로 접어드는 길모퉁이에 이르렀을 때, 나트륨 등 불빛 언저리에서 은분처럼 흩날리던 눈발이 새삼스럽게 살갗을 때렸다. 정전이었다.

땅 깊은 곳에서 아슴푸레한 빛살이 뻗쳐나오고, 사위가 희뿌연 어둠에 잠겨들었다. 휘이이익, 공수받이 서두, 먼 데서 넋을 실어온 만신이 험한 산, 너른 벌, 깊은 내 건너느라 겨웠던 숨 돌리는 소리를 내며, 바람이 차갑게 옷깃을 파고들었다.

살 오른 바람소리에 휘말릴 듯 일렁이는 가슴을 다잡느라, 은용은 호주머니 속에 든 손을 옴키며 발을 내디뎠다. 길이 미끄러워 그러잖아도 조심스럽던 발디딤이, 여린 어둠 속, 알지 못할 조바심에 지체되었다.

지난 주에 쌓여 얼락녹을락한 눈 위에, 저녁 무렵부터 희번뜩이던 눈발은 야무지게 쌓였다. 눈길 때문에 지체될 시간까지 넉넉하게 어림잡아 집을 나섰다. 그런데도 뭉클뭉클 덩어리지는 조바심. 그 조바심을 달래려 은용은 걸음을 멈추는 순간, 어둠에 불 밝혀지듯, 왜 가슴이 조이는지를 깨달았다. 어둠이었다.

소변이 잦은 아버지가 잠자리에서 한번쯤 일어날 시각이었다. 게다가 술까지 드셨으니. 스위치를 올려도 앙버티는 어둠 앞에서, 잠결의 아버지는 당황하시리라. 플래시가 어디 있더라. 아, 장식장 맨 위칸에 있지. 손에 익은 자리니까 금방 찾으실거야.

그러나……. 의혹의 갈고리는 집요하게 은용을 붙잡고 놓아주지 않았다. 술이 덜 깼을 텐데, 찾으실 수 있을까. 어쩌면, 웬 정전인지 궁금해 나를 찾으실지도 모르는데.

저물 무렵, 밖에서 김한영 씨와 함께 들어온 길중 씨는 이미 취한 상태였다. 들어서면서 길중 씨가 한 말은「술상 차려라」였다.

「됐어요, 형님. 화를 술로 푸시면 되나요. 그저 그러려니 허구 놔두셔야지, 어떡한대요」

「놔 두지 그럼 제가 어쩌나요. 우린 죽은 목숨이나 다름없는데」

「그저 큰 횡액 없이 사는 것만두 고맙게 여겨야죠」

「그래야죠. 허지만 하두 허망해서, 곶감 꼬치에서 곶감 빼먹듯 내 눈앞에서 팔아 없애는 걸 보자니……」

「형님네나 우리나, 자식농사 피농사 졌수. 허지만 둘러보면, 뉘집 자식 헐 것 없이 다 그렇습디다. 세상이 바뀌는 걸 인력으로 어쩐대요」

낮에, 길중 씨네 논을 내놓았다는 소식을 듣고 김한영이 찾아왔다. 길중 씨가 이 읍에 와서 처음 만난 사람이고, 둘 다 맨몸으로 뿌리를 내렸다는 점에서 말없이 통하는 구석이 있었다. 그 논은 공장을 그만둔 길중 씨가 농사를 짓던 땅이었고, 돈을 벌기 시작하면서 맨 처음 산 땅이었다.

한 살 아래인 김한영은 깍듯이 형님 대접을 했는데, 위로한답시고 나가서 술 마신 두 사람, 마음만 더 그르친 것 같았다. 김한영은 붙잡는 길중 씨를 뿌리치며 비척비척 일어섰다.

「나오시지 마요. 형님, 주무세요」

김한영은 은용에게 「어서, 자리 펴드려요. 이거 늦게까지 폐 많았수」하며, 일어서려는 길중 씨를 주저앉혔다. 길중 씨는 비치적거리며 일어섰다.

은용이 돌려놓은 신발을 신으며 김한영은 다시 형님, 나오지 마슈, 했고, 길중 씨는 안 나가요, 나 안 나가요, 하며 신을 꿰었다.

「어, 날씨 맵다」

대문을 나서 큰길 아래의 길턱으로 내려가려다 김한영은 다시 한번 미끈, 넘어질 뻔했다.

「살펴 가세요」

은용의 인사에 손을 휘저으며 김한영은 큰길로 나아갔다. 외곽도로가 나자 길중 씨의 집은 외곽도로에 맞닿았고, 김한영은 큰길 건너편, 조금 더 나간 곳에 집을 지었다. 두 집은 50미터쯤 비껴 마주 보는 격이었다.

「그만 들어가세요, 아버지」

은용의 말에 길중 씨는, 술기가 가신 울울한 목소리로 말했다. 먼저 들어가거라.

눈발이 얼어붙은 길은 불빛에 반들반들 빛났다. 도로턱에 쌓인 눈에 발자국이 어지럽게 팼다. 차 한 대가 쌔앵, 달려오다가, 헛바퀴 도는 소리를 내며 속력을 줄였다. 김한영은 그 차의 꽁무니를 따라 길을 건넜다.

길중 씨는 담벼락에 몸을 숨기고 바랐다. 김한영은 용케 그의 집 대문 앞에 섰고, 거기서 버르적거렸다. 오줌을 누는 것 같았다.

김한영이 집으로 들어가는 걸 보고서야 길중 씨는 몸을 돌렸다. 언제나, 걸진 말로 세상의 변모를 개탄하다가, 허리를 구십 도로 구부려 정중하게 인사하며 헤어지는 게 두 사람의 예법이었다. 실례 많았습니다, 혀가 안으로 말려드는 소리로 예를 갖추며.

방안에 들어서자마자 길중 씨는 쓰러졌고, 은용은 잠든 윤씨 곁에 자리를 펴고 뉘고 나온 것이다. 은용은 애써 마음을 눅인다.

〈자리끼는 갖다 놓았으니……〉

묵은 기억이 무심결에 의식 표면으로 튀어오르듯, 불이 들어왔다. 눈발이 긴 잠에서 환히 깨어나고, 시퍼렇게 언 채 서슬 풀지 않으려던 촉각이 무디어졌다. 환히 아는 길이 고스란히 미궁이었다. 저 끝에 과연 역이 있을까. 은용의 기우는 역 건물 안에 켜진 불빛을 보고서야 스러졌다.

역 앞의 상가는 대부분 덧문을 닫거나 셔터를 내렸다. 막차는 읍에서 한 정류장 아래인 면소재지까지만 갔다. 불빛 죽은 광장 언저리에는 다방과 여관의 아크릴 입간판만 오롯했다. 가게의 김 서린 유리 안쪽, 해바라기 빛으로 무더기 진 것은 감귤일 것이다. 막차 손님을 받아 읍 외곽으로 나가려는 택시 몇 대가 딱정벌레처럼 광장을 점령하고 있었다.

은용은 대합실로 들어갔다. 덧입히고 덧입힌 페인트가 군데군데 떨어져 나간 나무 벤치 위에 앉은 사람들은, 텔레비전을 보느라 시선을 고정시키고 있었다. 불이 꺼졌는지 막 탄을 갈아넣었는지, 난로엔 훈기가 없었다. 은용은 벤치 끄트머리에 앉았다. 장날이었구나. 함지박이며 자배기를 발치에 놓은 사람들을 보며 은용은 깨달았다. 읍사무소가 그래서 붐볐구나.

인기의 주민등록초본과 신원증명서를 신청해 놓고, 은용은 의자

110

를 차지한 사람들을 피해 민원실 구석에 가 섰다. 부르는 소리, 대조하는 소리, 주민등록증을 처음 만드는지 검정 무인을 찍고 난 손가락을 쳐들고 깔깔거리는 여고생, 전화기를 들고 소리 치는 방위병의 목소리가 뒤섞여 웅웅거렸다. 안쪽 면과 바깥 면의 기온 차로 흐려진 유리가, 기다려야 하는 시간처럼 답답했다. 그때, 답답한 공기를 찌르고, 둔탁하나 오기에 찬 목소리가 튀어올랐다.

「뼈빠지게 농사져서 빚 갚기에 바빠 죽겠는데, 기집애 출생 신고 하러 나올 겨를이 어디 있었겠어」

시선이 칼끝처럼 꽂힌 곳에, 삼십대 후반의 농군으로 보이는 사람이, 읍사무소 직원과 그 옆의 방위병을 아울러 상대하고 있었다.

「그거야 댁의 사정이지. 한 사람 한 사람 사정 봐주려면 뭐 할일 없다고 법을 만들었겠소? 늦었으면 곱게 벌금 내는 게 당연하지, 엇다 대구 큰소리야. 누가 당신보구 빚 지랬소?」

말의 거셈과 달리, 읍사무소 직원의 표정은 여유로웠다.

「누가 지고 싶어서 진 빚이요? 나라에서 빚 지게 해놓고선 그 빚 갚기에 바빴는데 괘씸타고 벌금까지 내라니……」

억울함을 견딜 수 없어서 한마디 하지 않고는 못 배기는, 그러나 어쩔 수 없이 전세의 불리함을 알고 있는 말투였다. 읍 직원은 더욱 느긋해졌다.

「벌금 겁내는 사람이 신고는 그렇게 늦게 해요? 그렇게 바쁜 사람이 애는 어느 세월에 만들었대?」

사람들의 긴장이 삶은 고깃결 뜯기듯 일시에 풀어졌다. 그건 그려, 껄껄껄. 일시적인 웃음의 끝을 몰아쥐고, 듣던 이들 중의 한 사람이 무마하려 나섰다.

「거 좋은 일 같은데 서로 좀 양보합시다」

  분위기가 좀 풀린 듯하자, 같이 웃던 직원은 무뚝뚝한 얼굴로
서류에 눈을 주었다. 일은 바쁘지 손은 달리지, 견딜 수 있어야지.
  서류를 받아들고 나오다, 공장에서 일하다 방앗간을 차려 나간
김씨를 만났다. 언제 국수 주려고 그래? 몇 마디 안부가 오고 가다
가, 김씨는 목소리를 조금 낮추며 물었다. 갈머리 그 논 말여, 팔
려고 내놓으셨다는데 정말여? 그 땅 사고서 좋아하시던 게 엊그제
같은데…….
  〈장날이었구나. 그래서 붐볐구나〉
  은용은 텔레비전에 눈을 주었다. 흘러간 옛 노래를 부르는 프로
그램이 진행되고 있다.

    고향이 그리워도 못 가는 신세. 저 하늘 저 산 아래 아득한 천
    리……

  어렸을 적부터 그렇게 집 밖으로 돌더니……, 구성진 노래가 집
에 안 들어오려고 역에서 만나자는 인기의 심사 같아, 은용은 쓸쓸
해진다.
  역무원이 플랫폼 쪽에서 나타나 개찰구의 문을 열었다. 불빛 때
문인지 불편한 자세로 텔레비전을 보아선지, 눈이 시린 듯한 표정
을 지으며 사람들은 주섬주섬 짐을 챙기며 일어섰다. 플랫폼에 목
늘인 수은등이 냉랭한 표정으로, 밤늦게 귀가하는 장꾼들의 어깨
에 얹힌 생활의 무게를 낱낱이 드러냈다. 먼데서, 짓눌린 듯한
기적 소리가 기어온다.
  「뭐 마실래?」
  머리를 틀어올린 레지가 엽차잔을 들고 다가왔다. 손님이라고는

아무도 없는 다방, 낮에 들어앉아도 왠지 저녁이라는 기분이 들게
할 것 같은 다방이었다.
　「우유. 데워 주실 수 있어요?」
　「그럼요. 뜨겁게 해다드릴게요」
　「고맙습니다」
　「전 커피 주세요」
　레지는 하품을 하며 주방 쪽으로 가더니 아예 주방으로 난 문을
밀고 들어가 버렸다.
　「저녁은 먹었니?」
　「그럼, 지금이 몇 신데」
　「집에 저녁 해놓았는데……」
　「내일 첫차로 가야 할 텐데 뭘. 밥이야 날마다 먹는 거고」
　고집스럽긴. 은용은 더 권하지 않고 코트 호주머니에 든 봉투를
꺼냈다. 누런 행정봉투에 든 서류. 신원증명서와 주민등록초본이었
다. 주민등록 서류의 주소란이 복잡하면 보기 싫다는 길중 씨의
말에 따라, 인기는 여전히 고향 집을 주소지로 하고 있었다. 인기
는 배낭 호주머니에서 수첩을 꺼내더니 그 갈피에 서류 봉투를 넣
었다. 먼 길을 돌아온 듯, 풀죽은 배낭에 피곤이 얹혀 있었다.
　「서류 떼러 가느라 추웠지?」
　「읍사무소까지 얼마나 된다고……. 정말 집에 안 들르고 갈래?」
　「그냥 여기서 자고 떠나는 게 편해. 왜, 그 일출여인숙이 바로
이 뒷골목이잖아. 나 거기서 꼭 한번 자고 싶었던 거 모르지?」
　「거기가 아직도 있어?」
　「응. 내가 집에 올 때마다 그 골목을 보았거든. 언제 나는 저기
서 자보나 하고. 내가 태어나서 처음 가본 여인숙 아니우? 집엔 별

일 없지?」

「별일은 무슨……」

「그만 들어가. 바래다줄까?」

「무슨, 눈이 와서 길이 환한데. 가로등도 켜져 있고」

「그래도……」

「붙잡아다 빨래 시킬 일 있냐? 홀에 나가긴 글른 나이고」

웃는 은용의 눈가에, 손톱으로 긋고 지난 듯한 잔주름이 잡혔다.

「괜찮으시지? 누나도?」

「괜찮아. 너나 조심하고. 전화라도 자주 좀 해라」

은용은 인기의 파카 호주머니에 손을 찔러 넣었다.

「오늘밤 숙박비야. 일출여인숙, 우리 집하고 인연도 깊다」

〈집 두고 웬 청승인지, 방이나 따뜻하려나〉

올 때보다 더한 한기 속에 집으로 가는 은용의 마음이 산란하다. 대학 시절, 방학 때 집에 왔다가도 며칠 안 머무르던 인기, 제대한 지 몇 달이 지났는데, 취직은 안 하는 건지 못 하는 건지.

인기를 만나러 나온 게 아니라 떠나 보내러 왔던 것 같다. 화물차인가, 아스라하게 휘어지는 기적소리에, 말소리가 섞인다. 은용 씬 간이역 같아요.

원장의 아들, 안석이 찾아온 건, 갓 제대한 그가 짧은 머리로 돌아다니던 때였다. 아카시아가 막 피어나던 무렵이었다.

해질 무렵에 초인종이 울려서 나가 보았더니 안석이었다. 집에서 입는 허름한 면 치마에 슬리퍼를 꿰고, 저녁 설거지를 하느라 긴 고무 장갑을 벗어가면서 문을 열었던 은용은 당황했다. 한 손에 들었던 고무 장갑을 얼결에 등뒤로 감췄다.

「뭐 해요? 잠깐 볼 수 있어요?」

「지금요?」

「네, 바쁘면 기다릴게요」

「이 근처엔 기다릴 만한 데가 없는데……」

「저 뒤, 절이 있더군요. 거기서 기다리면 안 될까요?」

안석은 뒷산을 가리켰다. 산 어귀의 절은, 산 속에 있다기보다는 마을 끄트머리에 있는 것이나 다름없었다. 초파일이면 은용의 집 앞길에서부터 밝혀진 연등이 절까지 이어지곤 했다.

「그럼……, 제가 곧 올라갈게요」

미주에게 무슨 일이 있나. 세제에 담근 그릇들을 물로 헹구면서 은용은 애써 그렇게 마음을 돌렸다.

입대하기 전, 안석은 몇 번, 미주와 은용과 함께 어울렸다. 미주 곁에서 안석을 지켜보며 느끼는 기쁨은 그러나, 살얼음 같았다. 미주가 찾아온 밤이 없었더라면, 오래 녹지 않았을 살얼음.

늦은 시각, 술 냄새를 풍기며 찾아온 미주는 술기를 감추느라 멀찌감치 물러서서 손으로 입을 가리고 윤씨에게 어리광을 부렸다.

「어머니, 저 오늘 여기서 은용이랑 자고 가도 되죠?」

「그럼, 집에 전화는 해드렸어?」

「네, 미리 말씀드렸어요」

방을 나갔던 윤씨는 다시 문을 두드렸다. 아무 말 없이, 윤씨는 쟁반을 내밀었다. 물컵 두 개, 꿀물이었다. 쟁반을 받아들며 은용은 속으로 웃었다. 네가 우리 엄마 눈을 속이려 들어?

「은용아, 나 할말 있어」

꿀물을 달게 마신 뒤 자리에 누운 미주가 그렇게 말했을 때, 은용은 이미 그 말이 어떤 말인지 알고 있었다. 아니, 알고 있는 듯한 느낌이었다.

「근데 불빛이 너무 부시다」

「불 끌까?」

그날, 은용은 사람을 향한 떨림, 사랑에 빠진 여자의, 누구에게 든 이야기하지 않고는 못 배길 환희와 수줍음을 고스란히 들었다. 그 사람하고 바다에 갔었어, 내가 가자고 했지. 난 좋으면 못 참고 티를 내잖아.

이불 속에서, 은용의 가슴은 하르르 떨렸다. 그래, 내겐 그만큼 도 허락되지 않는구나. 그저 속마음에 감춰둔 채 사랑하는 일, 그 마저 내 몫이 아니었구나. 가볍게 코를 골며 잠든 미주 곁에서 은 용은 까부라졌다.

그뿐이었다. 그저 쓸쓸할 뿐이라고 여겼는데 다음날, 유난히 맑 은 햇살 아래 빨래를 널던 은용의 눈에 조용히 눈물이 고였다. 고 요히 미어지는 가슴, 그 가슴의 탈수.

그뿐이었다. 미주는 그가 군대에 있는 동안 몇 번 편지를 했고, 안 석의 담백한 답장을 은용에게 읽어주기도 했다. 그런데, 무슨 일 일까.

절 마당으로 올라가는 계단 옆엔 아카시아가 피어 있었다. 밤기 운이 스멀스멀 내려앉았다. 아카시아 냄새는 마을로 내려가다가 되 밀리는 듯했다. 안석은 그 계단 끄트머리에 앉아 있었다. 청람빛 하늘, 아직 빛깔이 짙어치지 못한 보름달이 안석의 머리 위에 덩두 렷했다. 보름달 뜬 밤은 이상해, 마음이 불안해. 어렸을 때부터 그 랬지. 어질어질해지는 것 같아, 은용은 발끝에 꾹꾹 힘을 주며 계 단을 밟았다.

「오래 기다리셨죠」

「아뇨, 꽃 냄새 좋은데요」

은용은 안석에게서 두 발짝쯤 떨어져 앉았다. 아카시아 향기가 뒤섞인 침묵이 주위를 죄어들었다.

「그냥……, 보자고 했어요」

「혹시, 미주한테 무슨 일 있는 거 아녜요?」

안석이 제대하면서 미주의 전화는 전보다 뜸해졌었다. 집에서 나오면서 꼽아보니, 마지막 전화를 받은 게 일주일 전이었다.

「아뇨. 미주 씨완 상관없는 일이에요. 저, 떠나기 전에 한번 이렇게 보고 싶었어요. 아깐 당황하셨죠?」

취직을 했나? 미주는 그가 유치원을 맡을지 모른다고 짐작하더니.

「네」

은용은 더 묻지 않았다. 어디로 가는지, 왜 떠나는지. 원장의 하얀 머리카락이, 미주의 얼굴이 스쳤다.

「원장님이 적적하시겠어요」

「워낙 강인한 분이라서 괜찮을 겁니다. 이북에서 내려오신 뒤 내내 혼자셨어요」

은용은 어둠 속에서 눈을 크게 떴다. 사별한 게 아닌가?

「전 입양한 아들이에요」

원장의 온화한 얼굴과 안석의 바람에 쓸린 사막처럼 건조한 얼굴, 그랬구나.

「중학교 때 생물 시간에 유전법칙을 배웠고, 아버지가 편찮으실 때 혈액형을 알았지요. 유전법칙으로는 도저히 부자지간이 될 수 없었어요. 아버진 O형이었고 저는 AB형이었거든요」

「……힘드셨겠네요」

「조금요. 어머니 사진이 없다는 게 이상하긴 했어요. 어쩌면 무의식중에 알고 있었는지도 모르죠. 고비를 넘긴 다음, 아버지께 물었어요. 아버지 짐을 던다는 마음도 있었고, 궁금하기도 했어요. 왜 그런다잖아요? 고아원에선 아이들을 죽 세워놓고 그중에서 마음에 드는 아이를 골라 데려간다고」

양쪽에서 가지를 벋어 터널처럼 맞닿으려는 아카시아 사이로 마을의 불빛들이 보였다. 저 불빛마다, 얼마나 많은 이야기들을 담고 있을까.

「나도 그런 식이었을까? 그래서 물었어요. 아버지도 그런 식으로 고르셨냐고. 말이 독이 된다는 걸, 말만큼 독성이 강한 게 없다는 걸, 그땐 몰랐거든요」

바람이 치마를 떠들어, 은용은 치맛자락을 말아 오금에 끼워넣었다.

「다행히, 내가 집에 올 때까지 얼굴도 보지 못하셨대요. 와서 사진이라도 보고 데려가라고 했다는데, 거절하셨대요」

「그럼……」

「제일 약한 아이를 보내달라고 하셨대요. 의사였으니까」

안석은 고개를 돌려 은용을 보더니 짧게 웃었다.

「은용 씨 심각해지라고 한 이야기 아니에요. 오래전에 알게 된 일이고, 아버지를 사랑하고 존경해요. 아버지한테 그걸 묻던 날, 벌써 세기 시작한 아버지의 머리를 보면서 가슴이 뻐근했어요. 저 머리카락만큼이라도 핏줄이 닿아 있었으면 싶어서. 여자들은 모르겠지만, 아버지를 사랑하는 행운을 누리는 남자는 흔치 않아요」

이 사람이 왜 이런 이야기를 내게 하는 걸까. 은용은 무릎 위에 팔을 얹고 턱을 고였다. 엄마가 기다리시지 않을까. 미주를 만나러

간다고 하고 나왔는데, 그 사이에 미주가 전화나 하지 않았을까.

「아주 떠나요. 배를 타볼까 하는데 꼭 그럴 것 같지는 않고. 세상을 좀더 봐야겠어요. 가끔, 그런 생각을 했어요. 여기, 은용 씨 곁에 머무르면 어떨까 하는」

은용은 그 자리에서 굳어버렸다.

「언제더라, 유치원에서 아이들과 노는 은용 씰 본 적이 있어요. 아이들과 섞여 노는데, 그때, 은용 씨가 아이들을 정말 사랑하는 구나, 좋은 엄마가 되겠구나, 싶었어요. 내 피가 어디서 생겨난 건지 알았더라면」

꿈이었던가. 안석의 낮은 목소리가 바람처럼 귓전에 떠돌았다.

「은용 씬 간이역 같아요. 행복한 사람의 눈에는 보이지 않죠. 행복한 사람들은 급행 열차를 타니까 간이역을 휙 스쳐버려요. 하지만, 어떤 사람들은 완행 열차를 타고 다녀요. 그러다가 아무도 없는 간이역을 보고 울기도 해요. 그거, 알아요?」

그날, 안석은 계단을 내려와서 손을 내밀었다. 매듭이 굵고 물일로 거칠어진 손을 감추며 주춤거리던 은용은 마침내 손을 내밀었다.

간이역이라구? 은용은 읍 근처의 작은 역들을 떠올렸다. 그토록 초라하고 쓸쓸한 역. 쓸쓸하고 촌스럽다는 느낌밖에 들지 않았다. 칠이 다 벗겨진 나무 의자들. 철마다 피는 개나리며 과꽃은 왜 그리 원색적인지.

은용은 대문 앞에서 절 쪽을 올려다보았다. 계단 아래 집들엔 드문드문 불빛이 보이고, 아카시아가 하얗던 산은 흰눈에 잠겨 적막했다.

지난 일이야. 덧없는 일이야. 편지 한 장 없잖아? 안석의 손을 맞잡았을 때처럼, 속에서 뜨거운 응어리가 받쳤다. 은용은 얼른 문고리를 잡고 문을 열었다. 나올 때 디뎠던 발자국엔 이미 싸락눈이 덮여 흐릿했다.

현관문을 닫던 은용의 가슴이 덜컥, 내려앉았다. 뜰에 들어찬 어둠에 몸을 묻은 채, 현관의 유리문에 붙어서서 누군가가 안을 들여다보고 있다.

〈내일은 꼭 커튼을 해 달아야지〉

현관 유리문에 비친 자신을 보고 놀랄 때마다 은용은 놀란 가슴을 더듬더듬 간추리며 다짐하였다. 하지만, 밤이면 부리를 깃에 파묻고 떨면서 날이 밝자마자 둥지를 틀리라 결심했다가도, 햇살만 번지면 간밤의 추위 따위는 하얗게 잊고 만다는 전설 속의 새처럼, 커튼을 하겠다는 다짐은 낮 동안 잊혀졌다.

마루를 건너 방으로 들어온 은용은 펴놓은 이부자리 밑으로 손을 넣었다. 손이 아릿해져 왔다. 방바닥에 손을 녹인 뒤, 은용은 서랍장 아래칸에 넣어둔 공책을 꺼냈다. 만년필이 끼워져 있는 페이지는 하얗다. 은용은 베개를 가슴팍에 대고 엎드리며 카세트 녹음기를 끌어당겨 라디오를 켰다. 에프엠이 나오면 좋을 텐데……. 에프엠은 여전히 직직거리며 안 잡혔고, 심야의 음악 프로그램에선 시끄러운 음악이 나왔다. 은용은 라디오를 꺼버렸다.

창틀에서 새어 들어온 바람에 어깨가 시렸다. 내일은 생활비를 타야 할 텐데. 돈은 샘에서 솟아나냐. 그 돈 있으면 은행 꾸미겠다. 효기의 목소리가 들려오는 듯해, 은용은 커튼을 하겠다는 생각을 지웠다. 고등학교에 다니는 아들과 중학교에 다니는 두 딸, 국민학교에 다니는 아들 둘. 음악 레슨까지 따로 시키니, 벅차긴 할 것이다. 저녁이면 효기네 집에선 바이올린과 피아노 반주로 부르는

「즐거운 나의 집」이 창을 넘었다.

 지난번 생활비를 받은 게 언제였더라. 은용은 일기의 앞장을 들 춰 보았다.

1월 8일

 새해 들어 첫 장날. 날씨가 추워선지 장은 별로다. 굴 조금, 물미역 조금 샀다. 경찰서 모퉁이에서 승호를 보았다. 국민학교 때, 학교 행사가 있을 때마다 그애가 불렀던 노래가 생각났다. 모래성이 차례로 허물어지면 아이들도 하나둘 집으로 가고 내가 만든 모래성이 허물어지면 하늘에는 별이 홀로 반짝거려요. 유난히 얼굴이 하얘서 서울 아이 같던 승호. 그런데 지금은 오토바이를 타고 다니는 가스 배달원. 못 본 척, 고개를 돌리고 지나쳤다.

1월 9일
이별 노래

떠나는 그대
조금만 더 늦게 떠나준다면
그대 떠난 뒤에도 내 그대를
사랑하기에 아직 늦지 않으리
그대 떠나는 곳
내 먼저 떠나가서
그대의 뒷모습에 깔리는
노을이 되리니
옷깃을 여미고 어둠 속에서

사람의 집들이 어두워지면
내 그대 위해 노래하는
별이 되리니
떠나는 그대
조금만 더 늦게 떠나준다면
그대 떠난 뒤에도 내 그대를
사랑하기에 아직 늦지 않으리

1월 10일

할아버지 제사. 제사상 진설 방법이 틀려서 다투다. 아버지, 여태 제사 지내면서 이것도 안 익혀 놓으면 어떡하냐고 하시고. 제사를 지내고 효기 오빠를 불러서 내가 죽으면 네가 알아서 해야 하지 않겠냐고 알려주시다. 내가 언제 죽을지 어떻게 아느냐고. 미리미리 준비해 두어야지 않겠느냐며. 효기 오빠, 방에서 나와 건넌방으로 가며 빈정거린다. 저렇게 피둥피둥한 분이 죽기는 왜 죽느냐고. 아버지 들으셨을까봐 가슴이 철렁했다.

1월 11일

셋째 올케 전화. 정기 오빠 여전히 욕심 부린다고 한다. 어렸을 적, 먹을 게 있으면 침 뱉어 놓던 이야기를 했더니 올케는 지금도 식탐은 여전하다고 한다. 이 얘기 저 얘기 하다가, 꿈자리가 사나웠다고, 집에 별일 없냐고 올케가 물었다. 그래서 전화했구나.

1월 12일

지성 있는 여성이 갖추어야 할 몇 가지 요건을 들어보면 다음과 같다.

　첫째, 학문에 대한 애정을 가져야 한다. 다시 말해, 학문적 깊이와 실력을 갖춘 여성이 되도록 노력해야 한다.

　둘째, 능력에 대한 자신감을 가져야 한다. 자신의 능력에 대한 자신감은 위엄을 갖추게 하는 힘이 있다.

　셋째, 자신이 하는 일에 책임을 져야 한다. 하겠다고 말한 것은 반드시 실천하고, 자신과 관련된 일에 책임감을 느끼는 태도는 지성의 깊이를 느끼게 한다.

　──「지적인 여성을 위하여」에서

1월 13일

　인기가 왔다. 낮에 읍사무소에서 초본 두 통과 신원증명서 두 통을 뗐다. 막차로 내려온 인기를 만나 초원다방에서 나는 커피를, 인기는 우유를 마시다. 저녁도 굶은 것 같은데 먹었다고 한다. 어디를 어떻게 돌아다니다 왔는지, 볼이 움푹 팼다. 이제 취직하려고 마음 먹었나. 아버진 걱정이 태산이신데. 일출여인숙은 아직도 역전 골목 안에 있었다. 그때가 언젠데.

　아버지, 김한영 씨와 늦게까지 술 드시다. 속이 많이 상하셨나 보다.

　밤, 다시 눈이 오고, 오늘은 바람이 사납다. 빨리 봄이 왔으면…….

　당신은 날 실어다 줄 바람이 아니었나요 자유롭게 날 보내줘요. 멀리 더 멀리 영원 속으로……

은용은 노트에 동글동글한 글씨로 낙서를 한다. 오래전에 유행했던 노래 가사, 떠오르는 대로 흥얼거리며 적는다. 다음 구절이 생각나지 않아 그 구절만 반복한다. 커다란 창문의 나무 문틀이 비틀려 덜컹거리고, 그 소리를 듣지 않으려는 듯 은용은 쓰고 또 쓴다.

예닐곱 번쯤 같은 구절을 흥얼거리던 은용은 일기장에 흘림체로 쓰인 글씨를 보고 놀라 북북 긋는다. 흥얼거리면서 무심코 흘려 쓴 구절, 등나무 줄기에 얹힌 눈이 툭 떨어지듯 은용이 떨군 마음은, 북북 긁은 만년필 자국 밑에서 이런 형상을 무너뜨렸다.

미친년이 되고 싶어. 창녀가 되고 싶어.

모든 게 사람으로 보일 때

무슨 일인가. 누가 아픈가. 인기는 꺼칠한 은용이 마음에 걸렸다. 크고 연한 눈을 깔고 찻잔을 들던 은용의 손등에서 파랗게 힘줄이 도드라졌다. 앞머리를 눈썹 위까지 내려 이마가 가려지자, 은용은 더 순해 보인다. 툭 튀어나온 이마, 어렸을 적에 짱구라고 놀림을 받았던 이마는 은용의 몸에서 유일하게 야무져 보이는 곳이었다. 이마를 빼면, 겁이 더럭 실린 커다란 눈망울이며 연한 입술, 살이라고는 없이 큰 키, 바람이 불면 날아갈 것만 같다. 터틀셔츠 밖으로 드러났던 허전한 목덜미가 못내 마음에 걸렸다. 누나에게 너무 많은 짐을 지우는구나. 인기는 골목 앞에 서서 여윈 은용의 뒷모습을 바라보았다.

늘 있는 듯 없는 듯했던 은용이었다. 아파서도 그랬고, 원래 성정도 그랬을 것이다. 인기의 기억에 남을 만큼 자기 주장을 내세운 적이 한 번도 없었다. 그런 은용이 돌을 들어 남의 머리를 터지게 한 적이 있다. 어렸을 적, 갓 국민학교에 들어간 인기가 동네 아이에게 맞았던 날.

「두껍아 두껍아, 헌집 줄게 새집 다오」

옆집 아이는 모래 더미 속에 손을 넣고, 그 위에 덮은 모래를 다져 두꺼비집을 만들었다. 인기는 그 곁에서 모래로 마을을 만들고 있었다. 무너지면 숨막힐 두꺼비집을 짓는 것보다는 모래를 가지고 노는 게 인기의 마음에 맞았다. 평평하게 고른 모래 더미 위에 마을도 만들고 길도 내고, 잔돌을 얹어 지나가는 사람도 만들었다.

「에이씨!」

옆집 아이가 일어섰다. 깊고 넓게 만들던 집이 무너진 것이다. 폭삭 무너진 제 집을 보던 아이는 인기에게 다가오더니, 난데없이 발로 헤집었다. 마을도 길도, 한순간에 흐트러졌다.

「너, 왜 그래!」

인기가 일어서자 아이는 인기를 떼밀었다. 인기는 뒤로 넘어졌다. 모래 더미로 자빠졌으면 좋았으련만, 길턱, 하수구를 덮은 시멘트로 넘어지면서 얼굴이 긁혔다. 그때, 은용이 지나가다가 그 장면을 보았다. 긴머리를 갈래로 땋고 주름치마를 입은 은용은 두말할 것도 없이 돌을 집어들었다.

「야, 너! 거기 서!」

씩씩거리며 제 집으로 들어가던 아이가 무슨 일인가 뒤돌아보려는 순간, 은용은 돌을 날렸다. 따악, 야무진 소리를 내며 돌은 아이의 뒤통수를 정통으로 맞혔다.

그날 저녁, 옆집에 가서 사과하고 온 윤씨는 딱 한마디 했을 뿐이다. 다른 형제들이 그랬으면 회초릿감이었을 텐데.

「그러다 크게 다치면 어쩔 뻔했니? 더구나 머리를……」

〈아마 누나 인생에서 자발적으로 친 가장 큰 사고였으리라〉

그날, 오달지던 은용이 선해 슬몃, 웃음이 나왔다. 그 웃음은

인기의 입가에 흐릿한, 눈 녹은 물 무늬 같은 자취를 남기고 스러
졌다.

분가한 효기네 대신 부모 모시랴, 살림하랴, 어디 한가롭게 여
행 한번 못 하리라. 집에 들어앉아 지내는 나날이 얼마나 답답할
까. 말수도 적으니, 누구에게 하소연할 성미도 아니다. 서리서리
끓이고 있을 텐데.

「어서 오세요」

반쯤 열린 철문을 밀치고 들어서자, 문간에 잇달린 방에서 오십
대쯤으로 보이는 여자가 얼굴을 내밀었다. 창호지를 바른 장지문
대신 진밤색 나무 문이 방마다 달려 있고, 화단이 있던 안뜰은 시
멘트로 발라졌다. 기억이 맞는지, 인기는 잘 알 수 없다.

「방, 있지요?」

「네, 혼자세요?」

「네」

「이리, 오세요」

여자는 몸을 일으키더니 물컵과 주전자가 얹힌 쟁반을 들고 ㄷ자
의 꺾인 부분으로 갔다. 평일이라서 손님이 없는 건지, 한 곳에만
신발이 보일 뿐, 방들은 기척이 없었다.

「여기예요. 씻으려면 저쪽에 목욕탕 있어요」

「예」

보일러인가, 방은 제법 따뜻했다. 인기는 윗몸을 벽에 기댔다.

「나도 인생 이렇게 살고 싶지 않았어」

밤차로 오다가 들은 뒷자리 남자들의 대화가 문득 텅 빈 벽에서
솟아나 울렸다. 차에 탄 순간부터 술을 나누던 두 사람, 정류장에
서 내리기 위해 자리에서 일어나다가, 그들 중의 한 사람이 말했

다. 되돌릴 수도 물릴 수도 없는 인생, 그 말투에 서리서리 실린 회한이 가슴을 쳐서 인기는 그들을 보았다. 스물예닐곱? 인기 또래의, 허름한 옷차림의 남자들이었다. 되돌아보기보다는 앞으로 나아가는 게 더 어울릴 나이였다. 그러나, 되돌아봄 없이 나아감이 있을 수 있을까.

한 군데를 너무 오래 보지 마라.

군대 시절, 보초 근무 수칙 가운데 그런 게 있었다. 어스름이 깔릴 무렵이나 한밤중, 한군데를 계속 지켜보면, 뭐든지 사람으로 변해 버린다. 밝은 뒤에 보면, 그저 무심하게 제 생명을 길어올리는 나무거나 조금 열린 창일 뿐이다. 그걸 알고 나서도, 다음 번 보초를 설 땐 자꾸 그리로 눈길이 가고, 뚫어져라 바라보면 또다시 사람으로 보인다. 공포는, 제 마음이 만들어낸 헛것이었다.

그게 무엇일까. 공포였을까, 비겁함이었을까.

황색의 바람이 휘장처럼 날리며 도시를 휘저었다. 꽃기운 아닌 검붉은 기운이 구름으로 몰려 교정을 내리눌렀다. 긴장한 세포가 위해의 기미를 갯솜처럼 빨아들였다.

인기는 느린 걸음으로 강의실을 벗어났다. 한 달 조금 넘는 시간, 아니 이 도시에 발을 디뎠던 순간부터 느낀 비각을 곱씹으며. 도서관으로 향하려는데, 공기의 미묘한 떨림이 인기를 끌어당겼다. 알 수 없는 긴박감으로 발이 빨라졌다. 인기가 도서관에 들어서기 직전, 술렁임이 급작스럽게 응결하여 이룬 함성이 들려 왔다. 그 함성에 휩쓸려 들어간 강당, 느리게, 고압의 전류가 흘렀다. 손끝 하나라도 까딱하면 감겨버릴 것만 같은 전류. 고압 전류가 흐르는 피댓줄에 감긴 이를 구하려던 이들이 역시 붙어서 떨어지지 못하듯, 사람들은 노래했다.

깨닫지 못하는 새에 밤이 왔다. 강당 안에 불이 밝혀지고, 그 불빛은 촉광을 더해 속눈썹 끝에서 모래를 부서뜨렸다. 빵과 물주전자가 돌려졌다. 허기진 뒤끝이라 빵은 달았다. 살과 투명한 피, 누군가가 대속의 피를 흘려야 할 것 같은 예감.

밤이 되었고, 낮이 되었고, 다시 밤이 왔다.

갈수기였다. 살갗이 날로 건조해지고, 점점 격렬해지기 시작한 말 속에서 딴 생각에 잠긴 인기는 진단을 내렸다. 내가 겁먹고 있구나. 여러 사람의 입에서 나오는 목소리가 한 입에서 나오는 것처럼 똑같다는 것, 폭력의 타도를 외치는 목소리가 힘의 양상을 띠는 것을 무서워하고 있구나.

생각에 생각이 거듭되어 한없이 긴 밤을 보낸 뒤, 불 밝힌 학생회관을 뒤로 하고 인기는 천천히 걸어나왔다. 낮 동안 교정을 밀고 당겼던 구호들이 안개가 되어 낮게 깔린 신새벽이었다. 안개 속을 형체 없이, 다만 음영으로 걸어나올 때, 며칠 동안 강당을 채웠던 어떤 구호보다도 명료하게 인기의 가슴 속에 자리잡는 말이 있었다. 등뒤, 건물에 밝혀진 불빛의 엄정함이 오래도록 남으리라. 오래도록, 지워지지 않으리라.

그날 이후, 인기는 학교에 돌아가지 않았다. 학교의 선명한 구호 속으로도, 다른 하늘을 머리에 두고 있는 양 은성한 거리로도 자기를 밀어넣을 수 없었다. 강당에 남은 이들은 단식을 했고, 인기는 곡기를 끊은 채 거리를 헤맸다. 그것만이 인기가 할 수 있는 유일한 일이었다. 봄날은 그렇게 가고 있었다. 다리를 질질 끌며 걷던 그 많은 길, 길가에 앉아 웅웅거리는 머리가 진정되면, 다시 일어나 걸었다. 왜 나는 거기서 사랑을 보지 못하고 폭력을 보는가. 그리고 좋은 세상을 말하는 목소리에서 두려움을 느끼는가. 돈

암동 어느 한옥의 대문간에서 떨어져 나갔던 의식의 끈이 이어진
것은 어둑발이 뻗칠 무렵이었다. 허리가 직각으로 굽은 할머니가
인기를 바라보고 있었다.

〈내가, 삶에 응석을 부리고 있구나〉

볕은 이미 숙어버렸고, 황야를 지우는 메뚜기떼처럼 덮쳐오는
어둠으로 허청허청 걸어들어가며 인기는 얼굴을 노을빛으로 물들
이는 부끄러움에 휩싸였다. 이제 어디에도 속할 수 없으리라는, 처
음부터 이렇게 예정되어 있었다는 안도감마저 섞인 절망이, 허기
가 지워진 지 오래인 빈 몸에 차분하게 들어앉았다.

〈다시는, 어디에도 서지 못하리라〉

결연한 다짐은 혈관 속을 얼음처럼 침착하게 돌았다. 그 흐름의
물꼬를 다른 데로 돌릴 여력도, 그럴 생각도 없었다.

일상은 그대로 진행되었다. 교문이 열리고, 인기는 학교로 돌아
갔다. 스크럼을 짜서 가투에도 나갔고, 쫓기다가 종로의 건물 화장
실로 뛰어들어가 할딱이는 제 숨결을 들으며, 나는 참새구나, 새
가슴이구나, 자괴심에 지질리기도 했다. 최루탄에 속이 뒤집히는
구역질을 하면서도, 그 마음속 어딘가, 꺼뭇하게 죽은 열의를 인
기는 만지작거리고 있었다. 교문이 다시 닫히자 인기는 고향으로
내려왔다. 그랬는데, 며칠 뒤, 한 도시에서 사람들이 죽어나갔다.

그 소식을 알려준 건 효기였다. 길중 씨와 함께 한 밥상머리에서
였다. 광주가 난린가 보더라. 피바다라던데, 싹쓸이한다더라.

그 말을 듣는 순간, 검게 덮쳐오는, 무엇으로도 물리치지 못할
메뚜기떼를 보았다. 그때, 며칠 동안의 부재.

그들이 피를 흘리는 건, 그때 그 자리, 여러 입에서 나오는 목
소리가 똑같다는, 그런 자자분한 두려움 때문에 너 같은 사람들이

달아났기 때문이지. 그걸 딛고 서서 더 큰 공포에 맞서지 못한, 너 같은 사람들이 폭력을 불렀어. 그 목소리는 안에서 점점 더 커져서 인기의 잠을 앗아갔다.

아침이면, 제 한 생을 다한 하루살이들이 방바닥에 널려 있었다. 입김에도 풀풀 날리는 그 시체들을 손바닥으로 쓸다보면, 전날 밤, 가위눌림 같던 꿈이 그처럼 갈가리 찢겼다. 그리고 빚, 어떻게 변제해야 될지 모르는. 갈피 잃은 부채의식은 왜곡된 욕망으로 인기를 가격했다.

어느 날인가, 새벽녘에 잠들었다가 깨었을 때, 창 아래서 와글거리는 소리가 들렸다. 수천 혹은 수만 개의 자갈들이 서로 맞부딪치는 듯한 소리였다. 인기는 조심스럽게 창밖을 내다보았다. 여자 중학교 학생들이었다. 길가의 잡초를 뽑는 봉사 활동을 한다고 나온 모양이었는데, 학생들은 일에는 조금도 마음이 없어 보였다. 누구라도, 빛나다 못해 부서지는 태양 아래서는 일하고 싶지 않을 터였다. 간간이 차들이 지나가며 먼지를 일으킬 때마다, 어마마, 다시 그 자갈 부딪는 소리가 났다. 정오 조금 못미친 시각, 연쑥색 체육복 차림의 그애들을 보면서 일렁이던 가슴, 그건 사랑스러움이 아니라 순수하게 정제된 성욕이었다. 더 이상 제어하기 어려운 욕망이 바위처럼 짓눌렀다. 길거리로 뛰쳐나가, 아직 욕망을 모르는 그 어린 여학생들에게 발기한 성기를 드러내고 싶은 사나운 욕망. 하교길의 솜털 보송거리는 순진한 여학생을 꼬여 음침한 골목으로 끌고 가고 싶은, 일그러지고 왜곡된 욕망.

「총각, 자요?」

밖에서 가만히 문 두드리는 소리가 들렸다.

「아니오」

「혼자 잘거유? 아가씨 불러줄까」

「됐어요」

잠깐 조용하더니, 신 끄는 소리가 멀어졌다.

인기는 반듯하게 누워 천장을 올려다보았다. 잠깐이라도 집에 들어가는 게 낫지 않았을까. 날로 커지는 효기의 전횡 앞에 무력한 식구들을 남겨두고 떠날 때마다, 식구들을 유기하고 달아나는 기분이었다. 누나……. 인기는 고개를 저었다.

「옛말에도 있지 않느냐, 사농공상이라고. 우리 살던 시대야 기술 있으면 제 입살이는 하던 때였으니까 니 형들한텐 기술을 가르쳤지만, 너는 그저 한군데 발 붙여서 일하고 살았으면 싶다」

제대하고 온 인기에게 길중 씨는 속마음을 내비쳤다. 그 말 속에, 허랑한 아들을 염려하는 마음이 깃들었다. 그저 남들처럼 사는 거, 대학을 나온 사람답게 안착하는 게 소망인 아버지 앞에 나설 계제가 아니었다. 사농공상. 공장에서 일하고 농사를 지었던 길중 씨는, 길중 씨 기준에 따른다면 중인이었다. 인기에게 길중 씨가 바라는 건 〈사〉로서의 삶이었다. 신분…….

늦은 시각, 시외버스 안이었다. 승객은 인기뿐이었다. 승객이 없는 까닭에 더 진동하던 버스는 정류장에서 인기 또래의 여자애 둘을 태웠다.

「안녕하세요?」

「어디 갔다 오니?」

대답 없이 그들은 까르르, 둘만의 비밀이 풍겨나는 웃음을 흩날렸다. 운전사와의 인사로 보아 그들은 제복을 벗어버린 안내양이리라고, 인기는 짐작했다. 어디 영화라도 보고 오던 길이었을 것이다. 사복을 입은 그들은 좀 들떠 있었다. 텅 빈 버스 안을 휘둘러

보던 그들의 눈길이 인기를 잠깐 스쳐 맨 뒷좌석에 머물렀다. 그 자리에 가 앉은 그들은, 이제 막 벗어난 듯한 유희의 기분이 가시지 않은 듯 놀이를 시작했다.

「따르르릉」

「여보세요, 가회동입니다」

「김민숙 씨 계십니까?」

착 깐 저음은 금세 잘렸다.

「아이, 민숙이란 이름은 너무 촌스럽잖니? 다른 이름으로 해봐」

잠깐 침묵.

「민수진 씨 계십니까?」

그래, 그게 예쁘다. 손뼉이라도 칠 것 같던 목소리는 이내, 우아한 목소리로 전화를 받았다.

「저예요. 웬일이세요?」

「응, 우리 만나서 영화 보러 가자고. 오랜만에 드라이브도 좀 하고」

「그래요, 하지만 나, 미장원에 가서 맛사지해야 하는데……」

「그럼 좀 늦게 일곱시까지. 우리 만나던 레스토랑에서」

꾸며낸, 매끄러운 목소리. 세파라고는 하나도 모르고, 청정한 온실 속에서 귀하게 자란 숙녀를 흉내낸 말투. 인기가 가슴이 싸아해져 어두운 차창에 고개를 박는데, 그들은 인기의 감상을 비웃듯 까르르 웃었다. 야, 그럴듯하다. 그치? 이번엔 다른 거 하자.

「안내양, 멀미가 날 것 같은데, 비닐 하나만 갖다 줘」

하나가 걸걸한 목소리를 내자, 다른 하나가 까르르 웃으며 일어나 운전석 옆에서 비닐 봉투를 한 장 뽑아다 주며 말했다.

「토하는 건 하지 말자. 지겹다, 얘」

「나도 그래」

급작스러운 침묵이 밀려들었다. 부릉부릉, 커진 엔진 소리를 들으며, 인기의 머릿속에 떠오른 단어는 〈슬픈 유희〉였다. 슬프다고? 인기는 그 단어를 떠올린 자신에게 놀랐다. 그렇다면, 저들이 할 수 있는 즐거운 놀이는 무엇이지? 저들은 그저 견디는 것뿐인데. 그런 놀이에 슬픔을 얹는다는 건 저들을 모욕하는 일이며 배부른 자의 감상이라고, 인기는 그랬었다.

〈이번에 올라가면, 일자리를 구하고, 방을 얻어 나와야지〉

윤기 형이 나가는 걸 말릴까? 늘 광포하기만 하던 형 윤기, 비록 그 정열이 개인적인 사랑으로만 쏠렸다 할지라도, 인기는 자기 욕구에 그토록 충실한 윤기가 차라리 부러웠다. 대체 그런 광포한 열정이 어디에서 생겨났을까. 손가락 끝 하나 까딱 못하던 절망도 열정의 변용이리라.

「난 하루 종일 시계 태엽이나 감아주는 사람이 되고 싶어」

인기가 대학에 다니던 때였다. 윤기가 가게 문을 닫게 되었을 때, 노란 필터를 써서 찍은 풍경 사진을 보는 것 같던 실의의 나날들의 어느 하루였다.

인기가 윤기의 방에 들어갔을 때, 윤기는 움푹 파인 볼로 혼잣말처럼 말하였다. 난 그저, 시계 태엽이나 감아주는 사람이 되고 싶어…….

윤기는 반듯이 누워, 가슴에 얹은 자명종의 태엽을 감은 뒤 방바닥에 내려놓았다. 따르르릉……. 자명종은 누군가를 깨우려는 듯 몸을 떨기 시작했다. 소리가 방안을 가득, 파상의 울림으로 채웠다. 그 울림의 물결에서 벗어난 공간은 이미 존재하지 않았다. 방안을 빼곡히 가득 채운 소리는, 목적지에 닿은 듯 힘을 풀더니 마침내 사그라들었다. 소리에 뒤흔들리던 방안에 잠시 정적이 깃들였다. 묵도와 같은 정적이었다. 윤기는 다시 시계로 손을 뻗쳤다. 달그락달그락, 태엽을 감아주는 윤기의 손놀림은, 명쾌하진 않으나 단호했다. 외계와 교신하듯 시계 소리에 귀를 기울이는 윤기를 두고 방을 나오면서, 인기는 불안이 목에 걸린 침덩어리처럼 욱죄어드는 것을 방관했다. 형은 박제가 되려는 걸까.

도대체, 그런 열정이 어디에서 생겨날까.

윤기의 광포함을 볼 때마다, 인기는 그게 궁금했다. 인기가 꼬마였을 적, 윤기는 다정한 형이었고 총기 바른 아들이었다. 그랬는데, 어디서부터 꼬이기 시작했을까. 이따금 윤기가 인기에게서 길중 씨를 본다는 걸, 인기도 알고 있었다. 아버지를 닮은 얼굴.

인기는 배낭에서 수첩을 꺼냈다. 수첩 갈피에 군복을 입고 찍은 사진이 들어 있다. 김 상병이 찍어준 사진이다.

「이상하다」

그 사진을 찍으며, 통신대에 속한 행정병 김 상병은 갸웃거렸다. 응미과에 재학하다 온 김 상병은 부대의 사진병이었다. 부대 안의 행사를 사진으로 기록하는 게 그의 주된 일과지만, 그보다는 장교 자녀들의 소풍이나 운동회, 장교 부인들의 봄나들이에 동행해 사진을 찍는 게 주업무였다. 그럴 때에도 밥그릇 질서에 따라 앵글 맞추는 횟수를 조정해야 돼, 안 그러면 후환이 두려우니까. 김 상병은 덤덤하게 말했다. 결코 약삭빠른 편은 아닌데도 제 밥은 또박또박 챙기는, 그러면서도 그걸 독식하려 들지는 않는 게 김 상병의 미덕이었다.

「난 언제든지 신청만 하면 휴가를 찾아먹을 수 있어. 그러니, 뭐가 필요하거나 하면 미리미리 부탁해」

「웬 병이 휴가를 아무 때나 가?」

「아, 내 휴가는 무조건 부대 업무를 위한 출장이 되거든. 다 영용하신 대통령 각하 내외분 덕이지」

대통령의 사단 방문을 앞둔 어느 날, 사단장이 문공부에서 나온 책자를 뒤적이다가, 대통령 부부가 청와대 뜨락을 거니는 사진을 발견했다. 이때 사단장의 머리에 섬광처럼 떠오른 아이디어, 이 사진을 액자에 끼워 사단 현관에 걸어두고, 대통령이 사단을 방문하면 맨 먼저 눈에 띄게 한다! 명령 계통을 타고 내려온 막중한 임무를 띠고 일주일의 휴가를 얻어 나간 김 상병, 통신사 사진부장으로 있는 선배가 문공부 자료실에서 얻어다 준 사진을 들고 귀대. 사진은 사단장이 기대한 이상의 효과를 거두었고, 그 뒤부터 김 상병은 언제든지 휴가를 찾아먹을 수 있게 되었다. 그런 말을 들으면서도 거부감이 일지 않게 하는 것 또한 미덕이었다.

제대 기념으로 사진을 찍어주겠다며 인기를 끌고 나온 김 상병은 고개를 갸웃거렸다.

「이상해」

「뭐가?」

「카메라 앞에 서면 사람들은 대개 긴장해. 조금이라도 잘 찍히고 싶은 거지. 그런데 가끔 이 상병 같은 사람이 있어. 여럿이 있을 땐 자기 존재를 가장 작게 하고 싶어서 맨 뒤나 구석에 가 서는 사람. 한술 더 떠서 렌즈에 포착되지 않으려고 자기를 흐트리는 사람. 그래서 내가 이 상병을 좋아하는 거겠지만, 피사체로선 고약한 대상이지」

죽은 사람의 얼굴을 어두운 밤 어두운 암실에서 보는 기분, 어떨 것 같애? 주민등록증에서 떼어낸 사진을 확대해서 영정 사진을 만들 때, 그럴 때, 사람은 이미 죽었는데 없는 사람을 추모하는 작업을 한다는 거, 참 이상한 느낌이야. 낮에? 밤에 해야 점호 시간에 합법적으로 빠질 수 있지.

부대 안에서 죽은 병사의 영정 사진을 만들고 난 김 상병에게서 그 말을 들으며, 인기는 오래전에 읽었던 책의 한 구절을 떠올렸었다. 사람이 처형당하는 걸 보고, 처형당하는 그를 위해 아무것도 해줄 수 없었던 자기의 무력감을 곱씹으며 길을 가던 사람, 그러다 그는 깨닫는다. 처형은 이미 이루어졌고, 죽은 이는 이미 처형의 공포에서 벗어났는데 나는 왜 아직도 이리 아파하고 있는가.

「어이, 눈 잘 오신다. 아줌마, 따뜻한 방 있죠?」

걸걸한 목소리. 조금 있다가, 사내들의 발소리가 방문 앞을 지나갔다.

인기는 사진 뒤에 끼워둔, 조그마하게 오려둔 종이를 꺼냈다. 시사 잡지에서 오려낸 글귀. 그때 그 자리에서, 며칠 동안의 부재, 다시 또 그런 상황에 놓이더라도, 그 목소리의 이물스러움을 견디지 못할 것임을 아는 인기를 가격한 글귀. 지난 봄에 투신한 여학생이 남긴 유서의 일부분.

아파하면서 살아갈 용기 없는 자, 부끄럽게 죽을 것.

살아감의 아픔을 함께 할 자신 없는 자, 부끄러운 삶일 뿐 아니라…….

이 땅의 없는 자, 억눌린 자, 부당함에 빼앗김의 방관.

더 보태어 함께 빼앗음의 죄, 더 이상 죄지음의 빚짐을 감당할 수 없다…….

——故 박혜정의 유서에서

지워지는 얼굴들

적막이 집을 싸고 돌았다. 귓속까지 울릴 듯한 적막 속, 찌익 찍, 쥐들이 활개치는 소리가 들렸다. 다다다악, 무언가 좀 힘에 부치는 걸 끌고 가는 듯한 쥐의 움직임이 길중 씨의 귀에 선명하게 잡혔다.

이제 쥐들은 겁없이 마루를 횡행했다. 집의 덩치에 비해 사람의 훈김 닿는 곳이 적어지자, 집은 오래 견뎌온 슬픔이 일시에 물크러지듯 노추한 모습을 드러냈다. 쥐떼가 그 노추의 진척을 도왔다. 아침이면, 면낸 나뭇가루가 문지방 앞에 조심스럽게 쌓인 걸 발견하기도 했다. 밤내 꿈자리 갉던 쥐들의 짓이었다. 단단한 쥐이빨의 흔적은 헌옷가지와 묵은 장부들을 쌓아놓은 다락에서도 어렵잖게 찾아졌다.

귀밑에 드문드문 비치던 흰머리가 지금은 제법 희끗희끗하다. 봄볕에 옷감이 삭고 물감이 날아가듯, 시간이 흘렀다. 그 세월을 견딘 집은 이제 낡았다. 몇 해 전, 허벅지까지 차올랐던 큰물은 치명적이었다. 그때부터, 습습한 기운이 어리는 곳이라면 어디든 쥐

며느리와 그리마가 기어다녔다. 천장에 댄 무늬목은 보풀 인 채 너덜거렸고, 그 맞은편 장판은 전에 없이 맹렬한 기세로 썩어 들어갔다.

매끈거리던 장판이 얼룩거리다 곰팡이가 피었을 때, 길중 씨의 눈길은 무심결에 손으로 갔다. 얼마 전부터, 이미 탄력 잃은 손에 검버섯이 피기 시작했던 것이다. 하필 비슷한 때 비슷한 무늬가 나타난다는 게 마뜩잖았다. 장판을 전부 거둬내고 방수포를 두껍게 발랐다. 초배지와 장판지를 바른 다음 구들에 불을 넣고 넉넉하게 말렸다. 바싹 마른 뒤에 니스칠을 했다.

매끈해진 방바닥을 흐뭇하게 여긴 건 잠시였다. 말끄럼한 장판 구석이 전보다 더 널따랗게 썩어 들어가기 시작했다. 정갈한 느낌은 간데없고, 시취를 연상시키는 퀴퀴한 냄새가 났다.

「장판이 덜 말랐을 때 칠을 했나부다」

방바닥을 다시 뜯어내는 극성스러움을 그런 말로 가리며, 길중 씨는 다시 시도했다. 똑같은 과정이 훨씬 세밀한 주의와 시간을 기울이며 반복되었다.

방도 숨을 쉬어야 한다며, 니스칠 대신 콩댐을 하자고 한 건 윤 씨였다. 두부 공장에서 얻어온 콩 찌꺼기를 광목 주머니에 넣어 방바닥을 밀어댔다. 은용과 윤씨, 길중 씨가 교대로 콩자루를 잡았다. 콩냄새와 들기름 냄새가 은은했다.

한철 장마가 끝날 무렵, 콩댐한 방바닥이 윗목부터 다시 천천히 썩어들 때, 길중 씨는 손등의 검버섯을 내려다보며 한숨지었다.

〈내가 어리석었지. 뭘 그리 볼 게 많이 남았다고 바둥거렸을까〉

길중 씨는 다시 방안을 휘둘러 보았다. 장판지의 썩은 부분을 가린 장식장 안은 이미 샅샅이 살펴보았다. 난이 몇 점 놓인 문갑도 열어 보았다. 다락에 치워두었을 리는 없는데…….

뒤적거리다가 앨범이 손에 잡혔다. 숨돌리는 기분으로, 앨범을 펼쳤다.

맨 앞장에 길중 씨의 부모가 있다. 아버지와 어머니. 아버지의 얼굴은 보면 볼수록 효기를 닮았다. 한 대를 건너 대물림한다더니 그 말이 맞는가보다. 길중 씨의 나이는, 그 아버지가 세상을 뜰 때의 나이를 넘어섰다. 일하는 즐거움이 무언지 평생 모르고 살다 간 아버지. 근육을 놀려서 무얼 만드는 기쁨을 누려 본 적이 없는 아버지. 어렸을 땐 이해할 수 없었던 아버지가 안쓰러워진 건, 길중 씨가 일하는 데서 즐거움을 느끼면서부터였다.

「괭잇날을 잘 벼려 놓으면, 정월 지난 땅은 이 괭잇날만 보아도 지레 푸슬거리려 들지. 사내도 마찬가지라, 제가 떳떳하면 뱃심이 생기고 목소리가 우렁차지지. 그런 목소리 앞에서 후줄한 사람들은 지레 기가 죽는거라. 하지만 모난 돌이 정 맞는다고, 그렇게 뱃심을 기르기 전에는 곡괭이 날처럼, 저 먼저 낮춰야 하는거라」

일을 배우면서 그 말을 들었고, 그 말을 잊지 않고 늘 겸손한 사람으로 살았다. 그 겸손함 한 겹 안쪽에는, 물 퍼낸 저수지 바닥의 가물치처럼 뱃구레 뒤집으며 퍼덕이는 자부심이 있었다. 남의 힘 빌리지 않고 내 힘으로 흠결 없이 살아간다는 자부심. 그런 기쁨 한번 못 누린 채, 비루먹듯 한 생애를 살다 간 아버지.

집들이 날, 길중 씨는 그 자부심의 절정을 맛보았다. 화려한 집은 아니었다. 하지만 낙낙하고 견고함이 느껴지는 집이었다. 사람들은 널찍한 방과 삼면을 가득 채운 유리문에 놀랐다. 햇살이 거침없이 들어서서 환하다 못해 어수선했다.

「환해서 좋네요」

방 벽의 삼분의 이는 차지할 듯한 유리창으로 끌어들인 햇살이 길중 씨의 널찍한 이마를 간질였다. 머리카락조차 자긍심으로 반짝이는 것 같았다.

덕담을 한마디씩 남긴 사람들이 떠나가고, 방방이 훤히 밝힌 불도 꺼지고 난 뒤, 길중 씨는 앨범을 꺼내 아버지의 사진을 꺼냈다. 스스로 터를 잡아, 자재를 하나하나 챙겨가며 지은 집이야말로 내 집이었다. 자기 집 한 채 못 지녔던 아버지.

〈사진은 그날 본 사진 그대로인데, 집은 이렇게 낡아버렸구나. 화무십일홍이라더니〉

길중 씨는 앨범을 넘겼다. 젊은 날의 길중 씨가, 그리고 윤씨가, 교복을 입은 효기가 있다. 착하고 선량해 보이는 인상이다. 남에게 죽어도 싫은 말을 못 하고, 벌레 한 마리도 잡지 못할 얼굴.

「이제 건물 올려야겠어요. 광산이야 이제 다 문 닫는 중인데 그거 바라자고 공장 돌려봤자 일꾼들 월급도 안 나와요」

효기가 건물을 올리겠다고 했을 때, 길중 씨는 옳거니, 싶었다. 번듯하게 들어선 건물 틈에 끼여 주질러 앉은 폭이 된 공장이 눈에 거슬리곤 했다, 잘 생각했다, 라고, 비로소 속마음을 털어놓으려는 길중 씨의 입을 효기가 막았다.

「돈이 꽤 들 텐데, 모아놓은 건 없고」

요는, 집을 담보로 대출을 받고, 자투리 땅들을 다 팔자는 것이었다. 건물을 지어야겠다는 것이다. 일단 건물을 올리면, 지하부터 층층이 세를 놓으면 임대료가 상당할 것이고, 타산 안 맞는 이까짓 공장 꾸려나가며 속 썩느니…….

임대료로 먹고 살겠다는 생각인지, 아니면 이까짓 공장이라는 말이었는지, 그 동안 야금야금 팔아치운 땅인지, 부아를 돋운 게 무언지 알지 못한 채 길중 씨는 역정을 냈다.

「땅 팔아 집 지을 생각 하려면 아예 관둬라. 그 땅 사모으느라 밤잠 안 자고 일할 땐 팔아 없앨 생각 한 적 없다」

효기가 목소리를 돋웠다.

「아버지만 밤잠 안 잤나요? 저도 날마다 공장에서 기름때 묻히며 일했어요」

「그래, 네가 그 땅을 샀다는 게냐?」

「그럼요. 땅뿐입니까? 이 집도 내가 공장에서 뼈빠지게 일해 지은 집이에요. 아버지 어머니가 하신 일이 뭐 있습니까?」

그날, 효기는 끝내 「내가 일해서 지은 내 집이니 모두 나가라」는 말까지 쏟아붓고 갔다. 아무리 세상이 막되었다고 해도 너무 한다 싶었다. 여태 헛디디고 살았다 싶은 썰렁함에 휘몰린 길중 씨는 며칠 집을 떠났다. 약수터가 있는 산으로 출발지를 정하면서 길중 씨는 은용에게 일렀다.

「누가 나 찾거든, 며칠 바람 쐬러 갔다고 그래라」

여인숙에 머무르면서 약수를 마시는 사람들은 건강 정보 교환에 여념이 없었다. 어디 한의원이 용하다더라, 어디 의사가 잘 본다더라. 거기서, 정신과를 잘 본다는 영등포 한의원의 주소를 받아 적었는데 그 쪽지가 안 나오는 것이다.

앨범을 넘기던 길중 씨는 한 사진을 유심히 들여다보았다. 젊은 어느 날, 의용소방대원들의 야유회 사진이다. 돋보기를 쓰고도 눈앞이 아물거려, 길중 씨는 비닐 덮개를 제치고 사진을 꺼냈다. 사진 뒷면에 〈사진에는 우리 아버지도 계십니다〉라고, 아이들 중의 누군가가 쓴 삐뚤빼뚤한 볼펜 글씨가 잉크가 날아 흐릿한 채 남아 있다.

〈이 사람은 벌써 갔고, 저 사람도 갔고, 이이는 아들 앞세우더니 폭삭 늙어서 어제 길에서 만났고……〉

사진을 들여다보며 면면들을 짚던 길중 씨는, 살아 있는 사람보다 저세상으로 간 사람들이 더 많다는 사실에 가슴이 휑해졌다. 시간이 없다. 딛고 선 발밑이 문턱문턱 떨어져나가는 것 같은 나날이었다. 보이는 것마다, 한 시절은 갔다고 말한다. 억지 부리지 말고 자연스럽게 흐르라고 일러준다. 은용이 다듬는 움파에서도 길중 씨가 보는 건 세월, 흐름, 이런 것들이다. 베어낸 파대에서 연두색으로 돋아난 움파, 거기에 앙증맞게 파꽃순이 매달려 있다. 따뜻하다고, 제철도 모르고, 제 분수도 모르고 꽃을 피워볼까 한 파가 딱했다. 세월의 물살이 실어다 준 폭포 앞에서 떨어지지 않으려 버르적거리는 노인네 같은 움파꽃. 언젠가 남대문에서 본 노인 같은.

결혼식이었는지 장례식이었는지, 대절한 버스에 몸을 싣고 서울에 갔을 때였다. 창가에 앉은 길중 씨의 눈에, 남산 중턱 계단에서 옹송그리고 서성이며 해바라기하는 노인들이 들어왔다. 더 이상 기약할 봄도 없이 고사하는 나무 같은 노인들. 동병상련이 일기는커녕 그 꼴이 보기 언짢아 눈을 감았다 뜬 길중 씨는 다시 눈을 감아야 했다. 버스가 남대문을 앞두고 신호대기에 걸려 섰을 때였다.

칠십 가까운 한 영감이 가로수에 등을 비스듬히 기대고 서 있었다. 얼핏 보기에도 추레한 영감이었다. 영감은 솜을 둔 듯한 바지의 지퍼를 내리고, 자지를 내놓은 채 손으로 무심히, 툭툭 그걸 치고 있었다. 길중 씨는 눈을 질끈 감았다 떴다. 잘못 본 것이었으면 싶었다. 백주 대낮에, 대로에서, 영감이 저러고 있는 것이다. 힘도 못 쓸 자지를 꺼내놓고 장난감처럼 건드리는 영감, 인생이 왜 이리 초라해야 하는가, 격한 회한으로 시위를 하는 것만 같은 영감, 당신 인생두 막장이구려.

길중 씨는 앨범을 덮어 버렸다. 지난날, 생각하면 무얼 하나. 남은 날이나 잘 가누어야지. 다시 비망록 수첩들을 찬찬히 뒤졌다. 더 늦기 전에 찾아야 한다는 사명감이 길중 씨를 움직이게 했다. 이즘 들어 헷갈리는 윤씨의 정신은 하루가 다르게 틀려졌다.

대보름을 앞둔 장날이었다. 보름을 앞두고 나물거리를 장만하러 간다던 윤씨가 나물 대신 꽃을 한아름 사들고 들어왔다. 노란 국화와 빨간 카네이션, 원색의 두 꽃이 부조화를 이루며 섞여 있었다. 목이 조금 올라오는 옥색 스웨터를 입은 윤씨의 품에서, 그 생생한 원색은 느닷없이, 상여에 매다는 종이꽃을 연상하게 했다.

「웬 꽃이우?」

「그냥 이뻐서 사 봤죠」

윤씨는 무심히 대답했다. 그때, 은용이 들어서면서 물었다.

「엄마, 나물은요?」

「나물? 무슨 나물 말이냐?」

「보름 나물 사러 간다고 하시잖았어요?」

「내가 언제? 벌써 보름이 됐단 말이냐? 동지 지난 게 언젠데……」

윤씨는 벽에 붙은 달력 앞으로 다가갔다.

「오늘이 며칠이냐?」

「12일예요」

「가만 보자, 오늘이 양력 12일이니까……」

눈살을 찌푸리고 자그만 음력 날짜를 꼼꼼히 짚는 윤씨의 머리 위로, 달력에 대담한 선으로 그려진 말이 뛰어가고 있었다. 윤씨는 돌아서며 말했다.

「정말, 보름이 낼 모렐세. 그럼 오늘이 대목장이겠네」

그런데도 눈빛에 아무 흔들림도 없었다. 그 무심한 눈빛을 좇던 길중 씨의 가슴이 철렁 내려앉았다. 아무 생각도 담기지 않아 되비칠 듯 맑은 눈, 입귀에 눈에 안 띄게 물린 미소는, 살 맞대고 살아오면서 한번도 본 적이 없는 미소였다.

며칠 전, 지지난해 갈무리한 부추며 상추 씨앗들이 담긴 조롱박을 들고 뒷문으로 나서는 윤씨를 보며, 길중 씨는 더 이상 건망증이라는 말로 눈을 가릴 수 없다는 걸 알았다.

검고 야무진 알갱이가 땅의 숨을 받아 싹 틔우고 줄기 벋어 야문 알곡이 되리라. 날이 풀리자마자 씨앗을 찾아 들고 나서는 윤씨의 얼굴에 그런 기대가 엿보였다. 속에서 치받치는 놀람을 다스리며 길중 씨는 조용히 물었다.

「효기 엄마, 그건 왜 들고 나가우?」

「왜라뇨? 날 풀렸으니 오늘은 심으려구요」

「심다니요, 어디다?」

윤씨는 말끄러미 길중 씨를 바라보았다. 그것도 모르냐는, 한심한 눈빛이었다.

「어딘 어디우. 늘 심던 데지. 아무려면 내가 꽃밭에다 심을까」

이럴 수가, 안으로 얼어붙는 목소리를 억지로 끌어내고, 윤씨가 아무 기미도 채지 못하도록 목소리의 가닥을 추스르며, 길중 씨는 윤씨의 어깨에 손을 둘렀다.

「여보, 그거 이따 심고, 이리 와 앉아 보우」

「이이가, 왜 이래요, 바쁘다는데 길을 막고」

어깨에 둘린 길중 씨의 팔을 한 손으로 떼어내는 시늉을 하면서도, 싫지 않은 목소리였다.

「글쎄, 이리 좀 앉아 보라니까. 내 할 말이 있어요」

길중 씨는 마루의 소파에 윤씨를 데려다 앉혔다. 일단 길을 막는 데는 성공했지만, 무슨 말을 해야 할지, 가슴만 미어졌다.

윤씨가 밭으로 꾸민 빈터가 팔린 건 재작년 겨울이었다. 윤씨가 조롱박에 갈무리해 다락에 두었던 씨앗은 이듬해 내내 먼지만 덮 썼고, 윤씨는 여느 노인들처럼 집안에서만 맴돌았다. 그런데, 느 닷없이 파종이라니. 노망이구나, 윤씨를 바라보는 길중 씨의 속을 차디찬 손이 훑어내렸다. 이렇게 저무는구나, 한평생 부대끼다 가, 다시 아이로 돌아가는구나⋯⋯. 그날, 기름기라고는 하나도 없는 윤씨의 손을 잡고, 속에서 꺽꺽 메이는 목을 침으로 축이며 말했다. 그러지 말고 여보, 우리 바람 쏘이러 절마당에나 갔다옵시 다.

툭, 수첩 갈피에서 무언가 떨어졌다. 이건가, 길중 씨는 무심코 접힌 종이를 펼쳤다. 윤기의 필체가 눈에 확 다가들었다. 아버지, 제 가 잘못했습니다. 제가 아직 어리고 부족하여⋯⋯. 길중 씨는 그 편지를 어제같이 기억했다. 탄피통에서 돈을 꺼내 달아났던 윤기가 보낸 편지였다. 비닐 커버를 씌운 껍질이 비슷하달 뿐, 지난해의 수첩이 아니라 아주 오래된 것이었나 보았다.

〈그 성질머리에, 이런 말을 꺼내기 얼마나 힘들었을까〉

윤기가 돌아왔을 때, 나무람 한마디 없이 받아들인 건 윤기를 알고 있어서였다. 편지를 쓰는 바로 그 순간이, 윤기에겐 혀를 깨 물고 싶은 치욕의 순간이었으리라는 걸. 그 이상 가는 벌은 없었 다. 효기는 그런 길중 씨를 이해하지 못하고, 저만 나무라고 동생 에겐 관대하다고 툴툴거렸지만.

길중 씨는 그 편지를 물끄러미 보다가 잘게잘게 찢었다.

〈윤기가 본격적으로 엇나가기 시작한 게 그 무렵이지〉

그앨 그대로 맺어주는 편이 나았을지도 모른다는 생각을, 길중 씨는 번번이 했다. 분가하기 전, 아들 방에서 큰소리가 나고 며느리의 얼굴이 부석부석할 때마다, 젊어 한때 자기의 모습을 쏙 빼닮은 윤기 앞에 길중 씨는 할 말이 없었다. 그러지 마라고 한다든지, 그러면 못쓴다든지 하는 말도. 쟤가 그애를 못 잊어서 더 포악을 떠는구나 싶으면서도.

안다, 한 사람에게 쏠리는 마음이 얼마나 큰지를. 난파당해 기우는 배로 몸을 옮기듯, 자포자기하듯 쏠리는 마음을. 젊은날, 눈물로 펑펑 젖었던 어느 하루가 길중 씨에게도 있었다. 결혼하고, 효기가 태어나기 전이었다.

〈그런 걸 전생의 인연이라고 하나. 안 하던 짓까지 해가며 그 여자를 만났으니. 그날, 안 하던 짓을 두루 하면서까지 그 여자에게로 가는 길을 냈으니〉

대낮에 술을 마신 것부터가 수상했다. 해 떨어지기 전에는 술을 안 마시던 길중 씨, 김한영과 시장에서 만나 막걸리 한두 잔이 술판으로 벌어졌다.

「아직 확실한 것도 아닌데 미리 이럴 거 뭐 있소. 아닌말로, 한눈을 좀 팔았다 쳐요, 배부른 몸으로 어쩔 것도 아니고……」

「형님, 모르는 소리 마시오. 이런 일은 안 당해 본 사람은 모릅니다. 안사람 볼 때마다 저 여자가 무슨 생각을 하나, 딴마음 둔 사람을 생각하는 건 아닌가, 저 뱃속에 든 게 내 씨가 맞기는 맞나. 뻐꾸기 애비 신세가 되는 건 아닌가, 그런저런 생각이 드는데……」

여관의 심부름꾼으로 일하다 만났다는 김한영의 아내는 얼굴이

고왔다. 눈꼬리에 살살거리는 눈웃음을 달고 다녔다. 여자가 고우니 손도 타리라. 일본 사람 집에 일하러 다니는 김한영의 아내는 만삭이었고, 그 부른 배 안에 든 씨에 대한 의심이 김한영으로 하여금 낮술을 들이켜게 했다.

〈뻐꾸기라, 그런 의심이 생겼다면 쉽지는 않으리라. 버선목처럼 뒤집어보일 수도 없는 거고〉

달리 할 말이 없던 길중 씨는 잔이 빌 때마다 부지런히 채울 뿐이었다. 벌컥벌컥 들이켜던 김한영의 손길이 느려졌다. 막걸리 잔에 앙금이 가라앉았다.

「이제 그만 갑시다. 이래봤자 속만 더 상하지……」

비칠거리는 김한영을 부축하며 장거리를 빠져나오던 길이었다. 웅얼웅얼, 고개를 떨군 채 걷던 김한영이 고개를 들었다.

「까짓거, 그건 그거고, 형님, 우리 저거나 보다 갑시다」

얼굴에 허옇게 분칠한 사내가 주름이 접혔다 펴지며 가락이 나오는 손풍금을 켜고 있었다. 흥겨운 것도 아니고 구슬픈 것도 아닌 소리. 공연히 사람의 마음을 들썽거려 헛바람이 들게 하기에 딱 알맞은 소리가, 길중 씨의 마음엔 썩 맞지 않았다. 곡마단이었다. 저런 걸, 말하려다 길중 씨는 삼켰다. 춤도 노래도, 다 사람 마음을 덧없이 호리는 부질없는 짓인데, 그런 마음을 접어두고 김한영의 걸음에 발을 맞추었다.

차일 안은 썰렁했다. 쌀에 뉘 섞이듯 자리를 차지한 사람들 틈에 두 사람은 끼여 앉았다. 이래 갖고 먹고 살겠나, 그런 걱정이 들 정도였다.

그날 거기서 여자를 만났다. 허벅지를 드러낸 여자가 나타나 그네 받침봉을 타고 다람쥐처럼 쪼르르 기어올랐다. 그러더니, 그네에 올라 발을 구르며 그네를 밀었다. 그네는 아득한 허공을 출렁이며 왔다갔다했고, 어느 순간, 여자는 그네에서 손을 놓았다. 출렁, 여자가 방금 떠난 그네가 혼자 출렁이고, 다른 그네로 옮겨갔던 여자는 다시 빈 그네로 몸을 날렸다. 한 순간만 아차 하면 바닥으로 떨어질 판이었다.

「저것 봐, 저……, 오뉴월 엿가락처럼 휘어지네. 저 사람들은 몸을 부드럽게 하느라고 식초를 물처럼 마신답디다」

김한영이 웅얼거렸다. 이상한 일이었다. 길중 씨의 마음이 그네처럼 출렁거리고 있었다. 저게 그냥 마음을 호리는 게 아니라 노동이구나……. 여자의 얼굴은 제대로 보이지 않았다. 끝내고 나서 인사하는 여자의 분칠한 얼굴에서, 하관이 빠르구나, 그러니 복 없이 떠돌이 신세지, 라고 느꼈을 뿐이다.

여자를 다시 만난 건 두 달 뒤, 술집에서였다. 술청에 나와 앉은 여자와 농담 끝에 손을 잡았을 때, 여자의 손바닥은 꼭 무두질 안 한 가죽같이 뻣뻣했다.

「손이 뻣뻣하지요? 워낙 험한 일을 하던 손이라놔서요」

여자의 말투에 남도 사투리가 섞였다. 옆 면까지 내려갔던 단체는 거기서 해산했고, 단원들은 살길을 찾느라 뿔뿔이 흩어졌다는 것이었다.

술청에 나와 앉긴 했지만, 여자는 얕은 맛이 없었다. 얼굴이 예쁜 것도 아니었다. 그저 덤덤하게 술을 치고, 건네는 잔을 받을 뿐이었다. 하관이 쪽 빠르고 살이 없는 얄상한 얼굴도, 길중 씨가 좋아하는 형은 아니었다. 그런데도 마음 한 끝을 여자가 있는 술청에 붙들어 매놓고 살았다. 처음이었다.

어른의 중매로 결혼한 아내 윤씨가 집에서 기다리고 있지만, 한

번 기운 마음은 모든 걸 작파하고 싶도록 커졌다. 덧정 같은 게 생긴 건 아니지만, 그런대로 맞춰가며 살리라 다짐한 아내였는데. 결혼은 했지만 아기가 없으니, 어찌어찌 방도가 생길 것도 같았다.

〈참, 그때처럼 눈물이 났을까〉

여자가 집안에 알려지고, 아버지가 그 여자에게 가서 〈남의 꽃밭에 불질러도 분수가 있지〉라며 뒤엎고, 역앞 여관에서 안고 운 밤을 보낸 뒤, 여자는 떠났다. 어디 가서 발 붙였을지, 그래도 술청이 사는 터전이었는데 부평초 같은 신세라고 거기서까지 쫓아보내야 했는지, 영 부쩝 못 하고 외방에서 놀던 마음을 붙들게 해준 건 일이었고, 발목 붙들듯 불러오던 윤씨의 배였다.

효기가 태어난 다음날, 태를 불에 살라야 아이가 오래 산다는 속설을 귀동냥한 길중 씨는 후산 본 뭉치를 종이에 싸서 새벽녘에 냇가로 갔다. 가을이 깊어서 냇물에서 벌써 한기가 뻗쳐났다. 가마니때기와 전날 장만해 둔 나뭇단, 후산 본 뭉치를 얹은 지게를 지고 가는 길중 씨의 얼굴은 희끄무레한 새벽 기운 속에서 혼자 훤했다. 한갓진 곳을 찾아 나뭇단과 가마니를 쌓고 그 위에 종이 뭉치를 얹었다. 됫병에 담아간 석유를 나무에 끼얹고 불을 붙였다. 피어오른 불길이 한데 뭉크러지면서 얼핏 고기를 굽는 듯한 고소한 냄새가 났다. 냄새는 연기와 함께 점점 진해지며 비위를 뒤집었다. 바람이 불 때마다 불길은 잦아들다 활랑활랑 피어났고, 맑은 냇물은 막 솟아오른 햇살 받아 사금파리 조각처럼 밝게 부서지며 빛났다.

〈내게 자식이 생겼다. 그것도 아들이〉

길중 씨는 반짝이는 물너울을 보며 웃었다. 부풀어오르는 아내의 배를 보며 실감할 수 없었던 감동이었다. 그렇게까지 기쁠

줄, 길중 씨도 몰랐다. 눈 못 뜬 채 고물거리는 아기의 손가락과 발가락 숫자를 세자 비로소 핏줄이 생겼다는 실감이 왔다.

태는 그 부피로 어림했던 것보다 오래오래 탔다. 길중 씨는 그 누린내를 마음껏 들이마셨다. 그러다가 깨달았다. 내가 지금 그 여자를 떠나보내는구나. 이제 내 발목은 붙들렸구나. 따라간다는 약조를 한 적은 없지만 언제라도 훌훌 털고 찾아나설 수 있을 것 같았는데…….

그 여자가 백년 묵은 여우는 아니었나, 하여간 내 평생 그렇게 몸 달았던 적이 없으니까……. 윤기 그애가 날 닮았지. 피가 뜨거운 게야. 윤기를 그애와 함께 살게 하는 건데 그랬어. 이쪽에서 결혼하자면 어찌어찌 성사될 수도 있을 것 같았는데. 하지만, 여염집 출신도 아닌 것 같고, 그 시절에 그 아이 행실은 나 아닌 다른 사람이라도 못 봐줬을거라.

「아버지, 그 여자 아니면 전 결혼 못합니다」

윤기가 길중 씨 앞에 눈물을 보인 건 그때가 처음이었다. 집 나갔다 돌아와 밤마다 부룩송아지처럼 날뛰며 겨울을 나고, 졸업을 하고, 봄이 되자마자 올라갔던 윤기는 핏발 세운 눈으로 내려왔다. 그 말을 하기 위해 온 듯, 더펄거리던 머리까지 단정히 깎고서였다. 여자애한테 무슨 일이 있나보구나, 그러면서도, 이 기회에 윤기의 성질머리를 꺾어놓겠다고 작심한 길중 씨는 말을 틀었다.

「늬들 행실이, 어른들한테 혼인 맺겠다고 나설 만하다고 생각했느냐? 어디 대답 좀 들어보자」

윤기의 얼굴이 벌개졌다. 쟤가, 노여워서 저러지.

「잘못했습니다. 그건 잘못한 일이고요」

「그건 잘못한 일이고, 그럼 잘한 일은 뭔가 어디 좀 들어보자」

　그날, 길중 씨는 윤기의 말을 번번이 무질렀고, 끝내 윤기는 자리를 박차고 일어섰었다.

　사람이 앞일을 미리 알면 어찌 사람이겠나. 길중 씨는 발목 붙드는 자책을 털어버렸다. 더 늦기 전에, 윤기 몫으로 두었던 산문서나 넘겨야겠다고 챙겼다. 정기야 대학 공부 안 하고도 셈속이 바르니 내버려 두었다가 나중에 이 집이나 주면 될 거고. 인기는, 직장에 다닌다는데 무슨 회산지 뚜렷하지도 않고 발길이 뜸한 걸 보니 수상쩍다. 가만히 있어도 다 겪게 마련인 일을 제가 앞질러 나가 맞으려는 조급함이 보여 영 불안하다. 아직 세상 무서운 걸 몰라서 그렇지. 이나저나, 은용일 어떤 놈한테 짝을 지운다? 선 보라 해도 이대로 산다고 번번이 파투를 놓으니. 하기야 지금 결혼한다 해도 문제라. 효기네가 같이 살 마음은 영 없는 것 같고, 두 노인네 끈 떨어진 뒤웅박 신세 되기 십상이지만, 그렇다고 붙잡아 둘 수는 없는 노릇이지. 효기 엄마 병이나 깊어지지 말아야 할 텐데. 이나저나, 여기에도 전화 번호가 없으니.

「아버지, 다녀왔습니다」

　목욕을 해서 말개진 얼굴로 은용과 윤씨가 들어섰다. 곧 서른 살이다. 이미 지기 시작한 꽃이다. 순진함이 두드러지는 은용의 얼굴을 바라보다 길중 씨는 더럭 의심이 인다. 혹 마음에 둔 남자가 있는 건 아닌가. 그러나 초봄의 맑간 햇살을 되비치는 은용의 얼굴에는 아무 기미도 없다. 사람이 너무 순해도 못쓰는 법인데, 은용의 무심한 얼굴을 보던 길중 씨는 잎을 너울대는 마당의 벽오동나무로 고개를 돌렸다.

엄마, 어디 계세요

진득한 땀을 흘리며, 잠인지 혼미인지 모를 물살에 잠겼던 윤씨의 눈을 날선 빛살이 아프게 찌른다. 집안은 물속에 잠긴 듯이 고즈넉하다. 윤씨가 낮잠에 들었을 때마다 커튼을 쳐 해를 가리던 은용이 오늘은 잊었다. 망할 것, 윤씨는 뜻없이 중얼거린다. 입 안 태울 듯한 조갈이 인다.

몸을 추스르고 일어난 윤씨는 습관처럼 뒷머리를 손으로 두어 번 북북 긁었다. 무심한 하품에 글썽이는 눈으로 윤씨는 방안을 휘둘러 보았다. 아무도 없나. 그에 대답하듯, 크르르렁, 울부짖는 짐승의 소리가 들려왔다. 퍼뜩 놀란 윤씨는 이내 그 소리가 어디서 나는지 알아차렸다. 윤씨는 저려오는 무릎을 주무르며 현관으로 나와 신을 신었다.

「할머니, 왜 또 나오셨어요. 위험하댔잖아요!」

굴삭기가 고개를 처박았다 쳐들 때마다 먼지가 쿨럭였다. 그 곁으로 주춤거리며 다가서는 윤씨를 발견한 운전사가 소리쳤다. 위아래로 꺼덕이는 굴삭기의 날카로운 톱날이 위태롭게 비껴갔다. 제기

랄. 굴삭기의 진동에 따라 움직이던 운전사는 긴장하면서 조종간을
휙 잡아챘다.

「그냥, 소리가 하도 크기에……」

윤씨는 입안엣말로 대답했다. 미적미적, 더 다가서지도 물러나
지도 않은 채였다. 방금 몸을 비껴간 위험을 위험으로 못 느낀 윤
씨는 천연스러웠다. 지나가다가 신기한 것에 마음 팔린 아이처럼
신기한 눈으로 굴삭기를 바라보았다. 그러다가 운전사와 눈이 마주
치면, 구름 몇 점이 햇솜처럼 번져 있는 하늘로 눈길을 돌려 시선
을 피했다. 건물의 기초를 하느라 꽤 깊이 파고들어간 언저리에서
바장이는 윤씨가 신경에 거슬린 운전사는 구슬렀다.

「들어가세요. 여긴 위험해요」

윤씨가 몸을 돌리지 않자, 마침내 운전사는 운전석에서 내려와
공사장 옆, 빛 바랜 하늘색 쪽문을 두드렸다.

「여봐요. 안에 사람 없어요. 여기 할머니 좀 모셔가요!」

제 방에서 라디오를 듣고 있던 은용은 크르릉쿵쾅, 집을 통째로
들었다 내던지는 소리 사이로 들려오는 성마른 목소리에 놀라 뒷
문을 향했다. 열린 뒷문 옆, 1미터쯤 간격을 두고 가파르게 깎인
땅 위에 상아색 블라우스에 밤색 치마를 입은 윤씨가 아슬하게 보
였다.

「죄송합니다」

「위험해서 그래요. 구경도 좋지만 한사코 나오시니 원……」

운전사는 담을 끼고 돌아 다시 운전석으로 들어간다.

〈저놈의 포클레인은 꼭 공룡 같아〉

고개를 두어 번 꺼떡거리다 한순간에 날카롭게 내리꽂히는 톱날
이 은용의 가슴을 섬뜩하게 도려냈다.

윤씨가 가꾸던 텃밭은, 비명 같은 굉음을 내지르는 포클레인의 날카로운 톱날 아래 거대한 구덩이가 되었다. 한 해 묵히더니 올봄에 공사가 시작된 것이다. 몇 층이라던가, 기초를 깊게 파내려가는 걸 보니 꽤 높은 건물이 들어서려는 모양이었다.

「엄마, 그게 그렇게 재미있어요?」

말리는 것을 무릅쓰고 뒷문으로 향하는 이유를 알면서도, 은용은 윤씨의 어깨를 감싸며 물었다. 장난감을 빼앗긴 어린애처럼 홱 토라져 버린 윤씨가 안돼 보였다.

「누가 재미있다던?」

운전사의 윽박지르는 기세에 주눅이 들었던 윤씨는 은용을 보자 마음이 놓여, 토라지며 대답했다.

「이제 그만 나가세요. 위험해요. 정 심심하시면, 이따 아버지 오시는 대로 산에나 다녀오세요」

「늬 아버진 어디 가셨니?」

낮잠에 깊이 잠겼다 깨어나서인가, 아침결에 옷장에서 저고리를 꺼내준 일이 생각 나지 않는 모양이었다.

「초상집 가셨잖아요」

「초상집? 누구네가 초상났다던?」

생뚱같은 얼굴이던 윤씨는 조금 있다가 생각의 실마리를 잡고 얼굴이 풀렸다. 소금 준비해 두어야겠다고 하구선. 이놈의 정신 봐라……. 집이 시끄러워졌다고 정신까지 들락날락하네.

이태 전, 집 바로 뒤를 깎아지르며 비껴가는 외곽도로가 생기면서, 소음은 끊임없이 집을 흔들었다. 차들은 겁없이 질주했고, 집은 차의 진동에 말려들었다. 드르륵, 밤에 자리에 들면, 담장 바깥의 길을 밟는 자동차 소리가 귓전을 울려, 그대로 머리를 밟고 지나갈 듯 생생한 두려움에 지끈거렸다. 그 전엔 먼지였다.

도시계획이 발표되고 난 뒤 들어선 말끔한 집과 대조되는, 낡은 집들을 허물어뜨리는 것으로 공사가 시작되었다. 피그르르, 묵은 이웃이 살던 집의 지붕이 힘없이 내려앉고. 헐리는 집에서 풀썩이는 먼지가 온 집안에 번져나갔다.

낡아서 비틀어진 나무 창틀과 사개가 맞지 않는 유리문 사이의 틈을 비집고 들어온 먼지는, 독가스처럼 집안 구석구석에 살포되었다. 제대로 창을 열어둘 수 없어 숨이 질리도록 무덥던 여름 내내, 마룻장을 뒤덮은 먼지는 발을 디딜 때마다 서걱거리며 쓸렸다. 곱게 덮인 먼지에 어지러이 찍힌 발자국이 오히려 불순해 보였다.

마당의 수도에 연결한 긴 호스의 꼭지를 쥐고, 윤씨는 수시로 마당에 물을 뿌렸다. 손가락으로 누른 호스 꼭지에서 살포된 물에 잦아들던 먼지는, 여름 햇볕에 이내 물기 마르며 요악스럽게 피어올랐다. 한차례 물 뿌리기를 마치고 호스를 감아들며 돌아서는 윤씨의 땀 결은 얼굴에도 먼지는 회색으로 얹혀 있었다. 걸레를 들고 다니며 닦아대기에 지쳐, 버석대는 먼지를 그대로 받아들이려 할 즈음, 역한 콜타르 냄새가 먼지를 삼켰다. 그러더니 소음이었다.

잠깐 사이 소파에서 다시 잠들었던가, 윤씨의 뒷목이 뻣뻣했다.

「엄마, 아버지 오셨나 봐요」

은용이 화장실에서 소리쳤다. 밖에서 열 수 있는 문이지만, 길중 씨가 초상집에 다녀올 땐 초인종을 울려 사람을 불렀다. 윤씨는 마루에 놓았던 소금 그릇을 들고 나갔다. 길중 씨가 문을 열고 막 들어서려 하고 있다.

혹 이승에 미련 많은 망자의 혼백이 묻어 들어왔을까봐 소금을 길중 씨의 어깨에 흩뿌리는 윤씨에게, 술 냄새가 훅, 끼쳤다.

「또 약주 드셨수?」

「조금. 아는 얼굴은 하나둘 사라지고……. 이젠 시내에 가도 아는 얼굴이 없어요」

길중 씨의 목소리는 눅눅했고, 추연한 어조가 듣기 싫어 윤씨는 어깃장을 놓았다.

「아, 아는 얼굴이 왜 없다고 그래요. 난 장에 나갈 때마다 아는 얼굴 천지던데」

「아는 얼굴 누구 있소? 어디 들어봅시다」

「아까두 이 앞에서 임 교장 댁 만났는걸」

윤씨는 의기양양하게 말했다.

「임 교장 댁이라니? 누굴 잘못 본 게요」

「아, 내가 임 교장 댁을 못 알아볼까봐. 살짝 얽은 얼굴이며 쪽 찐 머리까지 그대로던데. 어딜 갔다왔다나 어쨌다나……」

윤씨의 말투는 단호하고 의기양양했다.

「누굴 잘못 본 거로구먼. 여보, 효기 엄마. 임 교장 댁은 지금 미사리 선산에 뗏장 이불 덮고 맘 편케 자고 있을 거네」

「참, 그러네? 그럼 아까 그게 누구였더라. 꼭 임 교장 댁 그대로던 걸」

「누구 닮은 사람을 보았나 보우. 신경 쓰지 말아요」

어두워지는 길중 씨의 시선을 등뒤로 하고 마루로 나온 윤씨는 소파에 앉았다. 누구였을까. 양미간이 찌푸려졌다. 나도 모르겠다. 윤씨는 마당을 내다보았다. 등꽃이 척척 휘늘어져 있고, 벌떼가 몰려와 닝닝거렸다. 잉잉잉, 먼산을 볼 때 거리에 따라 산이 크고 작게 보이듯, 소리도 그렇게 크고 작게, 멀고 가깝게 들렸다.

얼마 안 있어, 등나무는 날벌레의 보금자리가 되리라. 무성한 잎갈피마다 애벌레들이 숨어들어 부화를 꿈꾸고, 어느 하루 날 잡아 약을 치면, 거미줄처럼 미세한 실을 분비하며 땅으로 떨어져내려 파들거리다 죽어갈 것이다. 등나무 아래엔 푸르게 나자빠진 애벌레와, 그 애벌레의 분비물이 점점이 까맣게 흩어질 것이다.

주렁주렁 꽃을 매단 등나무, 나뭇잎 사이로 빛다발이 명랑한 빛 그늘을 던져주고 있었다. 마당에 점점이 피어난 빛다발을 보던 윤씨는 자리에서 일어났다. 할일이 생긴 것이다.

방으로 들어가 줄자를 찾아낸 윤씨는 마당으로 나왔다. 마당 구석에 있는 의자를 끌어다 놓고 등꽃들을 줄자로 재기 시작했다. 한창 꿀을 빨다가 훼방당한 벌이 황급히 물러나고, 윤씨는 휘휘 손을 젓고 의자를·옮겨가며 줄자로 등꽃들을 쟀다.

〈잘도 자랐다. 저렇게 비비 틀린 줄기가 어쩌면 이렇게 숱한 꽃을 피우누?〉

꽃타래, 긴 건 두 자도 넘었다. 들척지근한 향기, 멀어졌다 가까워졌다 하는 벌들의 날갯짓 소리, 윤씨의 눈이 가물가물 잠기려 했다.

「엄마, 뭐 하세요?」

현관으로 나오던 은용이 그 모습을 보았다. 의자 위에 올라서서, 꽃타래에 머리를 묻고 있는 윤씨를.

「등꽃 참 탐스럽구나. 도대체 얼마나 자랐는지 궁금해서 재본다」

「등꽃 키 재는 거예요? 그래, 제일 큰 게 얼마나 돼요?」

은용은 다가서면서 살그마니 윤씨의 팔을 잡아당겨, 윤씨가 내려오게 했다.

「꼭 너같이 껑다리구나. 두 자가 넘는 것도 있다」

「워낙 크긴 크네. 엄마, 심심하면 가서 빨래 좀 걷어오실래요?」

윤씨는 빨래를 걷으러 옥상으로 올라갔다. 올 틈새에 머금었던 습기를 볕과 바람에 날려 보낸 빨래는 파슬파슬, 잘도 말랐다. 잘 마른 빨래에서 은은히 풍기는 청결한 냄새를 맡으며 윤씨는 빨래를 걷었다.

걷은 빨래를 빨래 바구니에 담아 놓고, 윤씨는 옥상 턱에 기대섰다. 한나절 볕에 달궈진 슬래브 옥상, 고무신 신은 발바닥이 따끈따끈하다. 꺼덕꺼덕, 움직이는 굴삭기가, 아주 커다란 구덩이를 만들었다. 세상 좋아졌다. 이 집을 지을 때만 해도 인부들이 몇 날 며칠을 삽과 괭이로 땅을 파내 기초를 팠는데.

윤씨는 치마 호주머니에서 담배를 꺼냈다. 속앓이가 있다고, 앞집 상길이 할머니가 가르쳐준 담배, 몰래 피우느라 부엌 부뚜막에서 담배를 피우다가 길중 씨의 눈에 띄어 야단맞기도 했다. 아직도 윤씨는 길중 씨 눈앞에서 피우는 걸 삼가고, 담배를 즐기지 않는 길중 씨는 집안 곳곳에 떨어진 재를 묵인했다. 불을 붙이고 한모금 깊게 빨았다. 읍 바깥쪽 먼산이 아스라하게 보였다.

「엄마, 엄마 어디 계세요?」

아래에서 은용의 목소리가 들렸다. 어린애처럼 찾기는, 은용의 목소리에 실린 불안을 못 느끼는 윤씨는 치마 꼬리에 매달리는 아이를 볼 때처럼 정겨워서 입귀가 올라갔다.

「응, 나 옥상에 있다」

「여태? 뭐 하세요, 뜨겁잖아요?」

「응, 빨래 넌다」

윤씨는 담배를 비벼 끄고, 기껏 걷어놓았던 마른 빨래를 집어 빨랫줄에 널었다. 반쯤 널다가 정신을 차렸다. 손끝의 촉감이 정신을 일깨운 것이다.

〈내 정신 봐라〉

찬찬히 물려놓았던 빨래 집게를 다시 뽑아내는데 은용이 올라왔다. 빨래를 넌다는 바람에 올라온 것이다.

「다 걸어간다. 이런 날은 이불 빨랠 해널 걸 그랬다」

윤씨의 표정은 천연덕스럽다.

「제가 가지고 갈게요. 조심해서 내려가세요」

층계참의 물매가 싸다. 윤씨는 조심조심 발을 디뎌 내려왔다. 현관을 들어서려는데 전화벨이 울렸다. 윤씨는 벨이 더 울리기 전에 달려가 받았다.

「아, 여보세요?」

저쪽에선 말이 없다. 장난 전환가. 요 며칠, 장난 전화가 잦아서 길중 씨는 심란해했다. 요즘은 도둑이 집에 사람이 있는지 전화해 본다더라구. 와도 가져갈 건 없지만, 사람까지 상하게 하니 그게 걱정이지. 윤씨는 목소리를 조금 키웠다.

「여보세요?」

「저, 거기가 이길중 씨 댁 맞나요?」

낯선 여자였다.

「네, 그렇습니다만」

「죄송합니다만, 이윤기 씨 연락처 좀 알 수 없을까요?」

윤기네? 전화번호를 기억하지 못하는 윤씨는 마침 다기온 은용에게 수화기를 건넸다.

「웬 여자가 윤기네 전화번호를 묻는구나」

윤기 오빠? 전화번호 바뀐 지가 얼마 안 되었는데, 전화번호부 수첩을 뒤적여 찾으며 수화기를 건네받은 은용의 혀를 무언가가 끌어당겼다. 기억에 켜켜이 쌓인 먼지를 비집고 튀어나오는 손이 은용을 막았다.

「실례지만…… 누구세요?」

「학교 동창인데요」

그냥 말해도 되었으련만, 은용의 속에서 무언가가 가로막고 있다. 그게 무언가.

「누구신지 알면 안 될까요?」

「혹시…… 윤기 씨 동생인가요?」

「네, 그런데요」

은용의 목소리가 긴장으로 단단해졌다. 이윤기 씨가 아니고 윤기 씨라고.

「그럼, 은, 은영이던가요……」

그렇구나, 은용은 십오 년쯤 전의 기억 속에서 한 이름을 건져 올렸다. 현희 언니. 그러나 은용은 그 이름을 입밖에 내지 않았다. 그 이름은, 오랫동안 이 집안에서는 금기였다.

「은용이에요」

「그렇구나. 나, 기억할지 모르겠어요. 전에 집에 갔었죠, 현희라고」

「네」

현희에게 은용은 그저 단발 머리 계집아이일 것이다. 십몇 년 전인가, 은용은 세월을 꼽아본다. 그 세월이 뭉텅 물러앉고, 은용은 거기서 은반지 하나를 건져올렸다.

「은은 사람의 마음 같아서, 그걸 낀 사람의 몸이 아프면 색깔이 흐려진대. 몸이 건강해지면 이 반지도 반짝반짝 빛날거야」

늘 거미처럼 벽에 기대어 지내던 은용의 손에 반지를 끼워 주며 현희는 말했다. 더러움을 타면 치약으로 닦는다는 것도 알려주었다. 학교에 갈 때를 빼고는 은용의 가는 손가락에서 떠나지 않던 반지. 시름시름 앓는 은용의 손에 끼워진 은반지는 빛을 죽이지 않았다.

그 반지를 잃어버린 건, 이십 년만인가라는 물난리가 난 날이었다. 하룻밤새에 길이 물에 잠기고, 읍의 위쪽에 있는 저수지의 수문을 다 열었다는 소문이 빗줄기를 뚫고 사람들 사이에서 돌았다. 더 위험한 것은 둑이었다. 곧 둑이 터질거라는 둥, 그 둑이 터지면 읍내가 물바다가 되리라는 둥, 사람들은 언덕 위의 학교로 피난 갈 준비를 했다. 날라리 소리, 빗줄기를 뚫고 어디선가 들려오는 날라리의 금속성 소리가 위기감을 고조시켰다.

가운뎃손가락에서 새끼손가락으로 옮기면서 좀 헐거웠던 반지를 잃은 걸 깨달은 것은, 물이 써고, 혼자 살던 윗마을 할머니가 농수로의 둠벙에서 발견되었다는 소문을 듣던 다음날이었다. 물살에 쓸려 내려가다가 둠벙의 철망에 걸렸다며 혀를 끌끌 차던 윤씨 곁에서, 한기가 뻗쳐 은용은 손가락으로 손을 가져갔다. 마음이 썰렁해질 때마다 반지를 만지는 습관이 들었던 것이다. 손이 허전했다. 어느 물살에 흘려갔나. 은용이 잃어버린 물건을 그토록 아까워한 적이 또 있던가.

그날의 날라리 소리 같은 것이 침묵하는 수화기를 댄 은용의 귓전에 들려왔다. 그날의 불안, 물살에 휩쓸려 집이 떠내려갈 것 같은 불안이 저며들었다. 그 사이로, 세월을 훌쩍 건너뛰어 낯익은 현희의 목소리가 들려왔다.

「어쩌면, 아직 집에 있을지 모른다고 생각했어요. 잘 지냈어요?」

그 사이 흘러간 세월을 헤아리는가, 현희의 목소리가 조금 느려졌다.

「네, 지금 어디 계세요?」

「서울이에요. 잠깐 들르러 왔다가……. 오빠 어디 사세요?」

「서울에요」

은용은 마음의 가닥을 추스르느라 간결하게 대답한다.

「그렇군요……」

서로 마음을 한 자락씩 접어둔 침묵. 마침내 현희가 그 침묵을 잘라냈다.

「어려운 부탁인 줄 알아요. 참 오랜만에 왔어요. 아이들도 안 데리고 혼자 오고 해서, 그냥 한 번만 보고 싶었어요」

아이들이 있었구나. 그래, 있을 테지. 은용은 현희가 찾는 윤기의 두 딸을 떠올린다. 아이들은 제 아빠를 무척 따랐다. 어떻겠어. 하지만, 불안이 속에서 말대꾸한다. 선녀는 아이가 둘인데도 날개옷을 입고 하늘로 가버렸잖아? 다시 아이들을 데리러 왔던가 말았던가. 은용은 어렸을 적 들은 이야기의 결말이 생각나지 않아 안타깝다. 올케와 배실거리며 웃는 조카의 얼굴이 눈앞에 떠오른다. 난 못해. 은용은 고개를 젓는다.

「전에는 그쪽 집 전화가 세 자리 숫자였는데 이젠 거기도 국번이 생겼더군요」

세월이 그만큼 흘렀다, 이제 한 번쯤 보아도 되지 않을까라고 현희는 간접적으로 말하고 있었다. 그 말이, 은용의 입에서 일곱 자리 숫자를 끌어내었다.

5월 20일

일 저지른 거 아닌가, 불안하다. 왜 알려주었을까. 안 알려줄 수도 있었는데. 저녁 때, 통 전화가 없던 둘째 올케가 난데없이 안부 전화를 했다. 말도 못하고, 뜨끔했다. 일 저지른 거 아닌가.

5월 21일

효기 오빠 와서 아버지와 다투다. 방에서 뭐라고 큰소리가 나더니, 얼굴이 벌개져서 부엌으로 들어와 물을 찾았다. 저녁 반찬 나물거리를 다듬고 있었는데, 물 다 마신 오빠가 하는 말, 「반찬 많이 해드려라. 잡숫고 오래오래 사셔서 아들 속 좀 썩이게」 칼 든 손이 벌벌 떨렸다.

5월 22일

형옥이 만났다. 친정에 온 김에, 결혼 전에 근무하던 박외과에 놀러 갔다 오는 길이라고 했다. 광산에서 사고가 나서 하필 거기를 다친 남자 이야기. 사고 소식을 듣고 병원으로 쫓아왔던 그 마누라는 생명에는 지장이 없다는 말을 듣고 마음 놓았단다. 그러다가 거길 다쳤다는 말을 듣고 울더란다. 살아도 못 살아, 그러면서. 병원에서 그 말이 유행어가 되었다고 형옥이는 웃었다. 살아도 못 살아. 커피 값 천육백 원.

5월 23일

며칠 전에 난초 화분을 보고 혀를 차던 효기 오빠. 오늘 돌 가지고 와서 분갈이를 해주다. 화분을 엎어서 난을 뽑아내고, 뿌리에 엉긴 흙과 돌을 털어내고, 화분을 털어낸 다음 다시 난을 세우고 뿌리 사이에 흙을 채워주고 갔다. 사람은 참 알 수 없다. 난초에 들이는 정성의 십분의 일만 사람에게 들이면 얼마나 좋을까.

초파일. 절마당이 훤하다. 집앞 큰길도.

164

5월 24일

부엌 벽 페인트를 다시 칠했다. 연탄 그을음으로 천장이 꺼매져서 부엌에만 들어가면 우중충했었다. 무슨 색으로 칠할까. 베이지색과 분홍색, 옥색을 놓고 고민하다가 옥색으로 정했다. 흰색 페인트에 파란색을 조금 섞어 옥색을 만들었다. 붓으로 벽에 묻혀 봤더니 너무 진했다. 흰색을 조금 더 섞었다. 칠하려고 보니, 벽에 난 붓자국이 문득 나 같다는 생각이 들었다. 안석 씨……. 그날, 안석 씨의 말은 그런 거였나. 무심코 한번 칠한 붓자국에 지나지 않았나. 어깨가 뻐근하고, 신나 냄새 때문에 머리가 지끈거린다. 그래도 내일 한 번 더 칠해야지.

5월 25일

인기 전화. 집에 별일 없느냐고. 이사했다고. 삼송리라는데, 서울시가 아니고 경기도다. 일하는 덴 전철로 이어져서 그리 시간이 많이 걸리지 않는다고. 잘 지내는지 모르겠다. 목소리는 밝던데.
대청소하다.

5월 26일

엄마와 목욕 가다. 엄마, 43킬로그램, 나 52킬로그램.
때를 벗겨드리자 엄마는 아이처럼 간지럼을 탔다. 어렸을 적, 겨드랑이를 닦으려는 엄마의 손길을 피하려다 잔등을 맞은 게 엊그제 같은데.
엄마 먼저 물기를 닦아 옷을 입히고, 샤워하고 나오니 엄마는 텔레비전을 열심히 보고 계셨다. 유선방송이었다. 남자가 먼길을 떠나며 마누라와 아이를 처가에 맡긴다. 처가 동네 어귀에서 남자는 아이에게 거짓말을 한다. 아빠가 돈 많이 벌어가지고 돌아올게. 교도소로 돌아가는 것 같다. 엄마 옆에서 그걸 보던 뚱뚱한 아주머니가 혼잣말했다. 「사람은 왜 태어났을까잉……」

5월 27일

생일, 삼십 살. 학교 다닐 때, 늘 생머리던 국어 선생님이 스물 아홉 살이라고 징그러워했던 기억이 난다. 거울을 들여다보니 눈가에 잔주름이 쪼글쪼글하다. 아버진 아침 밥상머리에서 내년 생일엔 집에서 밥 먹을 생각도 마라고 하셨다. 그 말이 서운해서 눈물이 나올 뻔했다. 데려가겠다는 사람 없어도요? 그랬다가 야단만 맞았다. 사람은 저 못난 것부터 알아야지. 주유소집 조카가 어디가 어때서, 저 좋다는 사람 싫다고 하냐고. 아무리 그래도 그렇지. 개기름이 흐르던 얼굴에 돈자랑에, 으이그, 닭살!
미주한테 꽃다발 받다. 장미 서른 송이.

기억의 지층에서

　속에서 고요하게 차오르는 눈물. 제 스스로 어쩌지 못할 광포함
이 물써듯 씻겨나가고 난 뒤 그 자리를 먹먹하게 채우는 눈물. 달
의 호흡 따라 들고 나는 물살처럼, 현희가 떠난 뒤 그토록 자주 유
혹하던 밤바다처럼, 아득하게.

　현희가 몸을 뒤챘다. 한때, 그리도 친숙했던 몸이었다. 윤기의
욕망에 그토록 순종하던 몸, 오래 떨어져 있는 동안 조금 불어나
낯설어진. 그러나 윤기의 손에서 되살아나는 옛 감촉, 오래전부터
맡아온 듯한 향기. 난바다에서 둥실둥실 파도 타고 떠올라 해안에
이른 용연향이 피워올리는 향기. 검푸른 바다를 헤치고 다니는 고
래, 병을 앓는 고래만이 만들어낼 수 있는 향, 그 향기. 대양을 건
넌 곳에서 그를 향했던 그리움이 퇴적되고 퇴적된 향기.

　커튼 너머에서 어슴푸레한 빛살이 스며들었다. 단색에 직조를
달리한 커튼의 무늬는 어둠 속에 조금씩 떠 있는 것처럼 보인다.
윤기는 천장을 바라보며 누워 있다. 꿈만 같다. 아니, 살아 있는
것 자체가 꿈이었다. 현희는 그 꿈을 비집고 나타난 환영이었다.

「저, 현희예요」

의례적인 인사를 생략한 간결한 말투. 당연히 나를 기억하고 있어야 한다는 말투, 그만큼 그와 떨어져 있던 시간을 툭 쳐내버리는 말투가 격한 호흡으로 윤기의 가슴을 치받은 지 얼마나 지났나. 전화를 받기 전에 어떤 전조가 있었나.

〈아무래도 익숙해지지 않는다. 꼭 남의 옷을 빌려 입은 것처럼. 유흥, 유흥업소. 술집. 제법 어울릴 줄 알았는데〉

주차장에 차를 대면서 윤기는 그런 생각을 곱씹었다. 출입구는 큰길가에 난 건물의 앞면이 아니라 옆면에 있다. 출입구 위쪽에 부채꼴로 펴진 네온이 빗살처럼 번쩍였다. 극장식 스탠드 바 엠파이어. 어떤 땐 엠파이어가 뱀파이어로 읽히기도 하는 곳, 지난 봄, 길중 씨가 보낸 산 문서를 팔아 윤기가 차린 곳이었다.

가게를 처분한 뒤, 가내수공업 같은 공장도 해보고 덤핑 물건도 받아다 팔아보면서 몇 년째 허덕이던 윤기에겐 아주 큰 유혹이었지만, 처음엔 되돌려 보냈다. 결혼하고 분가해 나올 때 받은 몫은, 그 동안 일한 걸로 혼자 셈쳤고, 그뿐, 이제 와서 새삼 부자간의 고리 같은 걸 확인하고 싶지 않았다. 뜻밖에도 길중 씨는 은용이 서울에 오는 길에 문서를 다시 보냈고, 그렇다면, 하는 심정으로 윤기는 받았다. 받자마자 그 땅을 팔아치운 건, 증거를 인멸하고 싶어서였을 것이다. 고맙다는 인사도, 잘 받았다는 한마디도 없이 건네진 문서. 주었으니 받았을 뿐이다. 그걸로 하필 술집을 차렸다는 걸 들었을 때, 길중 씨의 표정이 어땠을지, 못 보는 게 애석했다.

차라리 이걸로 떠나볼까, 생각도 했다. 주니까 받은 거라고 치부했지만, 치욕은 남았다. 그때 떠오른 게 떠나자는 생각이었고, 현희가 있을 캐나다였다.

「여기서 적응 못하니까 떠난다는 분은 저희가 먼저 말립니다. 여기서 적응 못한다는 건 그 사람의 사회성에 문제가 있는 거고, 그런 사람이라면 저쪽에 가서도 마찬가지니까요」

얼굴의 각 부분이 코를 중심으로 당겨진 듯한 이민상담소 여자는 그렇게 말했다. 왜 떠나려 하는가, 그걸 먼저 묻고 싶은데 차마 묻지 못하는 표정이었다.

「거기 가서 돈을 벌겠다는 생각으로 가려는 사람도 말립니다. 미국이라면 모를까, 그 나라에선, 가지고 간 돈을 날리지 않고 현상 유지만 하는 것도 성공이라고 할 수 있으니까요. 사회가 안정되어 있기 때문에, 여기서처럼 투기 같은 걸로 떼돈을 벌 여지가 없어요」

「자녀 교육 때문에 가겠다는 분들도 말립니다. 여기서 공부 못하는 아이는 거기서라고 뾰족한 수가 없을 테니까요. 굳이 여기와 다른 교육 방식을 원하는 거라면 몰라도요」

가지 말아야 할 경우를 죽 열거한 뒤에야 여자는 장점을 꺼냈다.

「다만, 여기처럼 가치가 획일적이지 않다는 점, 워낙 다인종이 모여 살기 때문에 황인종에 대한 편견이 그리 많지 않다는 점, 그리고 사회복지가 잘 되어 있어서, 절대빈곤이 없다는 점이 좋다고들 그러죠」

사업자등록, 부가세 증명서, 경력증명서. 그런그런 서류들. 그리고 캐나다의 몇몇 주에서 펴낸 안내 책자를 받아들고 왔었다. 거기에 다른 세계가 있으리라는 기대는 없었다. 다만 살아온 날을 떠메고 달아나려 했을 뿐이다.

달아나는 대신 숨어든 곳, 지하로 내려가는 계단이 미궁의 입구 같다. 계단 중간, 꺾이는 부분에서 몸을 틀자마자 눅진한 냄새가 훅 끼쳐왔다. 볕에 노출되지 않은 흙의 냄새. 인공의 조명과 열기로는 내몰 수 없는 축축한 냄새, 지하의 냄새. 이따금, 그 축축함에 얼굴 묻고 울고 싶어질 때가 있었다. 그러나 그때뿐이다. 그 순간이 지나고 나면 이내 가슴은 버석버석 종잇장 구겨지는 소리를 냈다. 그런데도 몸에 살이 붙는 게 신기했다.

윤기는 몸을 돌려, 벽에 붙여놓은 검은 거울을 들여다보았다. 이태 전까지만 해도 역삼각형이었던 얼굴이 제법 넓적해졌다. 눈 아래쪽에 튀어나온 눈물주머니 때문인가, 많이 찐 살은 아닌데도 너덜거리는 느낌이다. 매부리처럼 튀어나온 코가 그나마 옛 모습을 기억하고 있을 뿐이다. 더 이상 어찌해 볼 길 없는 중년이, 지워버리고 싶은 중년의 던적스러움이 검은 거울 속에서 얼룩졌다. 추하게 늙는구나. 거울 속의 사내가 입을 비틀어 웃는다. 반발처럼, 어쩌겠는가, 탄식이 터져나왔다. 어쩌겠는가, 이미 잘못 살아버렸는데, 제 생을 비틀며 산 내 속의 것들이 밖으로 밀려나와 만든 얼굴인데.

얼굴에 흐릿하게 떠오르는 회한, 어릿거리는 슬픔을 지우려 숨을 훅 들이쉬며 방음장치로 두툼한 문을 밀었다. 습습한 냄새, 비닐로 씌운 의자 사이 어딘가에 쏟아졌던 술 냄새, 퀴퀴한 냄새가 훅 끼쳤다.

「사장님, 나오셨어요?」

걸레로 스탠드를 닦아내던 종업원들이 윤기를 맞았다. 떠들며, 휘파람을 불며 청소하던 아이들이 인사했다.

「별일 없지?」

훤한 조명 아래 드러난 홀은 가설무대처럼 을씨년스러웠다. 자줏빛 카펫은 쏟아버린 술로 얼룩덜룩했고, 의자에 씌운 비닐은 차갑게 번쩍였다.

그러나 저 위, 지상에 밤이 내리면, 이곳은 달라진다. 낮 동안 지상에 머물던 빛을 빨아들이기라도 한 듯, 조명은 활기를 급조해낸다. 귀를 찢을 듯한 음악, 알코올이 북돋는 열기. 몇십 년 질질 끌고 온 낡은 몸을 잠깐 부려놓고, 사람들이 삶의 무게로부터 달아나 숨어 있는 공간. 그래서 술집의 조명은 그토록 현란하고 음악은 그처럼 시끄러워야 한다는 게 경영을 맡은 상무의 지론이었다.

환락의 마당을 마련하는 종업원이 팔에 힘을 줄 때마다, 어깨에 새겨진 닻이 팽팽해진다. 고기떼를 찾아 가없는 바다를 헤매다 잠시 몸 부리고 쉬는 배. 닻이든 돛이든, 어느 것 하나 제대로 올리거나 내릴 수만 있었어도 삶은 좀더 수월한 것이 되었으리라. 그러나, 닻을 내려야 할 곳에서 돛을 올리고, 돛을 올려야 할 곳에서 닻을 내리는 삶이 얼마나 많은가.

「글쎄, 뱃사람 될 게 뻔한데도 어쩐지 자꾸 남의 일 하는 것만 같더라구요. 중학교 졸업하고 말았으니 배운 건 없지, 내가 정말 뱃놈이 되는 건가. 배를 타고 나가면서도 긴가민가 싶고. 나는 뱃놈이다, 배 타는 게 내 직업이다, 혼자 중얼거려봐도 믿어지지 않고. 바닷물 속에서 크다시피했는데도 막상 배를 타려니까 그런 마음이 드는데, 아따, 황당하데요」

부접 못 하는 마음을 바다에 비끄러매려고 친구들과 문신을 새겼다. 돛을 새기면 파도에 쓸려갈 것 같아서 닻을 새기고 나니까 그때서야 〈아, 나는 뱃놈이구나〉 싶었다. 문신 새기고 처음 탄 배가 삼각파도를 만나 뒤집혔고, 욕심이 많아 팔에 닻도 그리고 가슴팍에 지렁이만한 용도 그려넣었던 친구는 고기 밥이 되고. 삼각파도에 휘말린 배에서 혼자 살아남은 사람답게 인중이 긴 녀석이 풀어놓는 이야기를 들은 뒤부터, 윤기의 시선은 자주 녀석의 팔뚝에 머물곤 했다.

윤기는 사무실로 갔다. 무대에 오르는 아이들이 대기실로 쓰는 방과 나란히 붙은 방이다. 책상에 발을 걸치고 있던 상무가 발을 내리며 일어섰다.

「오셨습니까?」

「응, 별일 없지?」

「전화 여러 번 왔었는데요」

「누구래?」

「말 안 하던데요. 여자던데요?」

여자? 어디 프로덕션을 거치지 않고 무대에 출연하고 싶어하는 애들인가? 윤기는 지워버렸다. 대기실로 쓰이는 옆방, 손톱을 다듬던 디스코 걸, 미스 강이 일어섰다. 얼굴빛이 안 좋다.

「어머, 안녕하세요, 사장님?」

「그래, 어디 아프냐?」

「아뇨, 그냥 일이 있어서 나왔다가 조금 일찍 왔어요」

무대에 오를 때를 빼고는 화장을 전혀 안 하는 미스 강의 얼굴이 파리했다. 입술 한가운데가 뒤둥그러져, 까닭없이 쓸쓸한 느낌을 주는 얼굴이다. 그 쓸쓸함이, 늘 씹던 껌을 안 씹고 있기 때문에 배가된다는 걸 알아차린 상무가 한마디 건넸다.

「야, 너 무대에서 또 껌 씹을래? 춤추는 년이 껌 좍좍 씹으니 춤볼 맛이 나겠냐?」

「춤이야 몸뚱어리로 추는 거지, 남의 입 안 사정까지 살필 거 뭐 있어요?」

미스 강이 날아온 공을 되치듯 받았다. 좋게 말하려던 상무는 당돌한 대꾸에 인상을 확 그었다.

「야, 이년아, 그래서 계속 씹겠다는 거야 어쩌겠다는 거야?」

「그럼 어떡해요? 그 재미도 없으면……」

「너, 그렇게 네 멋대로 나가 봐라. 그러다 너도 씹히는 수가 있어」

심심해서 그래요. 상무님도 입까지 꽉 다물고 혼자 춤 춰봐요, 어떤가. 미스 강은 종알거린다. 조명을 반사하기 위해 구슬이 많이 달린 옷을 입고 제 몸을 제 손으로 훑어내리며 춤추는 디스코 걸. 술취한 눈들이 별 욕정도 없이 습관적으로 탐하는 눈길 앞에서 꿈틀거리는 미스 강의 몸은 가까이에서 보면 살갗이 거칠었다. 조명과 화장 때문이었다.

「사장님, 전화 왔는데요? 어, 언제 왔어요?」

종업원이 전화기를 들고 오다가 미스 강에게 알은체를 했다. 윤기는 수화기를 받아들고 대기실을 나와 사무실로 들어섰다.

「여보세요」

「……」

「여보세요?」

「저, 현희예요」

그 목소리. 아득하게, 기억의 지층 속에 묻혔던 목소리가 귓전에서 울렸다. 몇천 년을 땅속에 파묻혀 썩지 않던 유골이 햇살에 드러나는 순간 바스라지듯, 윤기는 아뜩해졌다. 바스라진 건 세월인가, 그 세월을 잘라내고, 그 옛날을 지금에 잇대어 붙이는가. 뭔가, 메모지를 들고 오던 상무가 윤기의 얼굴을 힐끗 보더니 되돌아갔다. 정신은 아뜩한데, 눈앞의 사물은 극명한 채도와 명도로 비쳐

들었다.

「어디요, 거기?」

두 살 아래인 현희에게 윤기는 자연스럽게 반말을 썼었다. 현희는 존댓말을 썼었다. 그런데 반말이 아닌, 어지중간한 말이, 목메어 낯선 목소리가 제 입에서 흘러나오는 걸 윤기는 들었다. 목젖이 자꾸 목구멍 안으로 잡아당겨지는 것 같았다. 윤기는 잠기는 목을 푸느라 수화기를 막고 큼큼, 헛기침을 했다. 조금 멀어진 수화기에서, 멀어진 만큼 작아진 현희의 목소리가 들려왔다.

「여기예요」

현희는 그렇게 말했다. 서울이라든가 한국이라든가라고 말하지 않고, 여기예요. 그 말 속에 태평양과, 북미 대륙을 사이에 두었던 동안의 오랜 그리움이 번져나왔다.

「아주, 온 건가?」

「아니오. 잠깐 다니러 왔어요」

「언제 갈 거요?」

다시, 그 어지중간한 말투.

「15일에요」

윤기는 달력을 보았다. 13일이었다. 15일까지는 이틀이 남았다.

「그냥, 어떻게 지내시는지 궁금했어요. 그간 몇 번 나왔지만……」

윤기는 알아들었다, 남편과 함께 왔었다는 말이 생략되었음을.

「지금은 어디……」

「엄마 집이에요. 개포동이에요」

잠시 말이 끊어졌다. 납빛, 그처럼 무거워지는 마음을 가누며 윤기는 물었다. 한번 보자는 말을 할 수 없어서.

「언제 돌아간다고 했지?」

「이틀 남았어요」

침묵. 숯검정 같은 침묵. 비로소 윤기는 현희가 온몸으로 스쳐 지났을 십오 년을, 그 물살의 흔적으로 바뀌었을 얼굴을 상상해 보았다. 유난히 오뚝하던 코, 기름하게 쌍꺼풀진 눈매, 엄지보다 길쭉하던 둘째발가락까지. 하지만 이제 와서? 현희가 이에 대답하듯 침묵을 잘라냈다. 망설이기엔 인생은 너무 짧지요, 라는 듯이.

「한번 볼 수 있어요?」

영화 속에서, 소녀의 얼굴에 여인의 얼굴이 오버랩되며 십여 년의 세월을 잘라내듯, 그 위에 할머니의 얼굴이 오버랩되며 삼십 년의 세월을 잘라내듯, 그렇게 무자비한 간단명료함, 현희가 왔다. 그 세월의 사랑이며 아픔, 하룻밤새 머리카락이 희어질 것 같은 감정의 격랑도, 칠성판 위에 누워서도 잊히지 않을 것 같던 절절함도, 그저 〈한 사람이 태어나서 살다가 죽었다〉로 요약되는 생의 담담함, 무자비함을 일깨우며, 현희가 곁에 누워 있다.

현희에게 서울 지리가 낯설어져서, 약속 장소는 호텔 커피숍이었다. 윤기가 먼저 도착했다. 그런 장소를 위해 작곡한 듯한 현악 사중주가 흐르는 홀 안을 한 바퀴 빙 돌았다. 천장이 높아선지 실내가 붐벼선지, 홀 안의 소리는 분산되었다. 혼자 앉아 있는 여자가 더러 있었지만, 현희는 아니었다. 데스크에 안내를 부탁해 놓을까, 하지만 오랜만의 만남에는 무자비한 방식이리라.

한 바퀴 돈 윤기가 빈 자리를 찾아 막 앉았을 때, 바로 뒤에서 오던 사람이 멈췄다. 현희였다. 사람 이름이 쓰인 피켓을 들고 다니던 종업원이 현희 바로 뒤를 좇다가 현희가 서는 바람에 멈췄다. 딸랑. 피켓의 종소리가 터무니없이 경쾌했다.

「오랜만이네요」

현희가 먼저 말문을 열었다. 검정 블라우스와 검정 치마, 상아색 재킷. 원래도 마른 편은 아니었는데 몸집이 조금 더 불었다. 그래서인가, 얼굴은 여전히 팽팽했다. 사람의 눈길을 되치는 듯하던 큰 눈은 조금 작아진 것 같고.

「오랜만이우」

어지중간한 말투인 윤기의 인사는 퉁명스럽게 들렸을 것이다.

차와 칵테일을 주문하고, 툭툭, 단절된 물음들이 오고 갔다. 올 때마다 차가 홍수처럼 늘어나네요. 여기저기 건물이 마구 솟았네요. 올림픽 준비 상황을 보도해 줘서, 거기서도 여기 소식은 전보다 자주 들어요. 어느 동에 사세요? 동시에 입을 떼다가 둘 다 말을 삼킬 때의 어설픈 침묵. 몇 번인가 눈길이 아득하게 비끼고, 홀 안의 관목이나 종업원의 뒷모습에 부질없이 눈을 줄 때마다 속에서 솟구치는 아우성. 이 사람이었나? 그토록 오래 쌓아왔던 그리움이, 이 사람이었나? 목밑까지 차오른 아우성, 그리고 그 아우성을 풀어내기 위해, 그들은 방을 찾았다.

「제가 어떻게 살고 있는지 궁금하지 않아요?」

현희가 몸을 뒤채며 물었다. 대답 없이도 말문이 트일 듯, 오래 간직해 온 벅참이 범람하는 목소리였다.

「그 사람, 자상하고 착한 사람이에요. 가정이란 어떠해야 한다는 걸 알고, 그대로 이루어나가려고 노력하는 사람이죠. 저녁이면 일찍 돌아오고, 주말이면 아이들과 나무로 뭘 만들고. 나무를 만지길 좋아해요. 아이들 방의 자잘한 가구며 장식장 같은 걸 만들죠. 저녁이면 마당에서 대팻밥 냄새가 나요. 공기가 맑아선지 이상하게 냄새에 민감해져요」

냄새……, 윤기는 그 말꼬리에 사로잡혔다. 그가 현희에게 남긴 냄새는 어떤 것이었나. 싸구려 여인숙의 퀴퀴한 냄새, 함께 살던 신당동의 수챗구멍과 변소에서 퍼져 섞인 냄새, 앞이 보이지 않는 나날을 눅진하게 감아들던 그 냄새……. 현희는 이따금 장난스럽게 코를 찡그리며 방으로 들어오기도 했다. 얼마 전에 그 근처를 지나다가, 윤기는 큰길에서 벗어나 골목을 거슬러올라가 보았다. 골목은 비어 있고, 담벼락엔 뚝뚝, 피듣는 글씨가 철거민의 절망과 분노를 원색적으로 드러내고 있었다. 철거민 내쫓는 ○○개발, 자폭하라. 자폭하라.

「아들이 둘이에요. 딸이 한 명 있었으면 좋겠다는 생각을 하기도 해요. 남편은 착해요. 복이죠. 남부러울 것 하나 없는 생활이죠」

남부러울 것 하나 없는 생활이죠, 현희는 남의 이야기하듯 말끝을 맺었다. 마치, 그 남부러울 것 하나 없는 집안에서 자기만 빠져 있다는 듯이.

이건, 고해성사 같구나.

현희는 입을 다물었다. 왜 당신을 찾아야 했는지, 왜 왔는지, 이런 걸 말하고 싶었던 걸까. 왜?

남부러울 것 하나 없는 집안을 말끄러미 들여다보는 자신의 눈만 의식하지 않는다면, 행복이란 단어의 상투성이 적절히 어울리는 생활이었다. 요즘 들어 머리가 벗어지기 시작한 남편은 말수 적으면서도 자상한 사람이었다. 별다른 노력 없이도 사람을 선의로 받아들이는, 순한 마음을 가졌다.

「속 모르는 소리 마라. 사랑을 받고 자란 사람이 사랑하는 법을 아는 법이야. 사랑도 배우는 거다, 너」

깊어진 기침으로 돌아왔을 때, 그 전해부터 말이 오고 가던 남

자의 사진이 한 장 기다리고 있었다. 흔히 말하는 완벽한 조건
에, 현희는 〈받는 데 너무 익숙할 사람〉이라는 제동을 걸었다. 그
때, 현희의 엄마는 단박에 일축해 버렸다.

「고생한 사람이 폭도 넓을 줄 알지? 고생을 하면 사람이 크기도
하지. 하지만 고생 끝에도 그럴 만큼 큰 그릇은 흔하지 않아. 고생
은 대개, 사람을 작아지게 하고 마음이 꼬이게 하기 쉽지. 더 살아
봐야 안다」

더 살아봐야 안다. 그때, 스물세 살이었나.

캐나다로 떠나는 비행기에 오르며, 현희는 울었다. 그토록 많은
습기가 몸 어디에 고여 있었던 걸까. 남편은 엄마를 생각하고 우는
걸로 여겼으리라. 곁에 앉은 남편을 의식하며 멈추려 해도, 그쳐지
지 않았다. 마음을 훌렁 벗어놓고 겉껍질만 비행기에 오른다고 생
각했는데, 이 눈물은 어디서 생겨나는 걸까. 그때까지도 낯설던
남편이 비로소 가깝게 여겨진 것은 그 눈물 때문이 아니었을까. 울
면서, 처음엔 감추려 하던 우는 모습을 그가 보게 내버려 두면
서, 마음속에 매듭졌던 실타래 같은 것이 실마리를 찾아 풀리는 것
을 현희는 느꼈다. 남편은 아무 말 없이 손수건으로 눈물을 꼭꼭
닦아주고 현희의 손을 꼭 잡아 주었다. 이 사람은 참 좋은 사람이
구나. 남편의 손을 잡고, 밑질긴 딸꾹질이 잦아들듯 제 안에 고였
던 물을 다 길어 퍼내버리면서 현희는 그걸 느꼈다.

그런데도, 춤추는 구두처럼 차지게 들러붙은 결핍감. 십오 년쯤
살아내고도 지워지지 않는 이질감. 그건 무얼까.

남편에게 결핍된 것은 그거였다. 사람이 왜 모질어질 수밖에 없
는가, 사람이 왜 자기를 벼랑 끝으로 내몰 수밖에 없는가에 대한
이해. 사려 깊은 교양으로 가리긴 했지만, 운명의 선불을 맞고 갈

178

피 잃는 한 시기가 있다는 걸 남편은 이해하지 못했다. 부랑자들을 동정은 하지만, 부랑자들이 왜 안정을 마다하고 떠도는지는 절대로 이해할 수 없는 사람, 그런 사람이었다.

처음, 침대의 어느 쪽을 차지하고 싶으냐고 남편이 물었을 때, 터무니없이 커 보이는 더블 침대를 보며 현희는 윤기를 떠올렸다. 찻집이나 음식점에선 대개 현희 몫까지 제멋대로 주문하고, 가고 싶은 곳을 묻지 않고 자기 마음대로 끌고 가던 윤기.

윤기와의 추억에서 안온함을 찾기는 힘들었다. 만나는 순간부터, 현희는 윤기 속에서 서성이는 고아를 보았다. 저 사람은 고아구나, 부모 형제 있어도 마음은 적막강산이로구나. 황량한 옥상이 아니라 번화가에서 만났더라도 알아보았을 결핍감. 그는 승냥이 같았다. 승냥이처럼 오만하고, 승냥이처럼 난폭했다. 극과 극의 혼합. 목탄처럼 현희를 흡수하다가도 어느 순간 다이너마이트처럼 폭발하는 사람. 그런데도 윤기를 잊을 수 없었다. 제멋대로 결정해버리는 윤기의 습성은 선택의 부담을 덜어주는 편리함으로 여겨졌고, 신경질적인 성급함은 민감한 기질로 받아들여졌다. 사랑은, 중독이었다.

레베카가 그랬다. 한밤중에 잠옷 차림으로 달려와 문을 두드렸던 레베카. 아침이 되자 레베카의 몸은 멍들어 푸릇푸릇했다. 며칠 뒤면 언제 그랬냐는 듯이 남편의 팔짱을 끼고 슈퍼마켓에서 만나는 레베카. 공무원인 그 남편은 이웃에게 늘 상냥하게 인사를 건네는 사람이었다. 그 상냥한 얼굴 뒤에 그렇게 거센 주먹질이 숨어 있으리라는 게, 바들바들 떨던 여자가 남편의 팔에 매달려 환하게 웃을 수 있다는 게 믿기지 않아, 레베카가 뛰어든 날 밤이 한바탕 꿈 같기도 했다. 레베카가 병원 응급실로 간 날, 현희는 물었다. 이렇게 살 이유가 있냐고. 레베카는 대답했다. 중독이라고. 자기도 벗어나고 싶지만 어쩔 수 없는 중독이라고. 맞을 땐 죽을 것 같다가도, 다음날 죽을 죄를 지었다고 사과하는 남편을 보면, 그래, 이제는 안 그러겠지, 확신이 생겨난다고. 사랑은 일종의 중독이었다.

그때 떠나지 않았더라면……. 그랬다면 뭐가 달라졌을 것인가. 현희는 윤기의 가슴 위에 얹은 손에서, 회한과 비탄을 느낀다. 심장의 고동은 서서히 제 호흡을 고른다.

세월이 이런 거로구나. 마흔을 눈앞에 두고 옛 여자를 만나 안았고, 묵연히 생각에 잠긴 여자의 곁에 누운 윤기의 마음은 허허로웠다. 이 여자 아니면 안 된다고, 그렇게 달리던 밤길이 있었고, 핸들을 놓던 순간들이 있었는데.

「편지, 왜 한번도 답장 안 했어요?」

「마지막 편지만 보았어」

결혼하게 될 것 같다. 내가 결혼하더라도, 내 마음은 당신에게 있다. 눈물 마른 얼룩이 군데군데 번진 편지를 받은 건 우연이었다. 그 사이에, 무수한 편지가 없어졌으리라는 걸, 달려간 현희네 집에서 내려오면서 윤기는 깨달았다.

「바뀐 전화번호를 적은 편지도, 그럼……」

「그래」

시간이 건너뛰고 있다. 두시에서 세시로, 세시에서 네시로. 비닐 씌운 의자에 앉아, 윤기는 자신의 힘이 닿지 않는 곳에서 자신을 조롱하는 시간을 바라본다. 질기게 껌을 씹어대는 여자에게 한번 재촉했다는 사실조차 잊는다. 그런 건 아무래도 좋았다. 그래, 신청한 장거리 전화가 나와도 그만, 안 나와도 그만이었다. 단지, 자신이 사람의 눈에 비치는 존재라는 걸 확인하고 싶었을 뿐. 윤기는 시계를 바라본다. 언제부턴가, 자신의 눈에 비치는 모든 게 헛것이고, 윤기 자신은 그저 투명인간처럼 세계의 외곽을 겉돌고 있고, 그가 말을 건 사람들, 그의 눈에 보이는 사람들이 실은 그를 보지 못한다는 착각에 빠진다.

「서울 전화 나왔어요」

「여보세요, 현희 있어요?」

잠깐 침묵, 윙윙, 전화선을 타고 바람 소리 같은 게 들려온다.

「현희 없어요. 전화하지 마세요」

현희 엄마다. 경상도 억양이 섞인 그 여자의 말은, 늘 칼로 말매듭을 끊어내는 듯 매몰차다. 전화가 툭 끊겼고, 가슴속에서 뭔가가 툭, 끊어지는 소리가 난다.

지나간 일, 말하면 뭐 하랴. 윤기는 짧게 말한다. 윤기의 말이 너무 간결해서, 현희의 마음이 범람한다.

이번에, 현희는 처음으로 혼자 왔었다. 현희를 낯선 땅으로 보내면서도 울지 않던, 가서 잘살면 된다고, 주문 외듯 뇌까리던 엄마는 당뇨를 앓고 있었고, 현희는 따라나오겠다는 남편을 말렸다. 위중한 병도 아닌데요, 뭘. 그때, 오늘이 있을 걸 마음 바닥은 알고 있었던가. 머물기로 한 날짜가 하루하루 지워져 가는 걸 보면서, 그 날짜가 달력의 한 칸을 못 남겼을 때, 현희는 전화했다. 아직도 기억하고 있는 그의 아버지 이름으로. 교환수가 가르쳐준 전화번호는 끝자리 세 자리가 그 전의 번호와 같았다. 번번이 나오는, 그 아버지인 듯한 노인의 음성. 노인이었다. 그리고, 단발머리와 가느다란 팔다리만 기억나는 여동생의 목소리를 들었다.

「그만, 가셔야죠」

의연하리라, 다잡고 다잡은 마음 한 끝이 벌써 젖어 얼룩진다.

떨리려는 목소리를 다잡으며, 현희는 천장을 보고 누운 채 되도록
건조하게 말했다. 지금 이 순간만 생각하리라. 돌아가 만나야 할
남편과 아이들도, 앞날에 대한 기약도, 다 부질없는 일이지. 현희
는 눈을 질끈 감고, 윤기는 현희에게 팔을 뻗었다.

은행나무가 있는 풍경

　찌릿, 전류였다. 온몸을 관통하는 전류에 오싹 돋은 소름, 잠깐 갇혔던 그곳에서 풀려나면서, 인기는 얼핏 손가락을 보았다. 실을 채 마무리기 전에 스위치를 올린 게 잘못이었다. 게다가 장갑도 끼지 않고 있었다.

　〈익숙해졌다고 그새 방심하다니……〉

　오른손 엄지가 역사선으로 하얗게 질렸다가 금방 빨갛게 핏물이 들었다.

　「베였구먼, 약 발라야겠어」

　철컥거리는 물레 소리를 비집고 성은 엄마의 느린 목소리가 들려왔다.

　「괜찮아요. 깊이 안 들어갔어요」

　인기는 혀로 손가락 끝을 핥았다. 녹내 섞인 비린내가 혀끝에 감겼다. 그러나 핏물은 이내, 전보다 더 골을 넓혀 나왔다.

　「많이 안 다쳤어? 약 발라야지. 날 더운데 덧나면 어쩌려구. 떡 본 김에 제사 지낸다고, 점심이나 먹고 해요」

공장주의 아내인 두형 엄마가 시계를 올려다보며 말하고는 물레 옆에 붙은 스위치를 내렸다. 여섯 대의 기계가 앞서거니 뒤서거니 멈췄다. 급조된 정적은 어떤 소음보다도 거세게 고막을 때렸다. 로봇 장난감을 손에 든 준의가 조심스럽게 다가왔다. 다쳤다는 말을 들은 것이다.

「삼촌, 아파?」

결혼 안 한 남자는 무조건 삼촌이라고 부르는 준의는, 작은 얼굴에 호기심과 걱정을 덮쓰고 있었다.

「괜찮아. 준의가 호, 해주면 나을 거야」

인기는 꾹 눌렀던 손가락을 떼다가, 아차, 싶었다. 피가, 생각보다 많이 배어 나온 것이다. 핏물 배어 나오는 손가락을 준의의 눈앞에 갖다대기가 그래서, 상처를 반쯤 가리고 손가락을 내밀었다. 준의는 얼굴을 찡그리며 조심스럽게 불었다.

공장 한구석, 베니어 합판으로 칸을 막아 만든 사무실이 있다. 조그만 사무용 책상과 칠판, 의자 두 개가 있고, 한편은 블록으로 높여 전기장판을 깔았다. 그 위에 올라앉아 도시락을 편다. 실면지 때문에 모래를 한움큼 삼킨 듯 텁텁한 입 안을 물로 적시고 나서야 밥술을 뜬다.

「성은이 엄만 왜? 도시락 안 싸왔어요?」

「난 입맛이 없어서 아까 짬뽕 시켰잖아. 일하러 다니면서 괜히 입맛만 올려놓았다니까」

강남의 아파트 단지에 파출부로 나가다가, 마음이 분수를 놓치게 될까봐 그만두고 공장에 나오기 시작했다는 성은 엄마였다. 가끔씩 헌옷을 얻는 재미, 돈 모아 책상 사주는 재미도 쏠쏠하고 성은이가 타령하던 피아노도 가르치게 되었지만, 고등학교만 나온 남편의 월급 봉투가 우습게 보이려 해서 그만두었다고 했다.

「글쎄, 마음이 제 분수를 놓치려 하더라니까. 남편이 그렇게 초라하게 보이기 시작하는데, 안 되겠다 싶더라구요」

어제부터 몸살 기운이 있다더니, 짬뽕이 오자 국물부터 들이켰다. 막 면을 감아올리려던 성은 엄마는 준의와 눈이 마주치자 아차, 싶은 얼굴을 했다. 준의가 전에 없이 밥투정한 까닭이 짚이는가 보았다. 내 속부터 챙기느라 저 어린것 눈을 못 보았다니. 엄마 따라 공장에 와서, 실먼지 풀풀 날리는 공장에서 과자 한 봉지와 로봇 장난감 하나로 하루를 견디면서도 칭얼거리지 않는 아이였다. 성은 엄마는 얼른 곁에 있는 도시락 뚜껑을 끌어당겨 면을 덜었다.

「주지 말아요」

새된 목소리, 준의 엄마였다.

「왜 그래? 맵지 않아」

「매워서가 아니에요. 우리 준의는 그런 것 안 먹어요」

「성질도 이상스럽다. 애가 먹고 싶은 얼굴이구먼. 애엄마, 애 헛길렀어」

머쓱해진 성은 엄마를 대신해 두형 엄마가 거들고 나섰다. 준의 엄마는 도시락 뚜껑에 담긴 국수 가닥을 다시 그릇에 쏟아붓더니 제 엄마 기세에 얼어붙은 준의를 데리고 밖으로 나간다.

「놔둬라. 저것도 가정교육이란다. 지 엄마가 저래 놓으면, 준의는 엄마 없어도 남이 주는 음식 안 먹는다」

두형 엄마가 말했다. 성은 엄마는 맛이 싹 가신 얼굴로 국수 가닥을 보면서 자탄했다.

「괜히 입만 높아져서……」

「그깟 짬뽕 한 그릇 가지고 무슨 입맛 타박까지 간데. 탕수육 시

켰으면 일 날 뻔했네. 준의 엄마, 다른 일로 신경이 곤두서 있어서
그래」
　「곧 풀어지시겠죠. 뭐」
　양희가 한마디 거들었다. 인기는 묵묵히 밥을 먹었다. 실감을 들
고 드나드는 사장, 두형 아빠를 빼면 유일한 남자다. 처음엔 같이
밥 먹기가 쑥스러웠지만, 어느 정도 지나고 나니, 그저 무난하게
어울릴 수 있었다. 두형 아빠도 공장에 있을 땐 같이 먹는데, 일감
을 물으러 간다고 나갔다.
　유명 작가들의 아포리즘을 주로 내던 출판사에서, 인기가 한
일은 그런 거였다. 번역 소설에서 감성적인 문구들을 골라서 한
권의 책을 만들고, 유명 작가들의 이름을 빌려서 내는 일. 여섯
권을 만들고 나서 인기는 손을 털었다.
　세든 집 언덕을 내려오다가 전봇대에 붙은 〈사람 구함. 초보자
환영〉이라는 벽보를 보고 찾아왔을 때, 공장주라기보다는 그 또한
한 사람의 일꾼에 더 가까운 두형 아빠는 곤란한 얼굴이었다.
　「이건 남자들이 할 일이 아닌데……. 뭐 기술이랄 것도 없고」
　「몇 달 만이라도 일하게 해주세요」
　곁에 있던, 여자가 거들었다.
　「남자가 한 사람 있는 것도 좋겠어요. 낮에 당신 나가고 나면 사
실 조금 무섭기도 해요. 지하실이니 누가 내려와 볼 사람도 없고.
준의 때문에 문 잠그고 일할 수도 없고」
　「그래도, 다른 아줌마들이 어떻게 생각할지……」
　「아직 총각이니, 뭐, 크게 불편하기야 하겠어요? 낮에, 일하다
피곤하면 잠깐씩 여기 와서 눕는데, 그럴 때 총각이 이 사무실로만
들어오지 않으면 되는 거지」

굳이 남자가 필요해서라기보다는 워낙 일손의 변동이 잦기 때문
에 일하게 되었다는 걸 인기가 깨닫는 데에는 그리 오랜 시간이 안
걸렸다. 온 지 며칠 안 되었을 때였다. 두형 엄마가 잠깐 비운 사
이, 두 여자가 속삭였다.

「어떡할 거야. 내일까지 이야기해 주기로 했는데」

삼십 중반쯤 되어 보이는 여자가 성은 엄마를 다그쳤다.

「글쎄, 어떡해야 할지……」

「여기서 충성해서 뭐 하겠어. 월급을 올려줘? 보너스가 나와」

「충성은 무슨……. 여기도 일손이 달리니까 그러죠」

「그건 거기도 마찬가지야. 그리고 성은 엄마 당장 없어져 보라
구. 기계 놀릴 것 같아. 누가 또 와서 일하는 건 마찬가지라구. 이
만 원이 어디 적은 돈이야. 다달이 이만 원이면, 계를 한 몫 묻고
도 남겠다」

「하지만 여긴 일하는 틈틈이 성은이한테 잠깐잠깐 다녀올 수도
있잖아요. 아줌마도 잘해 주고」

「아이구, 한 번씩 들여다보면 아이가 더 똑똑해지나. 다 부질없
는 일이라구. 생각해 봐, 우리야 품팔인데, 젊었을 때 한푼이라도
더 모아 둬야지, 안 그래? 여기서 발 내린다구 우리 인생 책임져
줄 것도 아닌데. 영세업체는 언제 무너져도 무너지게 돼 있어. 하
루아침에 망해 버리면 그때서야 자리 구하느라 모은 돈 까먹고. 그
러다 보면 늘 맨몸인데」

두형 엄마가 들어서는 바람에 입을 다물었던 그 여자는 이튿날
부터 보이지 않았다. 미리 말이라도 해주면 좀 좋아. 일감은 밀리
는데 기곈 놀리게 생겼으니. 두형 엄마는 속이 상한 얼굴이었다.

사흘 뒤, 양희가 왔다. 전에 많이 일해 봤는지, 기계를 돌리는

속도가 월등 빨랐다. 실타래를 물레에 걸고, 보빙이라고 불리는 실패에 감다가 끊어지면 이어주는 단순한 일이었다. 그러나 자칫하면 엉기고 끊어져서, 하루 일을 마치고 나서 숙달된 사람과 그렇지 않은 사람의 일량을 따져보면 제법 차이가 났다.

점심식사 후, 커피를 끓여 마시고 사무실을 나온 양희가 시계를 보더니 털썩, 노란색 실타래에 주저앉았다. 오늘의 일감은 보라, 노랑, 빨강 실타래다. 노란색을 골라 앉는 걸 보니, 점심 때 일을 마음에서 못 덜고 있는 모양이다. 그날 그날 바뀌는 실타래 색깔 가운데, 오늘처럼 극단적으로 밝은 걸 택해 앉는 날은 기분이 극도로 침체된 때이다. 아니나다를까, 양희가 혼잣말을 했다.

「그나저나, 준의가 배고플 텐데……」

「준의네, 무슨 일이래요?」

「국민학생인 집주인 아들이 준의네 저금통을 뜯어간대요. 몇 번 두고보다가, 자기도 아이 키우는 사람이라 준의 엄마가 주인집에 넌지시 말한 모양이에요. 그랬더니, 주인집 아줌마가 그 아들을 얼마나 호되게 야단쳤는지, 준의네가 오히려 민망해서 더 살기가 그런가봐요. 요즘 이사철이라서 세는 터무니없이 오르고, 심란할 만하죠, 뭐」

시골에서 올라와 안 살아본 곳이 없이 돌아다녔던 셋방살이에 이력이 나선지, 양희는 제가 이사하는 것처럼 심란해했다. 아이까지 데리고 월세를 살려면 오죽 눈치 보이겠어요. 아이를 서넛 키워본 여자처럼 군시렁거렸다.

한시가 되자, 준의 엄마는 준의를 데리고 들어와 기계 앞에 앉았다. 라디오에선 경쾌한 팝송이 흘러나오고, 기계 소리가 그 음악을 지워버렸다. 염색약 냄새가 공장에 떠돌고, 준의는 마음이 풀어졌는지 「마징가 제트」를 흥얼거렸다. 일회용 반창고를 붙인 손가락이 자꾸 더뎌져, 인기는 자주 기계를 멈췄다.

「어이구, 이놈의 실이 왜 이렇게 무겁냐?」

두형 아빠였다. 염색약이 덜 마른 실타래는 축축하고 무거웠다. 인기는 실타래를 공장 구석에 내려놓은 두형 아빠를 따라 계단을 올라갔다. 봉고 트럭에 가득, 실이 실려 있다. 이만한 실이면 이틀 작업 분량은 되리라. 무거운 실타래가 어깨를 짓눌러도 인기는 다행스럽다.

덜 마른 실타래에서 끼쳐 나오는 염색약 냄새를, 인기의 얼굴이 먼저 맡았다. 울긋불긋 피어오른 얼굴의 반점에 절로 손이 갔다.

그 무렵, 인기는 아침마다 얼굴을 긁어대는 자신의 손길을 의식하면서 눈을 뜨곤 했다. 잠결에 만져지는 얼굴은 우툴두툴했다. 염색약 때문에 그래요. 한바탕 홍역을 치르고 나면 진짜 기술자가 되는 거지. 성은 엄마가 일러주었다.

「사장님, 이번 실은 왜 이리 뻑뻑합니까? 좋은 실 좀 물어오세요」

양희는 실을 걸다 말고 소리쳤다.

「그나마 가져온 게 다행이라오. 다른 덴 실이 없어 문 닫는다우」

「자, 이거 한잔 마셔요」

실을 다 옮기자, 두형 엄마가 콜라를 따라 인기에게 건넸다.

「저 화분 치우는 게 낫지 않아요? 들어설 때마다 거치적거리는데」

「화분요? 화분 치우는 건 사장님께 말씀드리세요. 난 권한 없으니까」

두형 엄마는 발을 뺐다. 문 바로 앞에 놓인, 사람 키만한 은행나무 화분. 집을 줄여 연립주택 지하로 옮기면서 공장에 가져왔다는 은행나무 화분은, 알로에를, 신선초를, 남들이 모를 때 앞서서 재배했다가 연신 실패만 한 두형 할아버지의 묘목장에서 떠왔다고 했다. 물을 주고, 그 무거운 화분을 인기와 함께 들어 내놓아 볕도 쪼이고, 두형 아빠는 지성이었는데, 그럴 때마다 두형 엄마는 울화가 터진다는 얼굴이었다. 저러니 사람이 무슨 진보가 있어. 융통성이라고는 약에 쓸래도 없으니…….

　지난 월급날, 웬 사내가 찾아와 명함을 남기고 갔다. 두형 엄마가 월급 봉투를 나눠주는데, 하루 결근해서 만근 수당을 못 탄 양희가 삐죽거렸다. 우리 사장님은 너무 답답하셔.

　어린 사람이 남편을 흥보는 말에 얼굴이 붉어졌지만, 두형 엄마는 수긍했다.

「성격인데 어쩌겠어? 그래도 이걸로 밥 먹고 살면 됐지」

「아줌마, 이걸로 밥 먹기 쉬운 줄 아세요? 언제 기계 더 사서 공장 늘릴 수 있겠어요? 남들은 기계 늘리고 자가용도 사고 하는데요」

「그 사람들이야 운이 닿았나보지, 뭐. 우리도 언젠가는 잘될 날이 있겠지」

「그렇게 기다려서 되는 줄 아세요? 일성 해사 같은 데가 왜 부자 됐는데요? 다 도둑질해서 부자 된 거라구요. 나도 이 바닥에서 오래 일해 봐서 알지만, 이게 어디 남는 장사예요? 생각해 보세요. 스웨터 하나 만들어 파는데, 실공장 남아야지, 염색공장 남아야지, 감는 공장 남아야지, 짜는 공장, 파는 사람들, 다 남아야 먹고 살 거 아녜요. 그런데두 차 사고 집 사는 사람은 다 빼돌려서 그러는 거라구요」

「빼돌리다니?」

「왜, 명함 돌리는 사람들 있죠, 오늘 왔잖아요? 그 사람들, 선돈 주고 가져가지 못해 안달이에요. 이 실, 청계천에 가서 팔면 상당히 비싼 실이에요. 어차피 파사는 나는 거고, 파사가 조금 더 많이 났다고 하면 되는데 우리 사장님은 파사까지 챙겨다 주려고 하니……」

양희는 조금 있다 혀를 낼름 내밀고 말했다.

「사장님껜 제가 이런 말 했다고 말아요」

이재에만 밝은 것 같던 양희가 그날의 기분에 따라 실타래 빛깔을 골라 앉는다는 걸 수줍은 얼굴로 말한 건, 인기와 둘이 야근을 하던 날이었다. 일하는 이들이 대개 주부여서, 급한 일이 없는 한 여섯시면 기계를 껐다. 야근은 대개 두형 엄마 아빠가 맡거나, 인기와 양희가 맡았다. 이러다 정분나겠네, 두형 엄마가 말했고, 처녀 총각인데 정분나면 어때요, 성은 엄마가 감쌌다.

지하라서 빛을 감지할 순 없지만, 밖에 어둠이 내린 기미는 이상하게 스며들고, 사람들이 채웠던 자리는 빈자리가 되고. 다시 기계를 올리려는 인기에게 양희는 난데없이 고향이 어디냐고 물었다.

「그럼, 겨울 바다도 보았겠네요?」

양희는 희푸른 흰자위가 두드러지는 눈을 반짝였다. 겨울바다……. 그 소녀적인 상상력에 인기는 잠깐 웃었다. 생각해 보니, 양희는 이제 겨우 스무 살이었다. 국민학교만 마치고 일찌감치 세상에 나온 연륜 때문에, 인기는 양희가 스무 살을 갓 넘겼다는 사실을 잊고 지냈다. 양희는 물빛 실타래 위에 얹힌 밤색 실타래를 치워놓더니, 물빛 실뭉텅이 위에 철퍼덕 앉으며 말했다. 바닷빛이야.

하늘이 〈거짓말 조금 보태어 손뼘만큼〉 보이고, 고속버스와 직행버스, 완행버스를 골고루 타고도 한참을 더 걸어들어가야 하는 강원도 산간 지방이 고향인 양희는 7남매의 막내였다.

「글쎄, 우리 오빠들, 형부들 가운데 운전사가 다섯인데요, 우리 아버지는 가르치지도 못해 놓구선 펜대 굴리는 자식이 하나도 없다고 서운해하는 거 있죠? 그러면 셋째 형부가 나서요. 자기는 펜대 굴리는 직업이라구」

그 셋째 형부는 좌석버스가 지나갈 때 승객의 숫자를 세는 검표원이라서, 승객들 숫자를 펜으로 적어넣는다고, 양희는 깔깔 웃었다.

인기가 다닌다는 중소업체가 공장이라는 걸 알았을 때, 현욱은 물었다. 왜?

「왜라는 생각 없다. 이건 그리 특별한 일이 아니야. 단지, 남들이 택하는 사무직이 아니라는 것밖에. 그냥, 밥벌이야」

「그렇다고 네가 투쟁하러 현장에 들어갈 것도 아니잖아?」

공단 지역을 며칠 동안 배회하기도 했다. 버스가 고가도로를 지날 때, 고가도로 아래, 공장 안쪽의 물 마른 수영장, 바닥을 칠한 하늘색 페인트가 군데군데 벗겨진 수영장을 보면서, 여름에 저기에 물이 차고, 사람들이 수영을 할까 궁금해하기도 했다. 구인광고는 여기저기서 펄럭였다. 여기서 노여움을 배울 수 있을까. 싸울 수 있게 될까. 장식이 조악한 찻집에 앉아, 여긴가, 정말 여긴가. 마음 바닥을 며칠째 들여다보다, 인기는 돌아왔다. 두려웠고, 싸울 자신은 없었다.

「이 길이 가장 사람답게 살 수 있는 길인 것 같아요. 사람을 자신이 딛고 선 발판으로 삼지 않고 사람으로 사랑하는 방법은, 오직 노동자로서 하루하루를 충실히 살아가는 것뿐인 것 같아요」

공장에 들어갔다 기관지가 상해 잠시 나왔던 후배는 그렇게 말했다.

「제일 어려운 건 그거예요. 이미 머릿속에 먹물 든 사람 특유의 상투적인 반성, 일상의 안일함으로 복귀하기 위해, 마음의 부담을 덜기 위한 수행 과정으로서의 반성이 아닌가 하는 의구심요」

현욱이 물었을 때, 왜 그 후배의 말이 떠올랐을까. 그럼 뭐냐? 현욱이 물었더라면 뭐라고 말했을까. 정해진 수순대로 살아가는 대열에 합류하지 못하는 마음 밑바닥엔 세상에 대한 부채감이 있었고, 어서 자리잡기를 바라는 길중 씨에 대한 또 다른 죄책감도 만만치 않았다.

「너, 목소리가 커졌다」

말없이 차를 마시던 현욱이 말했다. 인기는 멈칫했다. 그 말을, 오랫동안 써보지 못한 어떤 은유겠거니, 지레짐작한 것이다. 말로써 말 많은 시대, 사람들은 제각기 지독한 은유로써 자신을 무장했었다. 하지만 현욱은 그러지 않았다. 있는 그대로, 무방비로 받아들이는 힘, 현욱은 은유를 필요로 하지 않았다.

고등학교 동창인 현욱을 다시 만난 건 1980년, 학교 밖을 배회하던 인기가 다시 돌아와 시위에 나섰던 서울역 앞의 집회에서였다. 구호와 구호 사이, 「인기야!」 하는 부름에 돌아보니, 옆 학교의 줄에 선 현욱이 하얀 이를 드러내며 웃고 있었다.

그날 이후, 현욱은 인기가 어려울 때마다 곁에 있었다. 창작을 위주로 하는 학과, 과우들의 현란한 개성이 버거웠던 인기는 여전히 학교를 벗어나 빙빙 돌았고, 그때마다 현욱의 물 같은 무심함에서 위안을 받았다. 묻지도 다그치지도 않는 현욱의 곁에 있다 보면, 얼크러졌던 마음이 제 결을 잡아가는 걸 느낄 수 있었다. 그런 힘을 현욱은 가지고 있었다. 그때마다 인기는 그랬다. 저애가 전생에 내게 빚을 졌거나 내가 다음 생에 열심히 갚아 나가거나.

개천변에 있던 현욱의 자취방, 달동네에 있던 자취방, 방을 두 여동생에게 내주고 방에 붙은 다락에 올라가 자던 방, 방들. 그 무렵은 윤기네가 전세 기한인 6개월마다 이사하던 때였고, 현욱이네 또한 이사가 잦아, 그렇게 4년을 보내고 나니 서울 시내의 지리를 훤히 꿰게 되었다. 이면도로까지도.

「그래?」

「응, 꼭 귀먹은 사람하고 이야기하는 것 같아」

귀먹은 사람. 그때서야 인기는 알아들었다. 소음이었다. 찰카닥 거리는 단조로운 기계음, 합판 한 장 너머 사무실의 전화벨 소리가 파묻혀, 확대장치를 연결해 놓았다. 확대장치를 통해 듣는 전화벨 소리는 경보 같았다. 현욱은 경보처럼 한마디 하고 일어섰다.

「너무 오래 그러고 있진 마라」

어쩌면 나는 세상의 기호를 잘못 읽었는지도 몰라. 세월에는 그 세월대로의 흐름이 있는데, 나는 그 가락과 동떨어진 장단에 헛춤을 추고 있는지도 몰라. 사람들은 쉽게쉽게 일상의 너울에 발을 담그는데, 이제 와서 어쩌자는 거지? 굿판 끝나고, 다들 신명 찾으며 제 집으로 찾아들 때, 그제서야 굿판에 찾아들어 서성이는 어리석음일지도 몰라. 그날 밤, 뻣뻣한 등 밑에 베개를 끼워넣고 누운 인기를 스친 생각은 그랬다.

라디오의 시보는 여섯시를 가리켰다.

「자, 이제 그만합시다」

두형 엄마가 먼저 소리치며 기계를 껐다. 며칠분 일감이 확보되었으니 마음이 낙낙하다. 오후 일하는 동안 집 일을 잊었는지, 머리카락 위에 허옇게 올라앉은 보풀을 떼어내는 준의 엄마도 무덤덤하다.

인기 오빠, 잘 가요. 양희는 혀를 낼름 내밀고 버스 정류장에 남고, 인기는 전철을 타러 지하로 향했다. 무엇이든 삼킬 듯 입 벌린 지하, 이렇게 또 하루가 가는구나.

다음 역 안내 방송이 나왔을 때, 얼굴에 검댕을 묻힌 거지가 출입구 쪽으로 다가갔다. 전철은 정류장의 플랫폼에 들어서고 있었다. 전철문이 열렸을 때, 거지는 까맣게 때낀 손을 들어, 출입구 옆 기둥을 붙잡고 서 있던 여자의 하얀 손을 긁어내리고 나가버렸다. 여자의 하얀 손등에, 빨간 손톱 자국이 세 줄, 거머리가 붙었다 떨어진 다리에 흐르는 피처럼 남았다. 얼결에 당한 일이어서, 여자는 멍한 눈으로 손등을 바라보고 있었다. 세 줄로 난 손톱 자국, 그 한가운데에서 점점이, 피가 배어 나왔다.

그걸 보자 비로소, 낮 내내 떠오를 듯 말 듯하던 무언가가 인기에게 짚이고, 옛 기억이 튀어올랐다.

넌 우리와 달라.

그날, 공장에 딸린 사무실엔 인기 혼자 있었다. 전에 방이었던 사무실은, 바닥에서 댓돌 같은 받침을 한 턱 밟고 올라서야 했다. 그 무렵 공장엔 인기보다 한두 살 많은 아이들이 두엇 있어서, 인기는 공장 근처에 잘 가지 않았다. 국민학교를 마치자마자 공장에 들어온 아이들이었다. 그런데 그날, 도청소재지의 고등학교 진학 시험을 치른 인기는 홀가분했고, 와서 전화라도 받고 있으라는 바람에 잠깐 들른 것이다. 혼자 사무실에 앉아 있던 효기는 인기를 보자 웃었다.

「잘됐다. 너 여기 좀 있어라. 나 좀 나갔다 오마」

비닐막처럼 덮어썼던 무료함을 걷어내며 효기는 몸을 일으켰다. 옆 구둣방이나 사진관에 가서 희떠운 농담을 하려는 것이리라. 무료하기도 하리라. 인기는 사무용 책상 앞에 앉아, 공장에서 들려오는 기계소리를 들으며 한길을 내다보고 있었다. 오후였다. 유리창으로 내다보는 한길엔, 자전거를 타고 지나는 사람 몇이 오갈 뿐이었다. 봄이 되면 이 거리를 떠나리라. 그토록 오래, 떠나고 싶었던 마음은 무엇이었을까. 그런 아른한 감상으로 인기는, 길 밖의 한유롭기 그지없는 풍경들을 바라보았다. 사무실 옆 공장에선 부르릉거리는 기계소리가 끝없이 이어졌다.

갑자기, 기계소리가 멎었다. 공장 쪽으로 난 문이 소란스럽게 밀쳐지더니, 인기 또래인 한 공원이 사무실 유리창으로 고개를 디밀었다.

「형님 안 계세요?」

효기를 찾는 거였다. 효기가 〈사장〉이란 소리를 듣기 싫어하고 길중 씨가 이따금 공장에 들르기 때문에, 공장 사람들은 길중 씨를 사장님, 효기를 형님이라고 불렀다.

「잠깐 나가셨는데요」

「어디 가셨는지 몰라요? 큰일이네」

「근처 어디에 계실 텐데, 왜요?」

「누가 손을 다쳤는데」

「많이 다쳤어요? 잠깐만요. 구급약 함이 여기 있었을 텐데……」

약상자를 올려두는 선반으로 가기 위해 몸을 일으키며 말하던 인기는 아차, 싶었다. 한심하다는 듯한 눈이 인기를 올려다보고 있었다. 그 눈에 쓰인 말, 그리고 그 바닥에 깔린 사태의 심각성을 인기는 한눈에 알아보았다. 넌 우리와 달라.

　손목 힘줄이 끊어진 공원이 입원한 외과 병원은, 광산 사고를 당한 이들로 늘 북적대는 곳이었다. 미안하단 말도 못 하고, 윤씨가 끼니때마다 담아주는 밥바구니를 병원으로 나르면서, 인기는 사고로 입원한 광부의 동료들이 자기들을 〈꺼먹돼지〉라고 자조적으로 말하는 걸 들었다. 요즘 돼지값 폭락했으니 꺼먹돼지 값이라고 다르겠어?

　넌 우리와 달라.

　빛나는 소비의 시대를 넘어서도, 그 말없는 말은 끝내 잊히지 않았다.

　「자, 석간 속보요, 속보!」

　「전두환 씨, 국민에게 사과!」

　「다시는 안 그럴게요, 사과!」

　「개회식에도 참가 안 할게요, 사과!」

　「집에서 테레비나 보고 있을게요, 사과!」

　신문팔이가 편집한 문구, 집에서 테레비나 보고 있을게요, 라는 말에, 몇몇 사람들이 웃었고, 사무원인 듯한 두 사내는 수군거렸다.

　「무슨 낯으로 올림픽 개회식에 참가하려 했을까?」

　「왜, 그래도 자기 딴에는 한번 하겠다고 한 약속 지키고 심플하게 물러선 건데. 단임 약속 지키기가 쉬운 줄 알아?」

　「5공 비리로 이렇게 시끄러운데도 올림픽 개회식에서 귀빈석에 앉겠다?」

　「아, 있잖아. 관용과 화해. 군인이 얼마나 단순해? 그런 말로 넘어가질 줄 알았지. 청산 없는 화해, 얼마나 익숙해」

청산, 청산이라구? 어쨌든, 내일은 기계를 중속으로 올려봐야
지. 전철에서 내리면서 인기는 결심한다.

청개구리도 갈잎 위에선

「시간 있으면 이따가 좀 다녀가거라」

전화로 듣는 길중 씨의 목소리에는 아무 감정도 실려 있지 않았다. 그러나 아버지의 호출은 늘 달갑지 않아, 효기는 될 수 있는 한 머무적거리곤 했다. 효기는 수화기를 내려놓고 멍하니 창밖을 보았다. 창 밖 한길로 〈○○전자 추석 귀향단〉이란 띠를 허리에 두른 버스들이 지나갔다. 낼모레면 추석이다. 떡값 달라고 청소부들이 한차례 다녀갔다. 일꾼들 떡값은 또 얼마나 줘야 하나……. 대목이라고 번잡하기만 했다. 수금도 덜 됐고.

「덕중에선 꼭 사장님이 오셔야 수금해 주겠다는데요. 한번 올라가 보세요」

가게 일을 거들고 경리를 맡아보는 아가씨가 가방에서 돈을 내놓으며 말했다. 코밑이 거무스름하다. 탄광 가까이에 있는 광산 사무실에 수금하러 갔다 오느라 티를 낸 것이다.

「누가 그러디?」

「덕중 강 총무요. 오다가 만났어요」

「내가 가면 현찰로 준다디?」

「그런 말 없던데요. 명보도 어음을 섞어주더라구요」

「얼마짜리냐?」

「두 달요. 다른 데도 다 섞어서 받아가더라구요」

「공장 하는 사람은 땅 파서 공장하는 줄 아나…… 수고했다」

효기는 돈을 챙겨 금고에 넣었다. 금고 바닥에서, 덕중 탄광 청구서를 꺼내 본다. 가장 오랜 거래선이라서 꽤 되었다. 물건 늦다고 독촉할 땐 성화가 불 같은데, 몇 달 미뤄뒀다가 돈 줄 땐 공돈 주는 것처럼 거들먹거리게 마련이었다.

지난 겨울에도 덕중에는 효기가 직접 갔었다. 기껏해야 서른 중반쯤 되었을, 광산주의 먼 친척이 된다는 총무는 책상 옆에 돈을 쌓아놓고 있었다. 경리를 보는 아가씨가, 여기저기 거래선에서 온 사람들에게 청구서를 대조해 가며 봉투에 돈을 담아주고 있었다.

「이 사장 오셨수? 귀하신 분이 여기까지 행차하셔서 어쩐대요?」

느물느물 몸을 일으키면서, 그래도 대접한답시고 옆에 있는 의자를 내주더니, 2개월짜리 어음을 끊어주었다. 현찰이 쌓여 있는 걸 빤히 보는데도. 총무 의자 뒤에는 거래선에서 가져온 선물 보따리들이 쌓여 있었고, 효기는 빈손이었다.

「어이구, 산업전사들이 귀향하는구먼. 그래도 부모 드린다고 바리바리 싸들고 가네」

박 순경이 너스레를 떨면서 들어왔다. 반갑지 않은 손님이지만, 효기는 의자를 내주며 받아친다.

「저런 맛이라도 있어야 기계 앞에서 졸다 핀으로 찔린 거 보상받지요」

「어이구, 요즘 같은 민주화 시대에두 그런 악덕 기업주가 있으려구요? 그나저나, 대목 재민 좀 보셨어요?」

「재민요, 가을 파리 날리는 중이죠. 장사꾼은 땅 파서 장사하는 줄 아는지, 쥐꼬리만큼 수금해 주면서 석 달 넉 달짜리 어음 주니」

「그래도 덕홍이야 워낙 닦은 기반이 있어서……」

「그것도 다 옛말이지요」

「춘부장은 요즘 통 안 보이시던데, 어디 가셨나요?」

「왜요, 집에 계시죠. 참, 그 건은 어찌 됐대요? 왜 영풍 탄광……」

「어찌 되고 말 거나 있나요, 살인인데. 자수했으니 정상 참작이 될진 모르지만 살인은 살인이니까, 그 인생도 종 치고 막 내린 거죠」

「다친 사람이었다면서요?」

「예. 보상금이 적네 많으네 하고 싸우다 그랬다는데, 원 많은 돈도 아니고 삼십만 원 가지고 싸우다 그랬대요. 그 돈으로 누군 세상 버리고 누군 신세 조졌으니, 참, 알다가도 모를 일이지」

보상금 삼십만 원을 더 달라 못 주겠다, 다친 광부와 광산주의 아들이 싸우다 광부가 칼로 찔러 죽인 게 이틀 전이었다. 대목 맞은 읍내가 온통 그 이야기로 들썩였다.

변죽만 울리는 대화가 오가고, 하릴없이 가게 밖을 내다보던 박 순경이 어이구, 바쁘실 텐데 이만 가봐야지, 하고 일어설 때, 효기는 미리 준비해 둔 봉투를 꺼내 찔러넣었다. 이거, 경기가 이래서, 떡값도 안 되고…….

「번번이……. 어쨌든 고맙습니다. 명절 잘 쇠시구, 춘부장께도 안부 전해 주시구요」

이거야 총 안 든 강도지. 그저 때 되면 쇠파리 떼처럼 몰려드니.

이런 꼴 안 보고 살 수 있는 땅 없나…….

　제 손으로 찔러주고도 효기는 떨떠름했다. 노골적으로 바라는 사람을 외면할 만큼 마음이 굳지도 못했고, 그러려니 하고 내밀기엔 개운치가 않고……. 이꼴 저꼴 더 보기 전에 피하는 게 수다 싶어, 길중 씨네 집으로 향했다. 또 무슨 소리를 하려나.

　「앉아라. 은용아, 차 한잔 다우」

　네 속 다 안다는 듯한, 빤한 눈. 어렸을 적엔 저 눈길에 붙들리면 그대로 얼어붙었다. 저 손아귀는 또 얼마나 힘셌던가. 하지만 세월은 어쩔 수 없어서, 당신은 늙고 손등엔 검버섯이 핀다. 그런데도 눈빛은 또랑또랑하다. 효기가 덮어쓴 피해 의식은, 길중 씨의 수척해진 볼이며 나날이 틀려지는 윤씨의 정신을 눈에 들이지 못하게 했다.

　윤씨는 마루의 소파에 앉아, 손가락으로 연신 치맛자락에서 무언가를 떼어냈다. 양말을 쌓아두고 그 곁에서 포장지로 싸고 있던 은용은 차를 끓이려는지 일어섰다.

　「웬 양말이냐?」

　「신문이랑 우유 배달하는 사람들 거요. 엄마가 사오셨어요」

　「그 양말 나도 좀 다우. 남아돌아가는 거면 나도 좀 신자」

　괜히 긁어보는 말이다. 그걸 아는 은용은 못 들은 척하고 부엌으로 향했다.

　「어머니, 뭐 해요?」

　「으응」

　윤씨는 웃었다. 바람이 스쳐가는 것처럼 흐릿한 미소가, 효기를 올려다보는 눈에 잠깐 스쳤다. 눈은 맑디맑다. 그런데 그 눈 안쪽, 겹눈처럼 무언가가 한 겹 씌워진 느낌이라, 효기는 선뜩했다.

처든 고개를 내린 윤씨는 다시, 치맛자락에서 무얼 뜯는 일에 열중해 버렸다.

「엄마, 뭐 하세요?」

인삼차를 끓여온 은용이 차를 내려놓다가 물었다. 윤씨는 손가락으로 자꾸 무언가를 뜯어냈다. 어린아이의 몰입처럼, 치마를 내려다보는 윤씨의 눈은 골똘하다. 가끔, 진저리를 치기도 했다. 가만히 지켜보던 은용은 알아차렸다. 처음엔 어디서 가막사리씨 같은 것이 묻지 않았나 싶었는데, 윤씨의 손을 꼼지락거리게 하는 건 치마의 무늬였다. 짧고 뭉툭하게, 여러 모양이 어루숭어루숭하게 프린트된 치마의 무늬가 윤씨의 눈엔 벌레로 보이는 것이다. 은용은 얼른 안방으로 가서 장롱을 뒤졌다. 무늬 없는 연쑥색 치마를 꺼내 들고 나오며 윤씨에게 말했다.

「엄마, 참 그 치마 빨아야 돼요. 이리 와서 갈아입으세요」

윤씨가 은용을 따라 방으로 들어갔다. 길중 씨는 그 등을 추연한 눈으로 보고 있다. 효기, 너도 봐라, 네 어미가 저 지경이 되도록 넌 뭐하고 있냐는 듯이.

〈저 정도였나〉

효기의 속이 썰렁해졌다. 아들을 알아보기나 하시는 건가, 싶었다. 그러다가, 거 봐라, 하는 듯한 길중 씨의 눈길과 부딪치자 다시 마음이 홀맺혔다.

「니, 에미, 큰일이다」

효기는 아무 말도 안 했다. 다른 때 같으면, 뭐가요? 라며 짐짓 되받아쳤을 텐데, 오늘 보니 심상치 않은 것만은 사실이었다. 지난번에 들렀을 때, 효기는 윤씨가 꽃병의 물을 가는 걸 보았다. 꽃은 모두 조화였는데도. 으응, 꽃이 시들까봐서. 윤씨는 천연덕스럽게 말했다. 노망이 드는구나 싶으면서도 어떻게 손써 볼 마음은 들지 않았다. 윤씨는 아직 길중 씨 소속이었다.

「어떤 때 보면 멀쩡한데 어떤 때 보면 통 정신 나간 사람 같고. 어디 큰 병원에라도 데려가야 할 텐데」

「요즘 큰 병원이라고 별수 있나요. 잘못 갔다간 아무것도 모르는 의대생들 실습 대상이나 되지. 한약방에 가보는 게 어떨까요?」

노인들에게 노망은 어쩔 수 없는 병이다. 요즘 간간이 신문에 기사가 나긴 하지만, 치료약도 없다지 않은가. 병원은 이런저런 이유로 끝없이 환자를 불러들일 테고, 그때마다 뒷감당은 내 몫이 될 테니, 효기는 태도를 정했다.

「니 눈엔 별다르지 않게 보이냐?」

여전한 길중 씨의 말투가, 효기의 속에 서성이던, 이래도 되나 하는 일말의 가책을 싹 지워버렸다. 빈정거리듯 윽박지르는 듯한 저 말투. 그래도 한번 큰 병원 의사에게 보여야 되지 않겠냐고 물었다면 달리 대답했을지도 몰랐다. 효기는 그 말투에 책임을 전가해 버렸다. 아무렴, 그렇게 몰아쳤으니 어머니 정신이 멀쩡할 리 있으랴? 술만 들어갔다 하면 조용히 지나는 법이 없었지. 걸핏하면 트집을 잡아 어머니를 때렸지. 윤기가 그 팔에 매달려 말릴 때, 효기는 말릴 엄두도 내지 못한 채 구석에서 글썽였다.

「아무리, 늙은 목숨이라고 하지만……」

끝이 없겠구나, 효기는 말꼬리를 싹둑 잘라낸다.

「무슨 일로 부르셨어요?」

잊고 있었던 건 아니다. 어떻게 말을 꺼내야 할지 몰라 에둘렀던 것뿐.

「대목 경기는 좀 어떠냐?」

「그저 그렇죠, 문 닫는 광산이 한둘이어야죠」

탄맥이 마르고, 인건비는 치솟고, 수입 개방은 무연탄까지 이르러, 광산이 속속들이 문을 닫는 건 사실이었다.

「문 닫는다고 다 닫는 건 아니지. 그래도 거기서 살 구멍을 찾아야 한다」

「사양업종인데요. 요즘 누가 연탄 쓰나요. 아, 촌구석에도 가스로 밥하고 기름 보일러 놓는 판인데요」

「그렇다고 저 맥이 하루 아침에 끊어지겠냐. 왜정 때부터 그러지 않았느냐. 저 산에 한천 사람 삼 년 먹여살릴 돈이 파묻혀 있다고. 그땐 탄맥이 묻혀 있는지도 모를 땐데. 그래도 눈 밝은 사람은 더러 있었던 게야」

길중 씨의 이야기가 변죽을 울린다. 나이답지 않게 반짝이는 눈이 효기를 빤히 보고 있다.

「맥이 끊어지지 않더라도 타산이 안 맞으면 때려치우는 거죠. 요즘 세상에 한길 파는 사람치고 잘 되는 사람 없어요. 재벌들이 이 업종 저 업종, 문어발처럼 발 뻗는 게 왜 그러는데요. 그 사람들이 얼마나 빠삭한데요」

건물을 올리면 공장을 그만둘 생각인 효기는 복선을 깔았다. 농기구까지 대기업에서 독식해 만들어내는 판인데, 그깟 공장, 가지고 있어봤자 득 될 게 하나도 없었다. 게다가 민주화네 뭐네 해서, 일꾼들도 걸핏하면 월급 올려달라기 일쑤였다. 수틀리면 나가겠다는 배짱들이었다. 힘든 일은 서로 기피하는 추세라 오라는 데는 얼마든지 있다는 뱃심이 깔려 있었고, 그건 사실이기도 했다.

「못살겠어요, 정말. 40만 원이던 봉급을 70만 원으로 줘도 더 달라고 아우성이고, 심지어 양복 입고 넥타이 매는 것까지 종업원 눈

치를 봐야 한다니까요. 서초동에서 사는 것도 눈치 보여 집을 팔고
서민아파트로 이사할까봐요. 이럴려면 뭐 하러 잠 못 자고 내 회사
만든다고 뛰어다녔는지, 원……」

수금하러 내려와서 절레절레 흔들던 서울의 공구상 사장, 공원
없이 저 혼자 돈 번 것처럼 말했지만, 역시 자영업자인 효기로선
어느 정도 납득이 갔다.

건물을 올리면, 살림채 빼고는 다 세를 주고, 1층에서 대리점
같은 거나 하면 좋을 것이다. 가전업체는 읍내에 다 들어와 있
고, 사람들이 갈수록 먹고 입고 치레하는 데 신경을 쓰니 그쪽으로
가야 하는데, 먹는 장사가 남긴 하지만 종업원이 속을 썩일 테
고……. 우선 자금을 만들어야 하는데, 명의는 효기 앞으로 되어
있지만, 길중 씨 반대가 심하니 제 맘대로 팔기엔 아직 껄끄럽다.

「재벌들이야 난사람들 아니냐. 옛말에도 큰부자는 하늘이 내린
다고 했으니. 그 사람들이야 제 돈 갖고 장사하는 거 아니니 이문
남는 일이라면 뭐든 덤벼들겠지만, 우리 같은 사람은 한 가지 일도
제대로 하기 힘든 법이다」

사람은 제 분수를 알아야 한다. 네가 딴마음 먹은 거 빤히 안다
는 듯, 길중 씨의 말이 앞서다가 빙 돈다.

「그건 그렇고, 대목인데 어디어디 선물할 거냐?」

「선물할 것도 없이 알아서들 와서 챙겨가는데요」

「알아서 챙겨가는 게 선물이더냐. 우리가 먼저 인사를 차려야 할
곳은 차려야지」

말이 길어질 줄 알았는데, 길중 씨는 그쯤에서 그만두었다. 정
작 할 이야기는 따로 있었던가, 말꼬리가 획 돌아갔다.

「어제, 김한영 씨랑 술 한잔 했다」

김한영 씨와 술 한잔 한 게 나와 무슨 상관이란 말인가? 효기는 눈으로 재촉했다. 길중 씨는 잠깐 뜸을 들이다가 말문을 이었다.

「네 이야기 하더라. 아무리 세상이 바뀐 것처럼 보여도, 말조심 해야 한다. 권력 쥔 사람은 다 똑같다. 겉모양만 바뀌었지, 그 사람이 그 사람 아니더냐」

그 사람이 그 사람이다, 이건 효기가 늘 하는 말이었다. 군복 출신이 정권을 잡는 한, 그게 그거다. 얼굴만 달라졌을 뿐이다. 신문이나 텔레비전을 보다가, 효기가 혼잣말처럼 말해도, 길중 씨는 입단속을 하려 들었다. 조심해라. 청개구리도 여름 풀잎 위와 갈잎 위에선 몸색깔을 바꿔가며 조심하는 법이다. 세상 흐르는 물결 따라 흐른다고 흘러도, 언제 찢겼는지 모르게 피 흘리는 게 사람살이다. 낮말은 새가 듣고 밤말은 쥐가 듣는다는데, 말이란 게 입을 떠나면 저 혼자 살아 돌아다니는 거다. 그러다 언제 되돌아와 칠지도 모르고. 너 말하는 거 들을 때마다 꼭 외줄 타는 거 같다.

「네가 한 말들이 정보과에 들어가 있는 모양이더라. 워낙 바닥이 좁으니까 큰일이야 있겠냐고 김한영 씨는 그러더라만, 관 거스려서 좋을 일 하나도 없다」

「제가 무슨 말을 했다고 거기까지 들어가요?」

「관에 있는 사람들이 공밥 먹는다던? 그 사람들, 시장판에서 장사꾼들이 허투루 하는 말들도 흘려듣지 않는다는 거, 몰랐더냐?」

「참 여전하구먼. 6·29다 뭐다 생색만 냈지, 말 못하게 하는 건. 겉모습만 바꿨지 속은 다 똑같아」

「난 무식해서 잘 모르겠다. 하지만 이가가 잡으면 이가를 욕하고, 장가가 잡으면 장가를 욕하는 것만이 능사는 아니라는 것만은 안다. 세금만 해도 그렇다. 네가 부가세 욕하는 건 들었다만, 집안 살림이나 마찬가지로, 나라 살림에도 돈은 필요한 거다. 그 거두는 방법이 잘못되었다구, 세금 안 내고 살 것도 아니잖느냐? 옛날에 나는……」

길중 씨의 입에서 〈옛날에〉가 나오자, 효기는 말을 무질렀다.

「지금이 옛날입니까? 옛날 사람들 다 죽은 지 오래예요. 주먹구구로 하던 때하고 같나요? 사람들이 그렇게 생각하고 입 다물고 있으니까 나라가 이 모양 아닙니까. 그래 정보과에서 제가 뭐라고 했답니까?」

「네 말까지야 내 귀에 들어오겠느냐. 하지만 말조심해라. 세상이 바뀌었다고 권력 쥔 사람들 마음이 바뀔 줄 아느냐. 너는 배웠다고 야당 좋아하는 거 같더라만, 야당이 정권 잡으면 뭐냐. 그게 바로 여당 아니냐. 힘 가진 사람들 마음은 같은 골로 흐르는 법이다. 바쁜 것 같으니 그만 가봐라」

너는 배웠다고, 란 말 속에 깔린 빈정거림이 효기의 귀에 선연했다. 가르쳐 놓았더니, 네 배움이 너를 가둬 놓는구나. 잘못 삼킨 지식은, 차라리 굶느니만 못하다. 속에서 부패해서 주변에 냄새를 퍼뜨리고 지혜에 눈뜨는 걸 막는 콩꺼풀이나 될 뿐이지. 언젠가 효기가 들었던 말, 그 말을 다시 하고 싶지만 꾹꾹 참는다는 시위처럼, 길중 씨는 뜰을 벽오동나무에 눈길을 돌렸다. 더 말하고 싶지 않다는 뜻을 알아차린 효기는 일어섰다.

「나, 가요」

효기는 치마를 갈아입고 뜰에 나와 서성이는 윤씨에게 말하고 집을 나섰다. 집을 나서자 숨통이 트이는 것 같았다. 이 집하고 내기가 안 맞는 건가. 걸핏하면 무당을 찾는 아내라면 그렇게 말했을 것이다. 아내는 추석 전에 아이들 선생님께 인사를 차린다고 나갔다. 제 자식 잘 되는 일이라서 말리진 않았지만, 외국처럼 이런 일 없이 살 수 있다면 얼마나 홀가분할까, 효기는 생각했다. 이러니 한국 사람들이 외국에 가서도 똑같이 했다가 망신당하는 거지. 엽전들이란……. 하지만 자신이 억눌려 살아왔다고 생각하는 효기로선 더더욱, 아이들만은, 하는 마음이었다. 아이들만은 자유롭게, 부족함 없이 살게 하리라.

길중 씨 앞에선 큰소리를 쳤지만, 속마음이 편친 못했다. 바닥이 좁아서 별 탈은 없겠지만. 김한영의 입김이라면, 그 조카사위인 정보과 김 형사의 입에서 흘러나온 소리일 것이다. 경고겠지, 다 알고 있으니 조심하라는. 되짚으며 걷다가 국민학교 앞을 지나던 효기는 문득 깨달았다. 지난 봄 국회의원 선거 때, 학교 유세장에서 만난 김 형사.

「제가 우리 대통령께 건의했습니다. 버스, 노인양반 박대합니다. 노인 두세 명만 있으면 버스가 그냥 지나가 버립니다. 어떤 분은 돈을 들고 흔들어요. 나 돈 낼 테니 태워달라고……. 이래서야 되겠습니까? 그래서 제가 대통령께 건의했습니다. 젊은이들 이농했고, 농어촌에는 노인들만 있으니, 나라 형편에 따라 할머니, 할아버지, 월 2만 원에서 5만 원 정도 봉급을 줘야 한다고」

제1야당을 표방하며 나선 후보는 그렇게 부르짖고 있었다. 마지막 합동 유세중인 국민학교 운동장, 꽃샘바람이 먼지를 일으키는 운동장에 스피커 소리가 왕왕거리며 담을 타고넘었다.

뒤이어 단에 오른 여당 후보는 막 내려간 야당 후보를 공박하는 말로 포문을 열었다. 웃음 웃고 살려면 무엇보다도 호주머니가 두둑해야 합니다. 야당 의원을 뽑으면 돈이 딴 데로 갑니다……. 집권당 의원을 뽑아야 국물이라도 떨어지지 않겠느냐, 여당 후보는 실리에 호소했다.

곧이어, 여당성을 띤 야당의 후보가 올랐다. 3공화국에서 장관을 지낸, 이 지역에서는 관록 있는 정치가였다.

「저는 세 분 후보의 집중 공격을 받으면서도 제 소신만을 말하려 했습니다. 그러나 저도 인간인고로, 이 마지막 합동연설장에서는 얘기를 좀 하겠습니다. 저, 젊었을 때 장관 했습니다. 그리고 서울서 고대광실에 살면서 고향분들 무시했다고 말씀하시는데, 여러분이 정책을 알고 나면 그렇게 말씀하시지 않습니다」

이어서, 장관의 책무가 얼마나 막중한가, 일반 회사원처럼 명절 때나 주말에 고향에 내려와 노부모를 봉양할 만큼 절대로 한가한 자리가 아니다, 끝없는 긴장과 격무, 마음은 있어도 공무와 개인사를 구분해야 하기 때문에 그게 그렇지 않다는 말을 늘어놓았다. 머리가 허연 노정객의 해명과 자아비판은, 이야기의 내용을 제쳐두고, 안쓰럽다는 느낌을 주었다.

「어이고, 국회의원 한 번 하겠다고 저런 이야기까지 공개적인 자리에서 너저분하게 늘어놓아야 하는 저 인생도 딱하다. 정치가 좋긴 좋은 모양이지? 저러고도 하고 싶은 걸 보면」

등뒤에서 귀에 익은 목소리가 들려왔다. 양복점을 하는 동창이었다. 효기는 몸을 비켜 자리를 만들어주었다.

「정치, 좋지. 평생 쓸 거를 몇 년 동안에 끌어모으는데, 누구나 하고 싶지」

「왜, 자네도 나서보지 그래. 한천리 187번지 표만 끌어모아도 그게 어딘데. 그러려고 장사 팽개치고 여기 와 있는 거 아닌가?」

「얼굴 바꿔봤자 그놈이 그놈인데, 옷 갈아입었다고 군바리가 문민 되나? 나더러 총 빵빵 쏘던 군바리 밑에서 총대 메라고?」

210

희떱게 받다가 문득 시선이 느껴져 돌아보니, 정보과 김 형사가
어색한 표정으로 인사를 했다.
입도 다물고 살아야겠다, 빌어먹을 세상. 효기는 새로 솟은 건
물들 사이에서 상대적으로 꺼져 보이는, 응달진 가게로 들어가려
다 발길을 옆으로 돌렸다. 동창네 양복점에나 가보려는 것이다.

세상의 모든 능선

백로인가. 버스가 큰길을 벗어나 골짜기로 접어들자, 개울에서 한가롭게 노니는 하얀 새가 보였다. 두 마리, 세 마리씩 무리지어, 개울의 바위 위에 있다가 훨훨 나는 새들. 실상은 개울물에 흘러가는 물고기를 향해 신경을 곤두세우고 있을지도 모르는데, 멀리서 보는 백로는 한가롭기 그지없다.

국도에서 꺾어져 개울을 끼고 들어갈수록, 계곡은 좁아지고 시야의 녹음은 짙어졌다. 모든 걸 흡수하려는 듯한 녹음이었다. 버스 안 스피커에선 뽕짝 메들리가 들려오는데도, 한 켠에선 귀가 쨍한 정적이 밀려드는 듯한 풍경. 여섯 시간쯤 달려온 곳에, 전혀 다른 풍경이 있었다. 두고 온 곳이 꿈결처럼 아득했다.

영등포역으로 가기 위해 신도림역 플랫폼에 내렸을 때, 인기는 숨을 들이삼켰다. 말 그대로 아수라장이었다. 주말, 플랫폼엔 머리, 머리들. 검은 머리들만 밀렸다. 그 머리 가운데 하나로, 그들이 가는 곳으로 무작정 떼밀려가다가, 인기는 문득 걸음을 멈추었다. 머리 위의 스피커에서 여리게, 소음에 밀려 들릴락말락 흘러나오는 음악이 발길을 잡아챈 것이다. 실크로드 모음곡 가운데「대상들의 행진」이라는 곡이었다. 낙타의 등에 짐을 얹고 사막을 타박타박 걸어가는 대상들. 별이나 달을 그려넣은 국기를 가진 유목민들. 정착시키기 위해 집을 지어줘도 거기 머무르지 못하고 달팽이처럼 낙타 등에 집을 얹고 다니며 사막 한가운데에 집을 만드는 사람들. 떠날 때가 되면 그 집을 미련없이 허물어뜨리는 사람들. 푸르스름한 박명의 대기처럼, 가없는 막막함이 가슴을 치는 곡이었다. 누굴까, 누가 이 후텁지근한 주말에 저런 곡을 골랐을까. 한 주일 동안, 앞을 보지 못한 채 살아온 사람들의 숨가쁜 주말에 저 곡이 위안이 되리라고 생각했을까. 숨가쁜 나날들에 대한 처절한 연민처럼, 익명으로 몰려다니는 사람의 머리 위에 낮게 부유하는 음악. 사람을 스쳐 바람 속으로 흩어져 버리는 음악. 인기가 지하도 입구에서 떼밀리는 동안에도 그 곡은 여전히 흐릿하게 머리 위를 떠돌았다.

유목민은 평화로운 민족은 아니지. 초승달 닮은 칼을 휘두르는 데 익숙한 유목민이야말로, 적자생존이라는 원리를 온몸으로 느끼는 종족일 텐데. 그래서, 슬픔과 허무에 더 익숙할지도 몰라.

지하도 입구, 내려가는 사람들은 오른쪽 벽에 붙어서서, 그 반대편에서 떼를 이룬 사람들은 왼편 벽에 붙어서서, 느릿느릿, 한 걸음마다 전생애를 매단 듯 힘겹게 올라오고 있었다.

「이 손 잡아야지, 놓치면 큰일난다」

한 아이를 등에 업고 한 아이를 걸리던 아기 엄마가, 땅 위에 뜬 듯 떼밀려온 아이에게 다짐을 두었다. 등에 업은 아이를 받친, 기저귀가 들어 있을 가방을 꽉 움켜쥔 손의 거칢이, 그 틈에서도 인기의 눈에 확대되어 들어왔다. 다섯 살이나 되었을까. 아이는 도무지 어림할 길 없는 발밑 앞에서, 한껏 겁을 집어먹은 표정이었다.

벌써부터 너는 세상을 배우는구나. 어디다 발 내려야 허방을 딛지 않는 건지 몰라 순간순간 물밀듯한 두려움을……. 인기는 아이의 손을 가만히 잡았다. 긴장으로 딱딱한 아이의 손바닥은 땀이 배어나 축축했다.

〈들쥐들이 떼를 지어 투신자살하는 건, 과다 밀집으로 인한 스트레스 때문이었지〉

계단을 조심스럽게 내려와서 아이의 손을 풀어주었을 때, 여행을 떠나게 한 기사의 한 구절이 떠올랐다. 외지에서 번역한 기사를 다듬다가 문득 상윤이 있는 곳으로 떠날 생각을 한 것이다.

상윤은, 인기가 일하던 과학잡지사에 촉탁으로 일하러 왔던 현욱의 후배였다.

「야, 걔 일하는 건 다른 애들과 달라. 아직도 환상 때문에 발 못 내리고 있지만」

마감 무렵 한 열흘 정도 나와서 일하는 상윤은 기사도 감칠맛 나게 쓰고, 일손도 빨랐다. 막판에 넘기는 대지에서 오자도 잘 잡아냈다. 숙달된 사람에겐 오자가 톡톡 튀어서 들어오죠. 그렇게 말하는 상윤에게서, 인기는 마음 놓고 일을 맡길 수 있다는 기쁨을 누렸었다. 떠난 뒤에도 그가 일했던 자리가 아쉬워지게 만드는, 그런 사람이었다.

「들쥐들의 자살은 16세기부터 관찰되었다. 레밍 현상이라고 불리는 이러한 현상이 생기는 까닭은, 일정 지역에 사는 동물의 개체수가 늘어나면 식량이 부족해져서, 약육강식을 하느니 차라리 집단 자살을 선택한 것이라고 지금까지 알려져 왔다. 그러나 최근, 자율 인구 조절 때문에 일어나는 것이 아니라 과다 밀집 스트레스 때문이라는 설이 제기되었다. 존 크리스천이라는 동물학자는, 밀집도가 조밀할수록 들쥐의 내장 가운데 부신이 비대해지고, 부신이 비대해질수록 공격성이 강해진다는 사실을 밝혀냈다. 그 공격성이 자신에게 투사된 것이 바로 레밍 현상인 것이다」

동물도 자살하는가, 그 자살이 이타적인 것인가 이기적인 것인가를, 기사는 밝혀나가고 있었다.

「일반적으로 과학자들은 죽는 행위를 통해 생식의 측면에서 얻는 것이 많고 잃는 것이 적을 때에 자살이라고 부른다. 보호색을 가지고 자신을 지키는 나비들은 그 좋은 예이다.

생식기가 지난 나비들은 그들이 새에게 발각될 경우, 새들에게 배경색과 보호색을 구별해 볼 수 있는 단서를 제공한다. 그 결과, 어린 나비들은 위험에 처하기 쉽다. 이렇게 자손들의 생존에 짐이 될 때, 나비들은 땅 위까지 내려와 지쳐서 죽을 때까지 날갯짓을 해댄다. 새에게 잡히기 전에 자신의 흔적을 감추는 것이다.

털이 없고 앞을 못 보는 두더지는 기생충에 감염되면 복잡한 굴의 공공화장실쯤에 해당하는 곳으로 가서 죽을 때까지 그곳에 머무른다. 이 두더지를 수년간 연구한 과학자에 따르면, 두더지는 절대로 그곳으로부터 기어나오지도 않고 강제로 먹이를 먹일 수도 없었다는 것이다. 이런 행동을 함으로써 무리 전체가 병에 감염되는 위험에서 벗어나도록 조처하는 것이다」

왜일까, 왜 그 기사를 보면서 상윤이 생각났을까. 도피가 아니라 선택이라고 분명하게 말하고 간 상윤을.

상윤이 살고 있는 집은 뜻밖에 골재가 성한 고가였다. 담장도 없었지만 집채의 덩실한 크기는 위압감을 줄 정도였다. 추녀가 하늘로 치솟고 기둥도 튼실한 일자형 기와집. 상윤은 그 집의 방 한 칸

을 세내어 살고 있었다. 집 주인은 도시로 나가고, 집 주인의 조카
뻘 된다는, 그림을 그린다는 이가 안채를 쓰고 있었다.

「형, 내가 토막집에서 살고 있을 줄 알았지? 비 오면 백결 선생
처럼 그릇 들여놓고 통탕거리는. 그래서 안쓰러워할 만반의 준비를
갖추고 왔는데 고대광실에서 살고 있어서 황당하지?」

지붕에 얹힌 귀면 모양의 망와를 쳐다보느라 고개를 젖힌 인기
에게 상윤은 웃으며 말했다. 일터에서 만나 선배라던 호칭을 형이
라고 바꿔 부르고 있었다. 밭에서 일하느라 긴팔 차림인 상윤의 얼
굴은 구릿빛이었다. 상윤이 말이 많아졌구나. 외로웠나 아니면 편
해진 건가.

「너한테 어울리는 집 같다. 뿌리 박으러 온 사람의 집, 조금 거
하긴 하지만. 그런데 누가 이렇게 깊은 산에 이렇게 큰 집을 지을
엄두를 냈을까?」

「이건 안채고, 원래는 저 감나무 곁에 사랑채까지 있었대요. 집
주인의 십대조인가가 세운 집이었대」

「그래도 이렇게 깊은 골에?」

「십승지지를 찾아든 거지. 살아 있는 날들이 그날그날 난세더라
는 거죠, 뭐. 저 뒷산 혈맥이 저 감나무 자리로 흘러든대요. 그래
서 처음엔 부를 누리다 뒷날엔 높은 벼슬자리에 오르는 터라는 바
람에 솔가했다는 거야. 예나 지금이나, 부와 귀를 다 차지하고 싶
은 사람들 마음은 끝이 없나봐요. 부는 좀 누린 모양인데, 집안이
이렇게 된 걸 보면, 귀는 못 누린 모양이죠?」

상윤은 막 물로 씻어낸 오이를 한 개 건넸다. 가시가 껄끄러울
정도로 살아 있었다. 아삭, 향긋한 냄새가 입 안에 가득 번졌다.

「어떠니?」

「한 해 농사 가지고 뭐 아나요. 지난핸 빌린 땅에 고추와 가을배추를 심었는데, 고추는 병들고, 배추는 값이 폭락하고. 아직 흙이 어떤 건지조차 모르겠어요」

「한술에 배부르겠냐. 하지만 생활은 돼야지」

「형, 혼자선 살 만해요. 가르쳐야 할 아이들이나 아픈 사람이 있다면 경우가 달라지겠지만, 나처럼 혼자 살면 돈 들 일이 별로 없어요. 나야 품일하는 사람 사서 쓸 만큼도 안 되니까. 쌀은 사서 먹으니까 어쩔 수 없고, 자동 펌프 때문에 전기 요금은 좀 나오고, 그 밖엔 대개 자급자족이 돼요. 조금 여유가 생기면 민간요법도 공부할 생각이에요. 어떤 사람은 생식만 하고도 농사를 짓는다던데, 아직 거기까진 생각 못해 봤고. 뱃심이 있어야 땅도 파헤치죠」

「농사 짓는 데 드는 돈은 얼마나 돼?」

「지난해엔 비료를 조금 썼어요. 하지만 올핸 퇴비로 버틸 생각인데, 될지…… 농약을 안 친다는 건 생각보다 쉽지 않던데요? 내 밭에 농약 안 치는 걸로 끝나는 게 아니라, 내 밭에 생긴 벌레가 이웃 밭으로 넘어가니까요. 그렇다고 군사분계선을 만들어 벌레들에게 접근하면 발포함! 이럴 수도 없고」

「그래봤자, 배짱 두둑한 놈들은 넘어갈 거야. 그런데……, 이 산이 맞긴 맞는 것 같니?」

「아직 이 산어귀에서 얼쩡이는 중이니까요. 하지만 다른 산이 아니라는 것만은 알겠어요」

상윤은 담담했다. 그래, 이게 네가 목적한 산이었으면. 능선을 좇아 올라가던 인기의 시선을, 산은 무연히 받아낸다. 산, 그리고 굽이들. 상윤은 한 굽이를 넘어선 듯했다. 지난해 봄, 회사를 그만

두던 무렵의 상윤을 겹쳐 올리기조차 낯설 정도로.

마감을 앞두고, 상윤이 다시 나오기 시작한 날이었다. 식물의 감정이 얼마나 민감한가 하는 책을 읽다가 인기는 자판기로 커피를 뽑으러 갔다. 제 몫의 커피를 뽑고, 상윤의 몫으로 블랙 커피를 한 잔 더 뽑았다. 연하게 블랙. 크림의 느끼한 맛도 설탕의 단맛도 싫어하는 상윤의 커피엔 생수가 있는 곳으로 가서 더운물을 섞었다.

상윤은 컴퓨터 앞에서 테트리스의 블록을 깨고 있었다. 테트리스는 상윤이 유일하게 즐기는 게임이었다. 블록을 맨 밑단부터 차근차근, 한 줄씩 깨어가는 사람이 있는가 하면, 쌓이는 대로 쌓아두고 한꺼번에 와르르 무너뜨리는 사람, 게임을 하는 데에서도 성격이 드러났다. 평소에 밑에서부터 한 칸씩 지워나가던 상윤이 보고 있는 화면은 어수선했다. 화면의 절반 못미처까지 쌓인 블록 위에, 다시 이빠진 것처럼 블록이 쌓여가고 있었다.

「그새 손이 무뎌졌네?」

커피를 책상 위에 내려놓으며 말을 이으려다 인기는 끝말을 삼켰다. 늘 덤덤하던 상윤이, 그 무표정한 얼굴 그대로인데, 눈에 번실거리는 물기. 돌아서려는데, 상윤의 낮은 목소리가 등을 툭 쳤다. 선배, 내 인생은 잘못 쌓아올린 블록 같아요. 목밑까지 차오르게 내버려뒀어요.

「별일 없으면, 같이 나가자」

퇴근 무렵, 인기는 상윤에게 다가갔다. 언제 그랬냐는 듯이, 상윤은 원고에 박고 있던 얼굴을 들었다.

「그러죠, 뭐」

현관문은 자동이었다. 청소부 한 사람이 걸레를 들고 자동문을 닦고 있었다. 사람이 다가서면 문이 열리는 센서는 청소부가 다가

218

설 때마다 어김없이 작동해서, 청소부는 한 발짝 다가서서 닦고 물러섰다가 다시 다가서서 닦고는 했다. 그때마다 자동문은 반쯤 열렸다가 닫혔다. 그 곁, 빌딩 관리를 대행하는 회사 제복을 입은 사람이 더러운 부분을 손가락으로 가리키고 있었다.

「저렇게 말고 방법이 없나……」

좀 두었다가 닦거나, 잠깐 문을 닫으면 안 될까, 그런 불편한 마음이 상윤의 얼굴에 드러났다. 자기 직분에 충실한 것이라기엔, 더러움을 닦는 청소부는 너무 늙었고 더러움이 탄 부분을 가리키는 관리인은 너무 젊었다.

머리가 희끗한 청소부는 인기에게 안면이 있었다. 마감 무렵 어느 날, 새벽에 일찍 나온 적이 있었다. 습관적으로 자판기 앞으로 다가가려는데, 푸른 제복을 입은 청소부가 자판기 옆 재떨이에 쌓인 컵 가운데 비교적 깨끗한 컵 하나를 집어들더니 창턱 위에 얹고, 그 앞에 의자를 끌어다 놓고 앉아 창 밖을 내다보았다. 재떨이로 쓰려는 것도 아니었고, 커피를 마시려는 것도 아닌, 휴식을 위한 소도구로 쓰인 종이컵.

이따금 그 청소부가 종이컵을 앞에 놓고 창 밖을 내다보며 망연히 앉아 쉬는 모습을 볼 때마다, 사람들이 용케도 일상을 견딜 장치들을 하나씩 찾아내는구나 싶었다. 하기야, 그마저 없이 삶에 전면적으로 노출된다면, 하루하루가 밀려드는 큰 파도와 맞서는 것 같아 지레 숨질리리라. 장터마다 있던 미친 여자들, 아무런 장치 없이 그 파도에 몸을 던진 여자들처럼.

종로에서, 인사동으로 가기 위해 횡단보도를 건넜다. 찻집은 큰길 건너편에 있었다. 횡단보도 앞에 서자마자 바뀐 파란 신호등은, 횡단보도 중앙경계선을 지나기도 전에 깜박였다. 모든 신호등의 신호구간이 너무 짧았다.

새끼줄을 늘어뜨려 자리와 자리 사이에 칸막이를 한 찻집에 들어섰을 때, 퇴근이 좀 빨라선지, 찻집은 텅 비어 있었다.

　　어디로 갈거나. 어디로 갈거나. 내 님을 찾아서 어디로 갈거나. 이 강을 건너도 내 쉴 곳은 아니요, 저 산을 넘어도 머물 곳은 없어라.

노래를 들으며 녹차를 주문한 뒤, 인기는 어떻게 말을 꺼내야 할지 몰라 담배에 불을 붙였다. 뭐였을까, 뭐가 그렇게 힘들게 했을까. 인기가 곱새기는데, 상윤이 먼저 입을 열었다.

「나폴레옹이 백만 대군을 끌고 러시아군을 치기 위해 눈 덮인 산을 올랐어요. 산이 너무 험해서 오르는 동안 병사들이 절반은 죽어 나갔어요. 겨우겨우 정상에 오른 나폴레옹이 손을 쫙 뻗치며 한마디 했어요. 뭐라고 했을 것 같아요?」

아무리 우스운 이야기도 진지하게 말하는 게 상윤의 장기였다. 그러고 나서, 남들이 웃는 모습을 멀뚱멀뚱 바라보는 상윤을 보면 다시 웃게 되었다. 돌격은 아닐 테고.

「이 산이 아닌게벼……, 그랬대요」

어깨의 맥이 탁 풀렸다. 상윤은 재우쳐 물었다.

「지친 병사들을 이끌고 내려와 다시 다른 산에 올랐어요. 올라가는 동안 역시 절반 정도가 죽어 나갔어요. 가까스로 정상에 오른 나폴레옹이 이번엔 뭐랬게요?」

「이 산도 아닌게벼?」

「아까 그 산인게벼, 그랬대요」

무슨 농담이 그렇게 살벌하냐. 맥없이 웃다말고 인기는 보았다. 상윤의 눈, 그 안쪽의 황량함을. 가슴을 쏴아, 바람이 쓸고 지나갔다. 아까 그 산에 오른들, 그 산이 맞으리라는 확신은 없지. 그냥, 손놓고 있을 수는 없으니까 오르는 거야

「학교 선배가 죽었어요. 늘 신념에 차 있고 당당하던 선배. 왜 사는지, 어떻게 살아야 하는지, 막막해질 때마다 찾게 되는 그런 선배, 그런 사람이었어요. 늘 운동에 적극적이지도 못하고 주변에서 얼쩡거리는 나를 비난하지 않고 그냥 보아주던 선배. 다른 사람들은 이끌어들이려 했는데도, 그 선배는 그냥 기다렸어요. 그러면서도 자신은 누구보다도 신념에 차서 운동을 했지요. 졸업하고, 목매달던 이념은 붕괴되고, 사람들은 저마다 밥벌이를 할 때도 그 선배는 신념을 버리지 않았어요. 아니, 그렇게 보였죠. 어느 날부턴가 연락이 안 되어 사람들이 집을 찾아갔더니, 〈마음 닦으러 산에 갑니다〉라고 문에 써붙여 놓았더래요. 지리산에서 발견되었어요. 딱 한마디 〈나 먼저 간다〉라고 써놓고」

인기는 갓 우러난 차를 천천히, 상윤의 잔과 제 잔에 조금씩 나누어 따랐다. 한 번에 한 잔씩 붓지 않고 두 잔을 조금씩 나누어 여러 번, 그래야 두 잔의 물이 고루 따뜻해졌다.

「대학교 때 그 선배와 친하게 지내던 서클 친구 다섯이 그 장례식에 다 모였어요. 네 명은 열심히 운동을 하고, 나머지 한 사람은 그저 곁에서 알짱거리는 정도였어요. 나에겐 왜 신념이 생기지 않는걸까. 나는 왜 싸울 수 없나. 그들과 만나고 그들과 어울려 다니면서도, 그게 그렇게 미안하고 죄스러웠어요. 좋은 세상이 오리라는 신념을 가진 그들이 부럽기도 하고」

상윤은 주어를 바꾸어 말하고 있었다. 어떤 시대는, 고뇌의 빛

깔까지도 비슷하게 만들지. 사람들의 고민이 다양할 수 있는 시대를 살면, 행복의 절대값은 커질까. 그새 바뀐 노래가 귀에 들어왔다.

만나고 헤어짐도 허망하여라
그대의 아픔 그대의 괴로움
내 가슴에 부딪혀 눈물이어라
지나간 세월 당신을 만나
더 높은 사랑으로 살고 싶었네

「그러다가 졸업했어요. 둘은 빵에도 갔다 오고. 그런데 지금, 그 애들은 자본주의의 질서에 빠른 속도로 적응해 가고 있어요. 그걸 보면서 깨달았죠. 아, 이 속도는, 이 세상의 눈부신 속도와 거기에 맞춰가는 걸음은 내게 너무 버겁구나, 라고. 그때까지만 해도 나는 그랬어요. 내가 열심히 싸우지 못하고 주춤거릴 때 저들은 열심히 싸웠고, 그래서 그런 걸 누리는 건 당연하다고요. 그런데 문제는 나였어요. 내가 그들에게 짐이 되고 있었거든요. 세상에 발맞추어 가는 속도가 너무 어긋나기 시작했거든요」
그러면서 상윤은 덧붙였다. 시골로 내려갈까 해요. 이 속도는 내겐 너무 벅차요. 더 크게, 더 많이, 더 빨리. 이 흐름과 무관하자니 사람들에게 짐이 되는 것 같고.
「전에도 그런 생각을 했지만, 그땐 도피라는 생각 때문에 사람들에게 미안했어요. 하지만 지금은 선택한 거예요. 이 속도는 내게 맞지 않아요. 푸른 신호등의 신호 구간이 발걸음에 맞지 않듯이. 그래도 다들 뛰어가며 맞춰 산다고, 그게 사는 거라고, 선배, 그렇게 말하지 말아요. 그냥, 생각이 다를 뿐이에요」

그것뿐이에요. 상윤은 말을 마치고 시선을 툭, 탁자 끄트머리로 내던졌다.

속도가 전부는 아니지. 언제던가, 퇴근 무렵에 방향이 맞아 광고부 직원의 차를 타고 퇴근한 적이 있었다. 광고주의 집들이에 가는 길이라고 했다. 혼자 퇴근하는 게 미안해서 인기는 웃으며 말했다.

「야근이네요, 그럼」

「우리야 수당 없는 야근을 날마다 하죠」

우리야, 광고부와 편집부는 긴밀히 맺어져 있으면서 서로 이해가 달랐다. 광고부에서는 이따금 광고주의 요청이라며 기자재의 성능을 소개한다거나 하는 기사를 부탁해 왔고, 편집부 기자들은 책의 질을 떨어뜨린다며 노골적으로 싫어했다. 광고부에서는 미안해하면서도, 우리가 발로 뛰어 너희를 먹여살리는 줄이나 알라는 말을 농담처럼 흘렸고, 판매 수익보다는 광고 수입에 의지하는 게 잡지니만큼, 틀린 말은 아니었다. 그런 기사를 의뢰받으면, 데스크는 대개 인기에게 넘겼다. 어차피 면이 정해졌고 누군가가 해야 할 일이라면, 인기는 광고와 맞물려 있다는 생각을 떨치고 기사를 썼다. 어이, 담당. 광고부 사람들은 인기를 그렇게 부르곤 했다.

「많이 막히네. 이놈의 차들, 다시 십부제를 하든가 해야지」

「십부제 할 땐 많이 달랐죠?」

올림픽을 앞두고 십부제를 실시할 때, 지하철을 타고 다녔던 인기는 실감할 수 없었다. 그러고 보니 그때는, 온종일 지하에서 일하고 지하로 다녔구나. 아직도 많은 사람들이 그러겠지.

「그땐 그랬죠. 게다가 요즘은 차가 하루가 다르게 쏟아져 나오니. 그런데, 이인기 씬 차 안 사요?」

「저야, 아직 면허도 없는데요」

「아니, 그런 구석기 시대적인 사람이 아직도 우리 회사에 있단 말예요?」

그는 과장스럽게 눈을 치켜뜨며 웃었다. 인기보다 두세 살 위일 그는 신방과 출신이었다.

막, 서울 시내 간선도로의 교통 상황을 알리는 방송을 듣고 난 그가 테이프를 데크에 넣었다. 이거 한 번 들어볼래요?

나나나나, 코러스가 깔리고, 음유시인으로 불리던 가수의 낮은 읊조림이 그 위에 겹쳤다. 맞벌이 영세 서민 부부, 아버지는 경기도 부천의 직장에, 엄마는 합정동에 파출부로, 어린 오누이를 방에 두고 밖에서 방문을 잠그고 일 다니는데, 오누이가 불장난을 하다가 타죽고……. 이어, 노래가 흘러나왔다.

　……

　성냥불은 그만 내 옷에 옮겨 붙고
　내 눈썹 머리카락에도 붙고
　우리 놀란 가슴 두 눈에도 훨훨……

가수의 장중한 노래가 한 소절 끝나면 아이의 애절한 목소리가 끼여들고, 인기는 갑자기 팔에 돋은 소름을 가만히 쓸었다.

「무슨 노래죠?」

「왜, 언젠가 지하방에 갇혀 죽은 아이들이 있었잖아요, 불이 나서. 엄마 아빠가 맞벌이 하느라 밖에서 문을 잠그고 나간 사이. 그 애들을 추모해서 만든 노래라는데, 후배가 들어보라고 놓고 내렸

224

어요. 그대로 두었다가 어느 날 운전하면서 틀었는데…… 듣다보니, 참을 수가 없어서, 눈물이 쏟아지는데, 참을 수가 없어서」

무두질하듯 가슴을 저미는 노래는 계속되고 있었다. 인기는 슬머시 고개를 돌려 어둠이 깔린 창 밖을 보았다. 차창엔 빨간 불빛들이 점점이 떠 있다. 완만하게 굽은 차창에, 맞은편 차선에 들어찬 차의 브레이크등이 얼비친 것이리라. 한 남자가, 울었다는 이야기를 하고 있구나.

생전 눈물이라곤 보이지 않을 것 같던 두형 엄마의 눈에 눈물이 비친 건, 불이 다 꺼진 다음이었다. 두형 아빠가 그토록 애지중지하고, 그래서 자기가 또 그토록 미워하던 은행나무가 까맣게 그슬린 채 잎이 다 없어진 걸 본 두형 엄마는 그 타버린 나뭇가지를 쓸어내리며 흐느낌 한 올 없이 조용히 울었다. 말 그대로, 문살이 녹아 흐르는 듯한 울음이었다. 누전이었고, 좁은 통로에, 합성섬유 실에서 나는 연기로 진화는 엄두도 못 내고 불길이 스스로 잦아들기를 손놓고 기다려야 했다.

「이담에, 다들 잘 되어 만났으면 좋겠어요」

보험에도 안 들었다던데, 문을 닫던 날, 어떻게 마련했는지 모를 봉투를 내밀며 두형 엄마는 그렇게 말했다. 이담에, 잘 되면. 간절한 바람과, 그 바람이 이루어지기 힘드리라는 현실감이 어린 말. 인기가 공장에 들어간 지 6개월 되던 때였다.

그러나, 그뿐이다. 진혼곡 같은 노래에 저도 모르게 쏟아지는 눈물을 닦고, 광고주와의 고스톱판에 뛰어들어 적당한 재미를 가감해 가며 잃어주기도 하고, 룸살롱에 가서 그들의 화대를 지불하는 일상은 변함없다. 공장이 문을 닫자, 망설이던 인기가 다시 공장에 들어가지 않고 펜대 굴리는 직업을 갖듯이. 세상의 운행 속도에 발맞추느라, 언젠가 울었던 기억은 묻어두고.

「갈 곳은 정했어?」

「알아보고 있는 중이에요. 내려간 사람들도 있고, 친구들 고향도 알아보고. 땅이 넓으면 흑염소를 치는 것도 괜찮겠고, 특작은 어떨까 싶고요. 우루과이라운드에도 타격을 받지 않을 만한 걸로. 하지만 우선 내려가서, 흙을 만져보고 그 생태를 익히는 게 순서일 것 같아요. 서두르지 않으려 해요. 하루 이틀 할 일도 아니고. 선배, 같이 갈래요?」

「글쎄, 아직은……」

다음달 마감 이후, 상윤은 모습을 나타내지 않았다. 상윤의 자리는 다른 사람으로 메워졌고, 사람들은 가끔 상윤에 대해 언급하다가 잊어갔다.

상윤이 전화로 안부를 전해 온 건 지난해, 가을이 깊어가던 무렵이었다. 장수에 와 있어요. 장수무대 출연할 나이가 되기 전에 한 번 출연할 기회를 줄 테니 내려오세요.

「이렇게 혼자 지낼 생각이니? 농경사회에서 살려면, 농경사회의 전통적인 방식으로, 남부여대하면서 사는 게 바람직할걸」

「그런 걸 두고 사돈 남말 한다고 하는 거예요, 형. 하지만 혼자 지낼 만해요. 이삼 년, 일에만 신경쓸래요. 밭에 나가면 찬은 수두룩하고. 가끔, 고도에 떨어진 느낌이 들긴 해요. 하지만 사람 속에서의 외로움보다는 나아요. 자연이 벗이 된다는 말, 진부한 것 같지만 진리더라구요」

인기는 상윤을 도와 고추밭의 풀을 뽑고, 저녁거리로 풋고추를 몇 개 땄다. 상추도 뜯고, 인기가 사간 삼겹살을 굽기 위해 파도 저몄다. 읍내에 나갔다던 화가가 돌아온 것은, 상윤이 뜸을 들이기 위해 밥솥의 불을 줄였을 때였다.

「이제 오세요. 차시간 되었겠다 싶었는데」

「예, 어, 오신다던 선배세요? 먼길 오시느라 힘드셨지요?」

긴 머리로 한쪽 볼을 덮다시피 한 사람이 손을 내밀었다.

거기가 어디였더라

〈거기가 어디였더라……〉

윤씨는 문득 걸음을 멈춘다. 이제껏 잊었던 무릎이 다시금 쑤셔 온다.

〈비가 오려나〉

윤씨는 하늘을 올려다본다. 하늘은 건물들의 모서리로 조각나 있다. 대신 길 옆의 건물들 벽이 눈을 어지럽힌다.

〈뭐 하려구 이렇게 집들이 많담. 하긴 이 많은 사람들이 살려니까 많기도 많아야 하겠지만……〉

자신이 실없다는 생각에 피식, 웃음이 나온다. 남 걱정할 때가 아니다. 그러나 하늘이 돌아가는 형편이 궁금하다.

〈비가 오려나……〉

윤씨는 고개를 더 뒤로 젖힌다. 부얘진 하늘이 보인다. 저녁이 가까웠는지, 하늘빛은 이내가 낀 듯 검푸르고 뿌옇다. 천천히 고개를 내리는데 길을 안내하는 이정표가 보인다. 글씨를 읽기엔 윤씨의 눈이 너무 어둡다. 사거리인 듯, 길이 사방으로 뻗쳐 있다.

〈발 달린 짐승이 어딘 못 갈까〉

잊었던 무릎이 다시 쑤셔온다. 그런 소리 말라는 듯이. 윤씨는 얼굴을 찌푸리며 아야, 주저앉는다. 통증은 송곳으로 파고들어 오는 듯 사정없다. 저절로 달려간 손이 어루만지지만 어림도 없다. 치마를 걷어올리고, 속바지를 걷어붙이고 맨살에 손을 댄다. 무릎에 닿는 손바닥의 감촉이 깜짝 놀랄 만큼 차다. 무릎뼈를 손으로 쓸어 온기를 만들어낸다. 뼛속에 찬물이 흐르고 있다. 그 흐르는 물줄기의 시림에, 윤씨는 몸을 떤다. 시린 물이 흐르다 굽도는 팔꿈치며 무릎이 아려서, 손으로 주무른다. 매끄러운 무릎뼈가 이물스러워서, 윤씨는 스르르 손을 거두어들인다.

〈은용아〉

윤씨는 속으로 불러본다. 은용이가 주물러주면 시원할 텐데, 은용이가 어디 갔지? 참, 제 오빠네 집에 있겠구나. 오늘 저녁에 거기로 온댔으니까.

은용이를 볼 생각에 새삼 기운이 솟은 윤씨는 몸을 일으켜 걷는다. 따뜻한 은용의 손바닥을 생각하는 것만으로 무릎이 나아진 건 아니지만. 은용과 함께 목욕 갔을 때, 물 속에 잠겼을 때의 따뜻함이 그리워진다.

때로는 간지럽다고 때로는 너무 세게 밀어 아프다고 윤씨가 말해도 아랑곳하지 않고 은용은 때를 벗기곤 했다. 다 자란 딸의 손끝이 지나는 자리마다 비늘처럼 돋던 충족감을 윤씨는 잊을 수 없다. 죽데기 같은 피부, 도자기의 개편열처럼 갈라진 살갗이 생선의 비늘로 변하는 듯하던. 그때가 언제였던가. 따님인가 보우. 참 자상하기도 하지. 옆에서 혼자 목욕하던 노인네가 부러워했지.

정작 제 몸은 제대로 닦지 못한 은용은 물기 마른 몸에 기름을 칠해 줄 때마다 말하곤 했다.

「울 엄마, 참 곱네요」

그때 본 딸의 젖가슴은 납작했다. 날 닮아서 그래. 그래도 이 젖으로 5남매를 키웠으니. 5남매뿐인가. 잃은 아이들은 어떻고. 젖도 못 물려보고 잃은 애도 있지만. 은용이도 결혼하면 좀 커질 거야. 누구한테 짝을 채워준다지? 마음이 무던하고 제것 남주기 좋아하는 애니, 사내라도 야물어야 할 텐데. 아이고, 나 좀 봐라. 은용이 시집 보낸 게 언젠데 짝 채워줄 궁리를 하다니. 술이 참 잘 되었다고 사람들은 칭찬이 자자했지. 예식장으로 가는 버스 안에서 벌써들 마셔대기 시작했으니. 가만, 은용이 신랑이 누구지? 그런데 은용이가 왜 여태 나랑 같이 살지? 그럼 그 술은 누구 결혼 때 한 술이더라. 윤씨는 아리송해진다. 아리송해지자, 머리가 흔들린다. 머릿속에서 무언가가 출렁거리는 것 같다. 눈앞이 아물거린다.

〈그런데……, 어디로 간담?〉

어느새, 사위가 스름스름 낯설어졌다. 길가의 가게에서 불빛이 휘황하게 뻗쳐 나왔다 그 불빛이 눈을 찌른 것도 아닌데 윤씨는 아야, 눈살을 찌푸린다.

사거리가 나타났다. 신호가 바뀌었는지 사람들이 우르르 길을 건넌다. 윤씨도 따라서 종종걸음을 친다. 길을 건너고 나니 또 다른 신호등이 파란색으로 바뀐다. 사람들은 또다시 건넌다. 윤씨도 종종걸음을 친다.

오시시, 몸에 소름이 돋는다. 엷은 블라우스는, 환절기의 바람엔 허술하다. 낮 동안 걷느라 등을 촉촉히 적셨던 땀이 어느결에 말랐는지 간데없다. 나무들의 형체가 거뭇거뭇하다. 지난해, 윗부분을 잘라낸 나무들이다. 파릇한 잎을 단 잔가지가 가느다랗게 뻗어 나왔지만, 뭉툭하게 잘린 큰 줄기를 가리지 못한다. 나무는 뿌리를 하늘로 벋으려고, 머리를 땅에 박은 것처럼 보인다. 허공에 떠 있는 뿌리는 불안해 보인다.

〈너희도 참 불쌍타. 어쩌다 이런 도시 한복판까지 와서 제대로 숨도 못 쉬고 사느냐〉

윤씨는 그 나무들이 안쓰럽다. 보나마나 먼지가 부옇게 앉았을 것이다. 제대로 꽃이나 피울건가. 흙이라고는 눈 씻고 찾아보아야 찾을 수 없는 서울이 뭐가 좋다고, 이런 나무까지 올라와 제대로 자라지도 못하는지.

〈그래, 나도 좀 쉬자〉

윤씨는 쉴 곳을 찾아 주변을 휘휘 둘러본다. 길가로 열린 문이 있고 그 안에 아파트가 들어선 곳, 어느새 켜진 가로등 아래 의자가 놓여 있다. 입구의 경비실에서 저녁을 먹는 경비원의 눈을 피하며 윤씨는 아파트 단지로 들어선다. 빙빙 돌다가, 덩굴장미가 핀 곳에서 발길이 멎는다. 빨갛게 핀 장미가, 어슴푸레한 기운 속에서 함초롬하다.

〈참 곱기도 하지〉

윤씨는 손을 뻗어 장미를 꺾는다. 아야, 가시가 손을 찔러서 찌푸린다. 연한 가지가 툭 꺾이며, 장미 한 송이가 윤씨의 손에 들어온다. 곱기도 하지. 하늘거리는 장미잎을 손으로 쓸고, 꽃송이를 코에 대어 냄새를 맡아본다.

〈예쁜 꽃이 이렇게 향기롭기까지 하니, 가시라도 지니고 있어야지 손을 덜 탈거라. 사람도 그래, 예쁘면 손 타게 마련 아닌가〉

어지럽다. 윤씨는 어린이 놀이터 앞의 외진 의자에 몸을 부려놓는다. 다리가 저릿저릿해지며, 추위와 허기가 덤벼든다.

〈사람이 허공에서 사니 그 마음이 얼마나 허황할까. 땅기운도 못 받고〉

쓸데없는 걱정이 치민다. 아파트에 사는 윤기네 집에 갈 때마다 속이 울렁거리고 머리가 아팠다. 흙 냄새를 맡지 못하고 사니 그럴 것이다.

「송이야, 송이야!」

머리 위에서 들려오는 소리에 윤씨는 깜짝 놀란다.

「너 안 들어올 거야!」

앙칼진 목소리다. 윤씨는 소리가 나는 곳으로 고개를 돌린다. 등 뒤, 까마득히 높은 곳에서 윗몸을 밖으로 내민 사람 같은 것이 보인다. 구석진 그네에 혼자 앉아서 흔들흔들거리던 아이가 달랑 몸을 그네에서 떨어뜨린다.

넘어질라, 윤씨는 몸을 일으키려다 아야, 주저앉는다. 무릎이 시리다 못해 뻣뻣하다. 아이는 힐끗, 윤씨를 한 번 보고 쪼르르 달아나 버린다. 어둠 속에서 반들거리며 쏘아보는 눈빛이 윤씨를 주춤하게 만든다. 낮에 본 아이들이 그 위에 겹친다.

발밤발밤 걸어나온 윤씨가 무심코 와 선 버스에 올라탔다 내려서 널찍하고 한적한 길을 걸어갈 때였다. 큰길에서 비껴나선지 꽤 고즈넉한 곳이었다. 그 정밀을 깨뜨리고 갑자기 〈퍽!〉 하는 소리가 났다. 윤씨는 그 소리를 좇아 고개를 돌렸다. 가게 앞에 대여섯 살쯤 먹은 사내애와 계집애 두 명이 병을 들고 있었다. 사내애가 던진 병이 깨지는 소리였다. 사내애의 뒤를 이어 계집애가 제 손에 들린 병을 내던지더니 발로 자근자근 밟아 깨뜨렸다. 밟기엔 너무 크다고 생각되는 유리조각을 다시 집어 내던졌다.

〈저런, 다칠라!〉

큰 유리조각을 골라 집으려고 구부린 그애의 등을 보며, 금방이라도 생생한 피를 보게 될 것만 같은 두려움에 윤씨는 길 가던 것도 잊고 그애에게 다가가 몸을 일으켰다. 그러나 그애는 윤씨의 제지에도 윤씨의 얼굴을 빤히, 빙글빙글 웃는 얼굴로 쳐다보며 발끝에 힘을 주어 유리를 밟을 뿐이었다. 윤씨는 와락, 겁에 질렸다. 그 어린 계집애의 눈을 빛나게 한 것은 어린애 특유의 악의였다. 서둘러 그 자리를 떠나고서도 두려움으로 황황해진 마음은, 길을 걷다가 어디에 흘렸는지 잊고 있었다. 윤씨의 눈속을 빤히 들여다보는 듯하던 그 눈.

그 눈을 생각하며 윤씨는 몸을 흠칫 떤다. 아이가 떠나버린 그네가 맥없이 흔들거린다.

〈너도 꼭 내 꼴이로구나〉

윤씨는 그네를 보며 뜻없이 고개를 주억거린다. 뱃속에서 쪼르륵 소리가 난다. 윤기 처가 지금쯤 저녁을 해놓고 기다리고 있을 텐데…….

「할머니, 거기서 뭐 하세요?」

윤씨는 펄쩍 뛰듯이 일어선다. 순찰을 돌던 경비원이 수상쩍다는 얼굴로 다가온다. 어둠 속에서 검푸르게 보이는 제복, 윤씨는 두렵다.

「그냥, 바람 좀 쐬느라고요」

위해의 기미를 감지한 어린 동물처럼, 윤씨는 경비원에게 수상쩍게 보이지 말아야 한다는 걸 본능적으로 깨닫는다.

「몇 동 몇 호에 사세요?」

「저기요」

윤씨는 손으로 저 뒤편을 가리킨다. 아마 며느리하고 뭔가 속상한 일이 있었던 게지. 아파트에 사는 젊은 여자들의 행티를 대강 꿰고 있는 경비원은 더 묻지 않고 가버린다. 제복은 겁은 났지만, 그나마 사람 기운이 가셔버리자 윤씨는 더 외롭고 춥다. 비척거리며 일어선다. 어젯밤도 한데서 보낸 몸이, 밤기운을 알아채고 움츠러든다.

〈어디로 간다지〉

아파트 건물을 돌아나오려는데 문득 발치가 따뜻해진다. 그 온기가 반가워 윤씨는 그 자리를 떠나지 못한다. 밤중엔 선선한 기운이 제법 도는 때라선지, 아파트 지하에서 김이 뭉글뭉글 솟아 나온다. 난방을 하는 기관실이다. 그 온기의 정체를 알 리 없는 윤씨지만, 추위 속에서 떨던 몸이 저절로 그리로 가는 길을 찾는다. 건물을 끼고 빙 돌자 지하로 내려가는 계단이 나온다. 계단은 어둡다. 발을 헛디딜까 저어해 벽을 더듬으며 윤씨는 그 계단을 내려간다. 손잡이를 돌리자 문이 열린다. 위위위잉, 시커멓게 형체를 드러낸 파이프, 그리고 쇳내, 어딘지 모르게 익숙한 냄새다. 윤씨는 발치를 더듬어가며 들어간다. 기름에 전 기름걸레 냄새 같은 게 난다. 하지만 따뜻하다. 아무렇게나 바닥에 앉는다. 우두둑, 굳었던 뼈마디가 풀리는 소리. 해묵은 뼈들이 달그락거리는 소리.

〈내 뼈는 모두 노랗게 변해 버렸을 거야〉

까닭모를 확고함으로 윤씨는 그렇게 믿는다. 이제 곧 조해되어, 간수처럼 방울방울 떨어져 내리고 나면, 아무것도 남지 않고 스러질거라. 나중에, 나 있던 자리에서 사람들은 담뱃진 같은 누런 흔적을 찾아내고 어리둥절해질 거야.

견딜 수 없이 담배가 피우고 싶다. 윤씨는 어둠 속에서 익숙해진 손으로 호주머니를 뒤져본다. 성냥이 짚일 뿐, 담배는 다 태우고 없다. 속에 든 가뭄으로, 내장이 도르르 말리는 것만 같다. 입 안쪽이 아파온다.

잇몸이 부었는지, 틀니 안쪽의 잇몸이 욱신거린다. 처음엔 그저 욱신거리더니 점점 홧홧해진다. 혀끝으로 틀니 안쪽의 잇몸을 가만 핥는다. 통증이 심해지며 목이 마르다. 어디서 와서 어디로 가는 건지, 지금 어디에 있는 건지, 윤씨는 잊었다. 잇몸의 통증이 윤씨를, 시공을 넘어선 곳으로 데려간다.

윤씨는 공장에 있다. 저녁 무렵이다. 공장은 텅 비어 있다. 낮 동안 웅웅거리던 기계들도 차갑게 식은 쇳덩어리일 뿐이다. 뒤편 빈터에, 쓰다버린 쇠토막들이 어지러이 쌓여 있다. 쇠토막들은, 소용만큼 오려 쓰고 난 뒤라 날카롭다.

공장과 붙은 옆집에선, 아이들이 밥을 먹으며 무어라 떠드는 소리가 어렴풋이 들려온다. 남편은 오늘도 밖에서 술을 마시는 모양이다. 술을 마시고 난 뒤에도 꼭 돌아와 밥을 찾는 남편을 위해 윤씨는 잘 말린 북어를 다듬잇돌 위에 놓고 방망이로 두들겨 펴 가시를 빼곤 했다. 하지만 오늘의 북어국은 윤씨 자신을 위한 것이다. 낮에, 오래 욱신거리던 어금니를 뽑은 것이다.

모루는 풀무 곁에 있었다. 윤씨는 종이를 풀어 이를 꺼내놓았다. 희끄무레한 불빛 아래, 이미 숨 다한 이는 천연덕스러웠다. 망치를 들어, 전신을 불에 달군 듯하던 통증과 전혀 상관없어 보이는 이를 내리치는 순간, 월경을 할 때가 지났다는 깨달음이 퍼뜩 스쳤다. 멈칫했지만, 관성을 탄 망치는 탁, 가볍고 경쾌한 소리를 내며 모루와 맞닿았고, 퉁겨날 듯하면서 이는 바스라졌다. 그때서야 윤씨는 알았다, 왜 전에 없던 극성을 저지르는지를.

그날, 술에 취해 밥상을 엎었던 남편은 잠들었다가 윤씨를 끌어

당겼다. 그러잖아도 아프던 이에, 밥상머리에서 벌였던 남편의 익
숙한 광포함에 더 욱신거리던 이 때문에, 몇 번이고 찬물을 옹물고
잠들지 못한 윤씨였다. 자다 깬 남편에게 그걸 알릴 틈도 없었다.
이 이를 뽑아야지, 뽑아야지 하면서 윤씨는 옷을 벗기웠다. 그
날, 그 통증과 더불어 뽑힌 이였다. 지붕 위로 던져 그 이의 기억
을 가지고 살 마음이 없었다. 그때 그애가 윤기였던가 정기였던가.
　기억이 생생해지면서 잇몸의 통증이 더 심해진다. 윤씨는 몸을
웅크린다. 밋밋한 무릎뼈가, 맥없이 우그러붙은 가슴에 닿는다. 그
러다가 모로 쓰러진다. 여기가 어디더라. 웅웅, 보일러 돌아가는
소리가 아득하게 들려온다. 잠 속으로 빠져드는 윤씨에게 그 소리
는, 자기 집 공장에서 들려오는 소리다.
　아침이다. 햇발이 퍼지자 밤내 오그라붙었던 마음도 펴진다. 윤
씨는 다시 벤치에 나와 앉아 있다. 아무 생각이 없다. 아파트 앞, 집
채만한 야산에 초록 차일 같은 게 쳐져 있고, 통통, 공 튀는 소리
가 들리고, 하얀 옷을 입은 사람들의 윗몸이 초록 휘장 위로 솟는
걸 무심히 보고 있던 중이다.
「할머니, 댁이 어디세요?」
　윤씨는 가까이에서 묻는 소리에 화들짝 놀란다. 서른 갓 넘었
을까, 은용이와 얼추 비슷해 보이는 연배의 여자가 묻고 있다. 어
제부터, 놀라고 황망스러워 오그라들었던 윤씨의 마음이 조금 풀
린다. 제복을 입은 경비원이 아니라는 것에 우선 안심한 윤씨는 대
답한다.
「나 말요? 저어기요」
　윤씨는 손을 들어, 막연히 저 먼 곳을 가리킨다.
　여자는 살그마니 곁에 앉는다. 털썩 앉으면 윤씨가 달아날까봐

236

겁내는 듯하다. 여자의 눈길이 조심스럽게 윤씨를 훑고, 여자의 눈길을 의식한 윤씨는 수줍어져서, 〈佛〉자가 돋을새김된 금반지를 만지작거린다. 옷에 때가 앉은 것도, 냄새가 난다는 것도 깨닫지 못한다. 하지만 단화 위에 신은 양말이 걸린다. 때가 앉아서 회색이 되어버린 양말. 여자는 윤씨가 손바닥에 소중하게 감싸쥔 장미꽃에 눈을 주며 묻는다.

「이 아파트에서 사세요?」

「아뇨. 저기, 한천이라고, 거기 살아요」

「그럼 서울엔 어떻게 오셨어요?」

「저기, 우리 작은아들네가 저 너머인데, 거기 오느라고 왔지요」

윤씨는 다시 손을 들어 막연히 먼 곳을 가리킨다. 아까 가리킨 곳하고 방향이 다르다. 이런들 어떻고 저런들 어떠랴. 모로 가도 서울만 가면 되지. 그런 얼굴이다.

「그런데, 이 동넨 웬일로 오셨어요?」

「그냥, 오다보니까 오게 됐어요」

여자가 차고앉아 물으려 드는 것 같다. 윤씨는 조금 도사리며 대답한다.

「아침 식산 하시고 나오셨어요?」

윤씨는 말이 없다. 아침을 먹었는지 안 먹었는지, 생각해 보려는 것이다. 밥을 언제 먹었더라……. 그 얼굴에서 허기가 드러나는데, 마침 윤씨의 뱃속에서 쪼르르, 물 흐르는 소리가 난다.

「할머니, 식사 안 하셨죠? 저희 밥 남은 게 있는데 좀 드시겠어요?」

「괜찮아요. 무슨……」

윤씨는 손을 내젓는다. 내젓는 손에 힘이 없어 허우적거린다.

「괜찮아요. 저희 집에 아무도 없어요. 한술 뜨시고 돌아가세요」

여자가 이끌려 하자 윤씨는 더럭 겁이 난다. 본능적인 두려움이다. 거세게 도리질한다.

「아니, 아니, 됐어요」

윤씨의 얼굴에 더럭, 겁이 실린다. 그걸 알아보았는지, 여자는 더 권하지 않고 살그머니 자리를 뜬다. 여자가 떠난 자리를 바라보던 윤씨는 무릎을 짚고 일어서려다 그냥 앉아버린다. 머리끝에서부터 기운이 아래로 쑥 내려가는 것만 같다. 막연히 길에 눈을 주고 얼마나 있었는지, 여자가 다가온다.

윤씨는 여자가 쟁반에 받쳐온 밥 한 그릇을 다 먹는다. 늘 고양이밥처럼 조금 먹는 윤씨에겐 조금 많은 양이다. 허기진 뒤끝이라 밥은 다디달다. 따끈하게 데운 보리차까지 마신다.

「잘 먹었네요」

고마움을 달리 표현할 말을 찾지 못한 윤씨는 그렇게 말하며 물컵을 내려놓는다. 쟁반을 챙기던 여자가 조심스럽게 묻는다.

「할머니, 제가 아드님 댁으로 전화해 드릴까요? 전화번호 아세요?」

윤씨는 고개를 휘휘 내저어 보인다.

「괜찮아요. 이제 슬슬 걸어가면 되지. 정말 고맙수」

윤씨는 무릎을 짚으며 자리에서 일어난다. 벤치 위에 놓았던 장미꽃을 집어들면서 여자의 어깨를 손으로 한번 쓸어본다. 고맙기두 허지. 주리는 게 뭔지 알지도 못할 것처럼 곱게 생긴 아낙네가. 그새 보리차까지 데운 걸 보면, 노인네 모시고 사는 데 이력이 난 게야. 그리고 휘적휘적 걷는다. 트림이 난다. 기운이 나는 것도 같고, 노곤해지는 것도 같다.

글쎄, 효기 엄마, 사람 목숨이 국밥 한 그릇에 달려 있더라니
까.

남편의 목소리가 귓전에서 웅얼거린다. 당신 말이 맞수. 윤씨는
어디에 있는지도 모르는 남편을 향해 고개를 주억거린다. 어느 핸
가, 동짓날, 공장 식구들에게 내갈 팥죽을 쑤려고 새알심을 만드
는 윤씨 곁에서 길중 씨가 한 말이 어제인 듯 떠오른다.

「당신하고 결혼하기 전인데, 어느 핸가, 그땐 공사장에서 뜬벌
이 헐 때지. 아, 글쎄, 섣달그믐 밤인데, 일본인 주인이 임금을 안
주고 달아났단 말이지. 그땐 왜놈들이 양력설 쇠라고 해서 몰래 쇠
던 때 아니우? 집에 들어가면 내 손부텀 쳐다볼 게 뻔한데 맨손이
라. 산 사람이야 그렇다 치고, 조상님들 다 굶길 판이거든. 이 일
저 일 지쳐 있던 때라, 그만 죽어버리자 하고 냇가로 갔지. 둠벙이
있었거든. 둑에 앉아서, 이제 엉덩이만 미끄러뜨리면 다 끝나는 거
라. 그런데 엉덩이가 땅에 붙었는지, 떨어지지가 않더란 말이지.
그때, 궁말에 사는 김원길이가, 아 왜 그 희멀쑥한 사람 있잖우.
그때 순사 다녔는데, 자전거 타고 지나다가 플래시를 비추는 거야.
그러더니, 추운데 왜 여기 이러구 있냐구. 다른 때 같으면 구차한
이야기 안할 텐데, 죽기로 작정했으니 못할 말 뭐 있어? 그래, 이
만저만해서 이러구 있다고 했더니, 나를 끌고 가서 술 한잔을 사주
더만. 왜 그땐 술 달라면 국밥이 딸려 나왔거든. 그 국밥 한 그릇
먹고 나니, 산 사람은 살아야겠다는 생각이 들더라고. 사람이 참
얇기도 하지」

자식이 커가면서 수긋해진 남편의 목소리가 귓전에서 은근하다.
젊었을 적, 못살아 그러잖아도 마음 쓰린 친정에서 사람이 오면 남
편은 꼭 티를 내느라 트집을 잡았다. 친정 식구 앞에서 당하는 모

욕은 자식 앞에서보다 더 쓰리고 아렸다.

〈세월 앞에 장사 없다더니, 그저 자식이 울타리지〉

효기를 출산하던 무렵이 떠오른다. 출산한 며칠 뒤였다. 요령소리도 요란한 상여가, 몸푼 윤씨가 누워 있는 움막 같은 상두받잇집에 가까워졌다. 젖을 빨리다 깜빡 잠든 윤씨는 섬뜩한 요령소리에 깼다. 어와 넘차, 곡성이 좁은 방에 절절이 스몄다. 순하게 젖을 빨던 아이가 불현듯 입을 떼더니 자지러질 듯 울었다. 윤씨의 온몸에서 솜털이 하르르 일며 한기가 돌았다. 이상하게도, 상여는 집앞에서 머무적거리는 것 같았다. 요령소리와 아이의 울음소리가 뒤섞여 귀가 윙윙 울렸다. 무슨 일인지, 운신할 수도 없이 애가 바짝 탔다. 기진한 아이가 호르르 떨며 젖을 문 건 상여가 뜨고도 좀 지난 다음이었다.

윤씨의 조바심에 비해 아이는 순탄하게 자랐다. 정작 일이 벌어진 건 그 다음 두 아이들이었다. 가냘프게 울던 아이가 후산을 보기도 전에 숨을 놓았다. 셋째가 탯줄을 목에 감고 나왔을 땐 기함했다. 액기가 들었구나.

「이녀언, 네가 이 집안 들어먹으려고 왔구나. 온갖 잡신 다 달고 왔구나」

만신이 새된 소리를 내질렀다. 가슴에 써늘한 돌이 얹혔다.

시집 오기 전날, 큰어머니라 불리던 분이 돌아가셨다. 딸만 둘 낳은 큰어머니, 대를 이어야 한다고 궁색한 살림에 들인 소실이 윤씨의 어머니였다. 한울타리 안에서 살던 큰어머니는 윤씨를 고르고 골라 가난한 집으로 시집보냈다.

「네 태몽을 내가 꾸었느니라. 흰 호랑이가 품에 뛰어드는 꿈이어서 아들인 줄 알고 니 어미를 받들었더니라. 그런데 아무것도 달지 않고 네가 태어났다. 계집이 얼마나 팔자가 세면 호랑이 태몽을 꾸게 했을까. 너같이 팔자 센 아이는 지지리 가난한 집으로 가서 살아야 한다. 그래야 네 마음바닥 들여다보고 살고, 남 해치지 않는 법이다」

귀따갑게 말하던 큰어머니는 정말 그대로 했다. 곱살한 얼굴, 수줍은 성정을 산 이웃 마을에서 온 혼담도 물리치고, 서발 막대 휘둘러 걸릴 것 없는 길중 씨네로 시집을 보냈다. 생모는 눈이 붓도록 울었지만, 권한은 없었다.

〈참 어두운 세월을 살았지〉

그 큰어머니는 윤씨의 혼삿날을 하루 앞두고 관격이 들어 돌아갔다. 혼사를 물리거나 늦출 형편이 못 되었다. 가난한 집안의 서출, 팔리듯 초례도 없이 가는 시집이었다. 쉬쉬하는 집안에서 신랑은 수상한 기운을 감지하지 못했다. 그런데.

윤씨는 만신 앞에서 대를 잡힌 채 그저 빌었다. 큰어머니, 저를 살려주십시오.

「이러다 대 끊기겠구나」

대 이을 효기는 이미 잘 자라, 도톰한 볼로 굿거리 구경에 넋이 팔려 입을 헤벌리고 있는데도 시어머니는 복장을 질렀다.

「알토란 같은 자식을 둘이나 잡아먹고도 뭐가 아쉬워 못 나가는 거냐. 썩 물러가지 못할까!」

만신의 칼이 윤씨의 가슴팍을 겨누었다. 윤씨는 거리로 내쫓겼다. 집으로 기어들었다. 그만 가십시오, 큰어머니. 절 살려주십시오.

혼미한 기력으로 대잡히며 세번째 기어들었을 때에야 만신은 칼을 비꼈다. 부기가 가시지 않은 육신 마디마디에 이는 고통쯤은, 피멍 든 마음에 비하면 아무것도 아니었다.

〈널뛰기도 그런 널뛰기가 어디 있을라고〉

시집살이는 널뛰기나 다름없었다. 널 위에서, 남편은 부모를 부축하며 안전하게 바닥에 닿아 있었고, 윤씨는 마음 둘 곳 없는 한 줌 검불의 가벼움으로 치솟아올라, 현기증 나는 세월을 감당했다. 높은 데 홀로 선 막막함. 떨어지면 안 된다는 생각으로 발끝에 힘을 주며 견뎠다. 한바탕 어지러운 꿈결 같은 세월을 비집고 태어난 아이들이 미적미적 엄마 곁으로 다가섰고, 아이들의 따순 무게로, 윤씨는 비로소 현기증 나는 곳에서 하강할 수 있었다. 아이들이 주던 소소한 즐거움의 기억을 양손에 쥐고 아끼며, 단맛 핥는 아이들처럼 조금씩 음미했다. 그런데……, 윤씨는 아득한 곳을 헤매는 눈이 되었다.

콜록콜록, 매운 공기가 윤씨의 기도를 긁는다. 콜록콜록, 그런데, 그때, 한밤중에, 문을 때려부순 건 누구지? 방바닥에다 칼을 메다꽂아 가슴이 철렁하게 한 건 누구더라.

「너, 이러지 마라. 너, 이러면 못쓴다」

그 팔에 매달리면서 윤씨는 잠꼬대처럼 중얼거렸다. 네가 지금 무슨 짓을 하고 있는 줄 알기나 하냐. 아들의, 홱 돌아버린 눈을 마주 보지도 못한 채 윤씨는 헛손질하듯 말을 흘렸다. 입이 얼어서 말이 힘없이 새어 나왔다. 내 뱃속에서 낸 자식인데 어찌 저리 낯설까. 돌아버린 눈, 그 눈은 아무것도 들이지 않는 눈, 제정신을 잃은 눈이었다. 정작 정신을 놓은 건, 그 눈을 본 윤씨였다. 멍든 마음이 아래로 피를 쏟는 줄도 모른 채였다. 그러기를 몇 번이던가.

와그르 깨진 유리창이 보이고, 뚝뚝 피흘리는 팔뚝이 보이고, 푸릇푸릇 멍든 얼굴이, 기억이, 갈가리 금간 유리창 너머에서 조각

난다.

그게 효기던가, 윤기던가. 가만, 걔들이 무슨 일이지? 걔들
이, 어서 걔들한테 가봐야 할 텐데.

윤씨는 허둥거린다. 허둥거리다, 높이가 어긋난 보도블록을 밟
고 길바닥에 쓰러진다.

길 위의 집

　택시 안의 전자시계는 오 분 전 한시를 가리키고 있다. 내일자 조간의 광고 마감 시각은 한시였다.

　중앙선에 붙어서 달려가던 운전사는, 저만큼 앞쪽 사거리의 신호가 끊어진 틈을 타서, 차를 홱 돌려 텅 비어 있는 반대편 차선으로 들어섰다. 신호가 바뀌기 직전에 사거리를 통과해 맞은편에서 달려오던 차들이, 저거 미친놈 아냐, 입까지 벌리고 황급히 비켜 갔다. 그러거나 말거나, 운전사는 이리저리 피해서 신문사 앞에다 차를 세우더니 씩, 웃었다.

　「고맙습니다. 그런데……」

　고마운 마음 반, 염려 반으로 말끝을 흐렸을 때, 한때 신문사 차를 몰았다는 운전사는 여유만만하게 웃었다.

　「괜찮아요. 신문사로 들어가는 거 봤으니까요. 뭐 급한 기사 때문인 줄 알겠죠. 늦기 전에 들어가봐요」

　「고맙습니다」

　걱정이 어린 운전사의 눈길에서, 어려울 텐데라는 속마음이 읽했다. 그나마, 날이 갠 것만도 다행이었다.

어제, 오후 내내 주변을 돌아다니다 왔다는 은용은 그 큰 눈이 더 커져, 퀭했다. 어스름이 깔리고, 이상한 습기가 느껴져 인기가 연 창문에서 빗발이 가늘게 듣는 걸 보더니, 은용은 올케를 도와 밥솥에서 밥을 푸다가 끝내 주걱을 떨어뜨려 버렸다. 하얀 밥풀이 묻은 주걱이, 싱크대의 가장자리를 치며, 갈색 싱크대에 몇 톨 묻히고 바닥에 떨어졌다. 은용은 입을 틀어막고 싱크대 앞에 주저앉았다.

「잘 참았잖아. 지금 누나가 이러면 아버진 어떡해」

인기가 삭정이처럼 여윈 은용의 어깨를 감쌌을 때, 은용은 거실의 길중 씨에게 들키지 않으려 다용도실로 몸을 옮기며 그랬다. 어제 아침, 엄마 봄내의를 벗으시게 했어. 날이 이렇게 추워지는데……

낮이어서 아직 봄볕은 따사로웠다. 건물 안으로 들어서자 서늘한 기운이 확 끼쳤다. 광고 접수대로 가면서 인기는, 오늘밤 윤씨가 머물 자리에 대한 근심을 애써 지워버린다. 아직은, 아직은 낮이었다.

「문안은 준비해 오셨나요?」

인기는 광고 서식에 준비해 온 문안을 옮겨 썼다. 윤경희, 67세. 연회색 블라우스, 진갈색 치마. 위의 사람을 보신 분은 연락 바람. 후사함. 그리고 사진. 갸웃한 고개와 먼 곳을 보는 듯한 안정. 여기가 어디지, 이게 무슨 일이지라고 묻는 듯한. 아, 어머니.

영수증을 받아들고, 인기는 공중전화로 윤기네 집으로 전화를 했다.

「여보세요」

효기다. 조심스러운 기대가 누출되는 목소리.

「저 인긴데요. 연락 없었죠?」

「그래. 어디냐?」

「신문사예요. 조간 광고 넣었어요. 을지로에 들러 전단 찾아가지고 갈게요」

「그래, 알았다」

「식구들 다 있어요?」

「다들 찾아본다고 나갔다」

「연락 오면, 들어와 있으라고 하세요. 전단부터 붙여야죠」

택시 안에서, 인기는 전단을 어디에 붙여야 할지 생각해 본다. 182 신고 센터엔 사진이 필요없다고 했고, 파출소 앞의 벽보판, 윤기 형네 아파트 근처의 벽이나 전신주. 하룻밤새 멀리 가셨을 수도 있지만, 우선 아파트를 중심으로, 사람들이 많이 모이는 곳, 교회, 학원, 쇼핑센터⋯⋯. 그런데, 이 전단을 다 쓰기 전에 어머닐 찾을 수 있을까.

전단을 몇 장이나 만들 것인가, 이야기가 나왔을 때, 정기는 어떻게 될지 모르니까 되도록 많이 만들자고 했고, 효기는 우선 돌릴 만큼만 찍고 필요하면 나중에 더 찍자고 했다. 은용이 가장 적은 숫자를 제시한 것은 뜻밖이었다. 그건, 그만큼의 전단만 소용에 닿고, 그 전에 어머니를 찾았으면 하는 기도일 것이다.

윤씨의 가출 소식을, 인기는 농장에서 들었다.

일과 유희가 하나 되는 노동, 자연을 훼손하지 않는 경작, 공동 생산 공동분배를 기치로 한 농장을 소개해 준 이는 상윤의 집에서 만난 화가였다.

「한동안, 그런 생각을 했어요. 내가 그때 그 충격으로 색맹이라도 되었더라면, 그림을 못 그려도 좋으니, 그렇게라도 되었더라면 얼마나 좋을까. 그날, 눈앞에서 머리가 깨져 피를 흘리는 사람을 보면서 무슨 생각을 했는지, 나중에야 깨달았어요. 사람 몸에 저렇게 많은 피가 들어 있다니. 인체의 몇 퍼센트가 물이라는 말은 사실이구나」

인기는 무표정하게 말하는 화가를 멍한 눈으로 보았다. 여기서도 광주를 만나는구나.

「이형, 아무리 아파도 싸우지 못하는 사람이 있어요. 슬픔을 날아가는 돌로 치환시킬 수는 없는 사람들, 그냥 돌아서서 슬퍼하는 사람들. 남들이 다 떠난 자리에 그들은 가장 오래 남아 슬퍼하죠. 오직 슬퍼하는 것만이 자기 몫이라는 듯이」

그러면서, 한 달 단위로 시간을 보내는 일에 익숙해지고, 그 익숙함이 오래 입은 옷처럼 몸에 붙어가고, 지금 아니면 영영 못 떠나리라는 의구심이 들어 이곳을 찾았다는 인기의 말에, 화가는 농장을 소개했다. 이렇게 사는 사람들도 있어요.

농장의 이곳저곳을 안내해 주며, 농장에 식구로 들어오기 위해 밟을 절차들을 들려주는 청년에게, 인기는 물었다. 여기서 살다 나가는 사람은 없나요?

「왜요? 여럿이 모여 사는 데 뜻이 한결같을 순 없지요. 우리 이야긴 아니지만, 아이스크림 때문에 깨진 공동체도 있다던데요? 자기 아이한테만 사준 아이스크림 한 개 때문에」

양계장, 우사, 아이들의 놀이방을 두루 보고, 농장 입구에 있는 사무실로 돌아오다가, 통통한 몸을 재우치며 달려가던 아이를 보았다. 아이는 인기를 보자 오뚝 섰다. 손에 든 강아지풀을 도르르 돌리며, 고개를 꼬면서 아이는, 인기를 보며 말했다. 아빠……

그리고 얼굴이 발개져서 달려나갔다. 쥐불 든 깡통처럼 강아지 풀을 휘휘 저으며. 빨간 운동화의 흙묻은 밑창이, 웃음처럼 인기의 마음에 무늬를 놓았다.

「참, 그 얘길 안 했군요. 아이들에게 어른 남자는 아빠, 어른 여자는 엄마지요. 낮 동안 부모와 떨어져서 지내서 그런가봐요. 처음엔 제대로 알려줘야 하지 않을까 했는데, 자라면 저절로 구분하게 되려니 싶어서 굳이 바꿔주지 않았어요. 내 아이가 아니라 우리 아이라는 의미도 있고. 〈내 아이〉라는 소유 의식 때문에 많은 문제들이 생겨나잖아요? 소유하려 하니까 한쪽에선 소유당하지 않으려 하고, 그러니 부모 자식 간에 싸움이 벌어지고……. 그건 그렇고, 장가도 가기 전에 아빠 소릴 들어서 어떡하죠?」

어제, 인기는 제법 친해진 아이와 밭두둑에 앉아 있다가, 하얀 낮달을 보았다.

「봐, 저기 낮달이 나왔네. 달님이, 네가 보고 싶어서 해님이 물러갈 때까지 기다릴 수 없었나봐. 저기 보이지, 이쪽은 해님, 저쪽은 달님」

인기는 손을 들어 가리켰다. 아이가 눈을 가느스름하게 뜨고 낮달을 바라보았다. 초승달이었다. 그리고 고개를 갸웃하고 해를 바라보았다.

「정말, 달님도 해님도 다 있네. 달님도 하얗고 해님도 하얘」

아이는 열심히 달과 해를 바라보았다. 열중한 아이의 얼굴은, 건강한 아이답게 달콤했다. 한참 낮달을 보더니 아이는 고개를 갸웃했다.

「근데, 아빠. 그럼 지구는 어디 있어요?」

「지구?」

풋, 웃음을 터뜨리려다가, 인기는 한 대 맞은 기분이 되었다. 그래, 네가 나를 가르치는구나.

인기가 농장에 들어가겠다고 했을 때, 길중 씨는 우선, 종교집단이 아닌가 물었다. 종교란 게 아편과 같아서, 아무리 배운 사람이라도 잘못 걸리면 중독이 되는 법이다.

「그땐 미국에서 구호물자가 오던 때였다. 나야 하느님도 하느님이지만, 거기라도 가면 그래도 귀동냥으로나마 세상 돌아가는 걸 알게 되지 않을까 싶어서 더 나갔지. 내일이 주일이라 신도들 앞에 구호물자를 풀어놓고 나누어주어야 하는데, 아, 목사란 사람이 나와 장로 앞에서 그 구호물자를 먼저 펴놓더니, 좋은 건 다 자기 식구와 친척 몫으로 빼내더라. 그게 하느님 팔아먹는 장사꾼이지 성직자냐 싶어서 그 담부터 교회에 안 나갔다. 언제나 세상은 말세라지만, 저희끼리만 좋은 세상에 갈 수 있다고 떠벌리는 사람들한테 배운 사람들도 넘어가는 걸 보면……. 그게 독재하는 사람에게나 있는 그런 힘인데」

카리스마, 그게 원래 은총이란 뜻이었던가. 카리스마를 가진 사람들. 은총을 받은 사람들인데.

「종교는 상관없어요. 그냥 혼자서 짓는 농사를 여럿이 힘을 합해 지어서 나누는 거라고 생각하세요. 한 식구 같은데요」

「그게, 잘만 되면 좋은 데긴 하다만, 여러 사람이 모이는 데라서 뜻이 다를 거다. 하물며 한 핏줄간에도 뜻이 안 맞아 싸우는데. 사람 마음이 어디 다 내 마음 같더냐. 내 마음도 조석변개인데. 어쨌든 네 뜻이 그렇다니 가봐라. 거긴 다 혼잣몸인 사람만 있다든?」

「아뇨. 결혼한 사람들도 있고, 그 사람들이 낳은 아이들도 있어요」

「그럼 거기서 참한 색시감이나 하나 골라봐라. 요새 같은 세상에 일을 마다 않고 들어온 여자라면 참할 거다」

늦게까지 혼자 떠도는 아들을 바라보는 부모의 마음이었다. 피를 나눈 가족을 벗어나 피 섞이지 않은 식구들에게로 가겠다는 아들에게 끈을 놓지 못하는, 끈적이는 피. 인기가 숙연해 있는데, 길중 씨가 못을 지르듯 덧붙였다.

「너도 네 자유대로 살고 싶어하는 줄 안다만, 세상을 벗어나 자유롭게 살려는 마음이야말로, 사람을 자유롭지 못하게 하는 덫인 게야. 네가 이 이치를 언제 깨달을지 모르지만. 하여튼 가서 살아봐라」

자유롭고자 하는 열망, 그게 덫인게야.

인기의 입을 쳐다보며 대답을 기다리는 아이, 인기가 말을 고르는데, 누가 다가와 인기의 어깨에 손을 얹었다. 서울 형님네 전화해 봐요. 어머니가 서울에 오셔서 길을 잃었다는데…….

어머니, 인기는 견본으로 받은 전단의 사진을 펼쳐본다.

　사람 찾음.
　윤경희. 여. 67세.
　연회색 블라우스, 진갈색 치마를 입고 흰색 단화를 신었음.
　위의 사람은 91년 5월 20일에 봉천동에서 행방불명되었음.
　코 위에 붉은 점이 있고, 정신이 조금 흐림.
　연락 주시는 분 후사하겠음.
　연락처: 877-193X
　　　(0452-2-243X)

갸웃한 고개, 먼 곳을 보는 듯한 눈으로 윤씨가 인기를 보고 있
다.

「그런데……, 너 거기 어디냐? 거기서 무얼 하고 있는 거냐?」

제대한 뒤 인기가 떠돌 때, 어떤 일을 한다고 말할 수 없어 그저
회사에 다닌다고만 말하고 지내던 때, 인기의 전화를 받으면 통화
가 끝날 무렵 윤씨는 그렇게 묻곤 했다. 아아, 어머니.

윤기네 아파트에서 차를 내리며, 사람을 누르려는 고층의 기세
에 눌리며, 인기는 윤씨가 잠겨 있을 두려움의 한 조각을 맛본다.
낯선 도시, 낯섦이 온통 공포로 다가올 도시.

「배 고프지? 어서 점심 먹자. 전단 나누어주고 붙이려면 밥부터
먹어둬야 해」

비닐 끈으로 묶은 전단을 풀어, 길중 씨에게 한 장, 효기에게
한 장, 이렇게 건네며 정기가 말했다.

눈앞이 아른거렸다. 연회색 블라우스란 블라우스는 모두 쏟아져
나오기로 한 것 같다. 꺼멓게 그늘지는 마음을 거두어내는 헛손
질처럼, 정기가 은용에게 손을 내밀었다. 은용은 담뱃갑에서 담배
를 꺼내 들려주었다. 오후, 인기가 인쇄해 온 전단을 들고 차에 오
른 뒤, 정기는 거의 한 갑을 피웠다. 가슴에 뭐가 걸린 것처럼 매
캐했다. 엄마.

어둑발이 지면서, 공기는 서늘하게 가라앉았다. 긴팔 블라우스
를 입으셨다고는 하지만, 아직은 서늘한데…….

은용은 몸을 떨었다. 어쩌자고 내의를 벗으시게 했을까. 갑작스
럽게 포근해진 봄 날씨, 그래도 그렇지, 어쩌자고.

생각하면, 벌어진 일마다 어쩌자고, 라는 말이 붙게 되었다. 어

쩌자고 엄마를 병원에서 먼저 보냈을까, 어쩌자고 윤기 오빠넨 하필 어제 다퉜을까, 어쩌자고 나는 현희 언니에게 윤기 오빠네 업소 전화번호를 알려주었을까.

놀라셨던 거 같아요. 오빠와 싸웠거든요. 나도 사람인데, 내 앞에서 그렇게까지 할 수 있는지. 주무시는 줄 알고 슈퍼에 갔다 오니 안 계셨어요. 현희가 집으로까지 전화한다는 걸, 은용은 어제 알았다.

뒤에서 경적소리가 울렸다. 신호가 바뀌었는데도, 정기는 멍청히 앞을 보고 있었다. 은용은 정기의 팔에 손을 얹었다.

「신호 바뀌었어」

정기는 액셀러레이터를 밟으며 한 손을 들어 보였다. 습관이란 얼마나 무서운 것인가, 그 와중에도 손이 올라가다니…….

「저기야, 저기에 파출소 표지가 있어」

몸을 밖으로 내밀 듯이 창 밖을 바라보던 은용이 손으로 가리켰다. 큰길가, 골목 어귀에 파출소와 동사무소 표지가 나란히 서 있었다. 표지 앞에서 우회전해서, 치킨집, 이불 가게, 피아노 교습소를 지났다. 초록빛 바닷물에 두 손을 담그면, 초록빛 바닷물에, 두 손을 담그면. 누군가가 한 손으로 치는 피아노소리. 차가 앞으로 나아감에 따라, 그 곡조는 웨딩드레스의 베일처럼 뒷전에 길게 끌리는 듯했다. 파출소와 나란히 붙은 동사무소 사람들이 퇴근했는지, 주차장은 여유가 있었다.

「무슨 일로 오셨습니까?」

「가출신고를 하려고요. 그리고 이 앞의 게시판에 전단을 좀 붙일 수 있을까요?」

「가출신고요? 가출일자가 언제죠?」

「어제 낮입니다. 어제 저녁 무렵, 182에는 신고했고요」

잠깐만요, 순경은 책상과 의자 사이의 공간에서 몸을 빼내더니, 다른 책상 위에 가서 장부를 하나 꺼내 왔다.

「어제 오후라……, 노인입니까?」

「예, 할머니인데요」

「혹시 윤경희 할머니 아닌가요?」

「예, 맞습니다」

「연회색 블라우스, 진갈색 치마. 됐습니다. 신고는 이미 됐으니까, 저 앞에 전단이나 붙여 두시죠. 가만, 자리가 비어 있던가」

「예, 오다 보니까 빈자리가 있던데요」

「거기다 붙이세요」

준비한 셀로판 테이프와 압핀, 전단을 꺼내 들고 붙이려다, 은용은 다시 윤씨의 사진에 눈이 갔다.

사진 속의 윤씨는 고개를 약간 갸우뚱하고 있었다. 가장 최근에 찍은 사진, 그리고 윤씨의 특성이 잘 드러난 사진을 찾다보니, 전에 윤기의 딸과 찍은 사진이 나왔다. 약간 갸웃한 고개, 갸름한 얼굴에 수줍게 다물린 입매, 이미 정신이 흐려지기 시작하던 때라 차분하게 가라앉은 안정이, 어딘가 먼 곳을 바라보고 있는 것 같은 사진. 배경이 된 벽지의 하늘색 구름 무늬가, 아득한 곳을 바라보는 듯한 윤씨의 시선을 더 강조했다.

앨범 뒷면에 붙은 찐득대는 접착제에서 사진을 떼어낼 때, 쩍, 오래 붙어 있던 사진이 뜯어지는 소리가 났다. 그 소리가 섬뜩했다. 장롱 속에 모셔둔 수의가 하필 그때 떠올랐던 것이다. 어쩌면 그 수의를 꺼내야 할지도 모른다는 사위스런 생각이, 최악의 경우, 그 수의가 영영 임자를 찾지 못할지도 모른다는 생각이.

「난 치마 안 입어요. 죽어서라도 남자 옷 입고 가야 다음 세상에
남자로 태어나지」

윤달이 들어 수의를 짓던 날, 윤씨의 말이 귓전에서 울렸다. 전
에 없이 결연한 말투.

그날, 친목계원인 부인 두 사람이 와서 마름질이며 바느질을 하
고, 은용은 점심을 차려냈다. 윤삼월, 어디선가 송홧가루가 풀풀
날릴 것만 같은 봄날, 한 차례 늦은 봄비가 내리고 나면, 빗발에
쓸린 송홧가루가 길가에 해안선처럼 노랗게 흔적을 남기던 봄의 어
느 하루였다.

「형님, 어디서 이렇게 좋은 베 구하셨대요」

젊어서부터 염습을 맡아 했다는, 머리가 반쯤 희어진 한 계원이
손바닥으로 베를 쓸어보며 덕담을 했다. 길중 씨의 옷부터 썩둑썩
둑 가위로 마름질하는데, 은용이 들고 간 과일을 깎던 윤씨가 말했
다. 치말랑 만들지 말아요.

「형님, 그게 무슨 소리예요? 수의에 치마가 없다니?」

「난·치마 안 입어요. 죽어서라도 남자 옷 입고 가야 다음 세상에
남자로 태어나지」

은용은 어안이 벙벙해서 윤씨를 바라보았다. 윤씨는 여느 때와
다름없이 무표정에 가깝도록 조용한 얼굴이었다. 윤씨의 입에서 여
자로 태어난 걸 한탄하는 소리를 들어본 적이 있었던가. 아니었다.
윤씨는 오히려 전통적인 부덕을 은용에게 가르쳐왔다. 찬밥은 아무
리 찰기가 없어도 버리지 못하고 쪄서 먹고, 여름에 맨발로 못 있
게 한다든가, 슬리퍼를 끌고 문 밖을 나서지 못하게 한다든가…….

「형님, 그 말씀 진정예요? 그래도 되나?」

마름질을 하기 위해 베를 접던 계원이 손을 쉰 채, 어쩔 바를 몰

라하며 물었다.

「그럼, 내가 마음에 없는 말 할라구요」

여전히 조용한 말투였다. 고인 물 표면 같은 고요함에, 그 한마디를 하기 위해 오늘을 기다려온 듯한 단호함이 어려 있었다.

「그럽시다, 산 사람 소원인데. 우리 형님, 다음 세상에나 사내 대장부로 태어나서 원없이 살아야지」

속바지 속저고리가 각각, 치마 대신 바지가, 원삼 대신 도포가 한 벌 더 만들어졌다. 명목과 악수, 버선, 신, 조발낭, 천금, 지금까지 곱게 바느질된 길중 씨와 윤씨의 수의는 보자기에 싸여 장롱 밑바닥에 곱게 모셔졌다. 바람 좋고 볕 좋은 날, 윤씨는 수의를 꺼내 바람을 쏘였다. 그때마다 윤씨의 입가에 보일 듯 말 듯 만족스러운 웃음이 스치는 걸, 은용은 알 수 없는 마음으로 바라보곤 했다.

수배자들 명단, 집 나간 아이들을 찾는 전단, 집 나간 아내를 찾는 전단 곁에, 은용은 전단을 테이프로 붙였다. 그러고도 미심쩍어 압핀을 꾹 눌러박았다. 전단이 붙어 있고 없고가, 윤씨의 앞날을 좌우하기라도 하는 듯.

「벌써 일 당하지 않았나 모르겠다」

낮, 소파에 앉아 고개를 푹 수그리고 있던 길중 씨는 은용에게 탄식하듯 말했다. 오죽하면 저러시랴 싶으면서도, 은용은 그 말이 듣기 싫었다.

그러잖아도, 한동안 떠돌던 흉흉한 소문이 머릿속에서 끈질기게 살아나던 참이었다. 애, 요즘 우리 유치원 애들 난리도 아냐. 빨간 모자를 쓴 사람이 잡아다 간을 빼낸다고, 그런데 그게 구미호래. 갈머리에서 어떤 국민학생이 구미호에게 당했대. 애들이 하두 겁나

하니까, 나까지 무섭더라. 미주가 진저리를 치며 전화로 들려준 이야기. 노인을 잡아다가 기름을 짜서 문둥이에게 판다는 허무맹랑한 이야기까지. 그런 이야기들이 떠오르는 판인데…….

파출소에서 나온 정기는 차에 오르자마자 교통지도를 펼쳤다. 둘 다 서울 지리에 익숙지 않았다. 하염없이 열려 있는 길, 그러나 이 길로 누가 지났는지 말해 주지 않는 길은 고집스럽게 닫혀 있었다. 요행을 바라며 그저 길을 누비는 것뿐이다. 오늘밤은 또 어디서 보내실까. 사회면의 사건기사가 간단없이 떠올랐다 스러졌다.

「가자」

가자니, 어디로? 은용이 눈으로 묻자, 정기는 펼친 지도책을 건넸다. 이 페이지, 접히지 않게 갖고 있어.

「어디 가려고?」

「부녀보호소. 대방동에 있다는데, 서울 시내 길거리에서 발견된 여자들은 다 거기로 수용된대. 아까 그 순경이 연락해 봤는데, 관악경찰서에서 보내진 할머니가 있대. 이름은 안 밝히셨다는데, 한번 가보는 거야」

서울 시립 부녀보호소. 아동상담소. 간판은 양 문간에 하나씩 달려 있었다. 수위실로 다가가자, 찾으러 온 사람이 학생인지 아닌지를 묻더니, 수위는 옆 건물의 하늘색 철문을 가리켰다. 그 안이 어떤지, 도저히 어림할 수 없게 큰 철문이었다. 정기가 밀어도, 철문은 열리지 않았다. 은용은 그 철대문 한 켠에 붙은 쪽문에서 초인종을 찾아냈다.

끼이익, 금속 문빗장이 열리는 소리에 소름이 돋았다. 막상 열린 건 쪽문이 아니라 큰 대문이었다.

「어떻게 오셨나요?」

「어제 관악경찰서에서 보내진 분이 계시다는데요, 저희가 찾는 분 같아서」

「저 건물 왼쪽에 상담실이 있어요. 거기로 들어가세요」

정기가 앞서고, 은용이 뒤따랐다. 시멘트로 하얗게 뒤바른 마당에서, 하늘색 체육복을 입은 여자 두엇이 배구공을 가지고 놀다가, 공놀이를 멈추고 두 사람을 바라보았다. 비쭉비쭉 친 머리, 벌어진 입귀, 얼핏 보아도 맑은 정신은 아닌 듯싶었다.

유리문을 밀고 들어서자, 벽면에 기대어 놓은 장의자 위에 앉아 있던 할머니들이 한눈에 들어왔다. 약속이나 한 듯이 하얗게 바랜 머리, 냇가의 돌에 나란히 앉은 하얀 새 같은 머리들. 새처럼 연약해 보이는 할머니들.

「어머니 이름이 어떻게 되죠?」

「윤경희입니다」

「다른 사람이네요. 어제 온 할머니는 이름이 달라요」

다릿힘이 탁 풀렸다. 은용의 어깨가 처지며 입매가 풀어졌다. 그냥 물러서기엔 미련이 남아, 은용은 마른 입술을 혀로 축이고 말했다.

「이름을 착각하실 수도 있잖아요? 정신이 맑지 못하시거든요. 이렇게 생기신 분인데……」

은용이 내민 사진을 보더니 여자는 고개를 저었다. 아니에요.

「여기서 다른 곳으로 보내지는 경우는 없나요?」

「아픈 사람이면 병원으로 보내기도 하죠. 시립병원에요」

「그럼……, 어제나 오늘, 여기서 시립병원으로 간 사람은 없나요?」

「없어요」

아니었구나. 정기가 돌아서려 하는데 은용이 다가들었다.

「혹시 모르니까, 여기 있는 할머니들 사이에서 저희가 찾아보면 안 될까요?」

「제가 사진 보았는데요, 뭘. 여기 오자마자 저희가 사진 찍고 인상 착의 기록해 두니까 틀림없어요. 그리고 지금은 할머니들이 여기저기 흩어져 있어서 볼 수도 없고. 정 궁금하면 내일 아침 아홉시에 다시 오세요. 그땐 점호시간이니까」

점호시간. 그 말이 은용의 가슴에 새삼스럽게 얹혔다. 여기는 집이 아니구나. 어머니는 집을 벗어났구나.

「여기, 이거 두고 갈게요. 나중에라도 이런 분 오시면 연락 좀 주시겠어요?」

은용은 여자의 책상 위에 전단을 한 장 내려놓았다. 여자는 말없이 고개를 끄덕였다. 정기의 뒤를 따라 현관을 나서며, 은용은 눈을 흡떴다. 막연하게 헤맬 때보다, 훨씬 큰 기대를 걸었었나.

「어떡하지?」

「내일 한 번 더 와보자. 우선 집에 전화부터 해봐라」

은용은 정문 바로 옆 공중전화 부스로 들어갔다. 내일, 그리고 또 내일엔? 이 전화기를 통해 얼마나 많은 기쁨과 절망이 오고 갔을까.

「여보세요」

효기의 목소리를 듣는 순간, 은용은 소식이 없었다는 걸 알았다. 효기 또한 마찬가지였으리라.

윤기는 어디를 돌아다니는지 소식 없고, 인기는 전단 들고 나가서 아직 안 돌아오고 있다. 은용이 수화기를 내려놓고 돌아서려는데, 낯익은 차가 골목으로 들어섰다. 윤기였다.

지리에 어두운 정기를 뒤따르게 하고, 윤기는 앞서서 차를 몰았다. 애들이 가봤다니, 들어가 볼 것도 없었다. 그래도 혹시나 하는 기대를 안고 달려왔는데……. 그래봤자 소용없다는 걸 알면서도, 자책의 채찍이 등짝을 후려갈기는 것만 같았다. 어제, 조금만 참았더라도.

그럴 마음은 없었다. 아내를 때린 건 아니었다. 어머니가 잘못 아신 거다. 하지만, 그게 무슨 소용이란 말인가. 어머니를 찾지 못하는 한.

다시 만난 뒤, 현희는 작년에도 재작년에도 한차례씩 다녀갔다.

어쩌겠다는 작정은 없었다. 젊은 날 불같던 열정은, 아이를 가운데 두고 아내와 헤어지기엔 너무 삭았다. 현희 또한 마찬가지였다. 아이를 키워보면서, 윤기는 아이를 두고도 이혼할 수밖에 없었던 사람들은 어떤 사람들일까, 어떤 지옥에서 살았기에 그럴 수 있었을까, 싶었다. 아이에게 쏠리는 마음은 늘 첫정 같았다. 하지만, 현희 또한 첫정이었다. 그쪽으로 쏠린 마음자락을 완전히 거두어들일 수는 없었다. 현희도 마찬가지였다.

「이봐요, 내가 어떻게 했으면 좋겠어요? 내가 이 집 비우고 나갈까요? 당신이 와서 우리 아이들 키워줄래요? 그런다면 내가 나가죠」

어제, 윤기의 전화를 가로챈 아내는 목소리 하나 안 떨고 그렇게 말했다. 천진하리만큼 감정을 자제할 줄 모르던 여자가 무섭도록 침착한 건, 그만큼 노여움이 짙었기 때문이리라.

제삿날이며 집안의 행사가 있는 날, 동서끼리 이 일 저 일 수다를 떨다가 현희가 있었다는 걸 알게 된 아내는 입을 나부죽이 하고 웃으면서 말했다. 당신, 애인 있었다면서요? 억울해라, 난 연애 한

번 못해보고 시집왔는데, 이럴 줄 알았으면 동네 총각이라도 붙잡
고 연애나 할걸. 그건, 멀리 떨어져 있고 다시 만날 리 없다는 자
신감이 준 여유였다.

현희를 다시 만났다는 걸, 아내는 윤기의 저고리에 든 현희의
편지로 알았다. 업소 주소로 보낸 편지였다. 그리운 당신, 으로 시
작되는 편지. 윤기를 만나고 간 뒤에 부친 편지. 윤기는 그저, 거
짓말을 꾸며대야 할 이유가 없어서 사실대로 말했다. 왔었어, 만
났어.

「왜 말 안 했어요?」

「말했으면 당신이 만나라고 했을 것 같아?」

「그게 말 안 한 이유가 돼요?」

믿었고, 그래서 농담까지 할 만한 여유를 가졌던 자신에 대한
모멸감 때문에, 아내는 차가워졌다. 아내에게 현희가 알려지니,
차라리 마음이 편했다. 집에서 전화를 받기도 했다. 남편이 잠든
한밤중, 회한이 실린 현희의 목소리가 해저 케이블을 타고 윤기에
게 이를 때는, 늦게 돌아오는 윤기가 자고 난 정오 무렵이었다.

나비잠을 자는가, 어제, 병원에서 돌아온 윤씨는 어지럽다며 자
리에 누웠다. 아파트에 들어서는 순간, 아니 서울에 발을 딛는 순
간부터 윤씨의 어지럼증은 심해졌다. 병원에 가느라 다른 날보다
일찍 일어난 윤기도 마루의 소파에 누워 눈을 붙이려던 참에, 현희
의 전화가 왔다. 윤기가 받았는데, 아내는 현희의 전화를 받을 때
면 용케 알아차리곤 했다. 몇 마디 안 나누었을 때, 주방에 있던
아내가 갑자기 다가와 수화기를 낚아챘다. 무방비 상태였던 윤기가
어, 하고 보는데, 아내는 낮게 말했다. 아주 낮게. 이봐요, 내가
어떻게 했으면 좋겠어요?

　현희가 뭐라고 하는가. 윤기는 잠시, 이것 봐라, 하는 심정으로 두 여자의 통화를 곁에서 보았다.
　「그래요? 그럼 이이더러 그쪽으로 가서 살라고 할까요? 당신 남편 좀 바꿔주세요. 아무래도 그건 당신 남편하고 상의를 해야겠군요」
　「이리 내, 이리 내지 못해!」
　손을 내뻗으며 다가오는 윤기를, 아내는 눈도 주지 않고 홱, 밀쳤다. 윤기가 나자빠질 정도로 거센 힘이었다.
　「어떡하시겠어요. 난 이대로 더는 못 봐요. 어떤 여자가 이런 꼴 더 보고 살 수 있겠어요? 그 동안 참을 만큼 참았다고 생각하지 않아요?」
　아내의 목소리가 떨려나오기 시작했다. 오래 막아둔 둑이 범람하듯, 아내는 말을 이었다. 윤기는 어쩌나 두고 보자는 마음으로 아내를 바라보고 있었다.
　「그래요. 그렇게 생각한다면, 앞으로 처신 똑바로 하세요. 나, 아이한테도 미련 없고, 이 사람한테도 미련 없어요. 당신이 아이 맡는다면, 나 깨끗이 포기하고 나갈 수 있어요. 그게 아니라면, 제발 이러지 좀 마세요」
　아내는 수화기를 전화기가 아니라 탁자 위에 얹어 놓고, 윤기를 보지 않고 주방으로 갔다. 윤기는 천천히, 수화기를 들었다.
　「여보세요」
　울먹였는가, 조금 사이를 두고, 현희의 젖은 목소리가 들려왔다.
　「네」
　「내가 다음에 전화할게. 끊자」

「네」

윤기는 수화기를 놓았다. 아내의 분노는 얼마나 정당한가. 윤기의 이성이 그렇게 말했다. 그런데도 마음은, 자정 넘은 시각에 울고 있을 현희의 눈물에 더 쏠렸다. 자상하고 착하다던 남편이 잠든 시각이었을텐데. 윤기는 멍하니 거실 밖에 눈을 주었다. 앞동 건물이 탁, 눈길을 가로막았다. 어쩌다 여기까지 왔을까. 어떻게 해야 여기서 벗어날 수 있을까.

「나, 물 좀 줘」

아무 일도 없었던 것처럼, 그렇게 나가기로 작정한 윤기, 안쓰러움 반, 그래도 그렇지, 이런 기분 반이었을 것이다. 아내는 주방에서 움직이지 않았다.

「물 안 줄 거야?」

아내는 까딱도 안 했다. 그래, 계속 그렇게 네 맘대로 나가봐라. 빈정거리며 윤기는 냉장고로 가서 물을 꺼냈다. 아내가 씻고 있던 그릇을 바닥으로 내던진 건 그때였다. 쨍, 그릇이 부서지고, 아내는 외쳤다.

「당신은 날, 사람이라고 생각이나 해요? 날 사람으로만 생각해도 이렇게까진 못할 거예요!」

아내의 얼굴이 펑 젖은 채, 표독스러웠다. 독기가, 아내의 얼굴에서 번질거렸다.

「이게 무슨 소리냐?」

그새 잠에서 깼는지, 윤씨가 방에서 나왔다. 그러다가, 며느리의 젖은 얼굴과 깨진 그릇을 보았다.

「아무것도 아녜요. 어머닌 들어가세요」

윤기는 깨진 그릇 쪽으로 다가서는 윤씨의 어깨를 싸안고 방으

로 밀었다. 윤씨는 지칫거리며, 고집 센 염소처럼 발로 버팅기며
돌아섰다.

「아무 일도 아닌데 세진이 에미가 왜 울고 있냐?」

「별일 아녜요」

윤기의 팔을 빠져나온 윤씨는 고개를 돌리고 서 있는 며느리 앞
으로 가서 고개를 갸웃하며 어리둥절한 표정으로 물었다.

「너 무슨 일이냐? 왜 우는 거냐?」

「아녜요, 어머니. 들어가세요」

「아니다, 재가 또 때렸구나. 세진 애비, 저 녀석이 널 또 때렸
지?」

윤씨는 난데없이, 매서운 눈으로 윤기를 노려보았다. 겁먹고, 한
편으론 가증스럽다는 눈길이었다. 위태롭다…….

「아녜요, 어머니. 누가 때렸다고 그래요」

「네 이 녀석!」

갑자기 윤씨가 달려들더니 윤기의 가슴팍을 잡고 매달렸다. 네
이 녀석, 네가 누굴 때려!

집 근처에서, 윤기는 차를 세웠다. 멀어졌다 가까워졌다 하면서
따라오던 정기의 차도 멈췄다. 차에서 내리지 않은 채, 손짓으로
먼저 들어가라고 하자, 정기가 알아듣고 비껴갔다.

〈어딜 가야 하나〉

어둠이 내렸고, 근처의 돌아볼 만한 데는 다 돌아보았다.

천천히 차를 몰고 소방도로를 벗어나는 윤기, 윤씨만한 몸피를
가진 사람들이, 골목마다 아기작거렸다. 얼굴을 확인할 때마다, 뼈
아픈 실망이 단근질했다. 어머니. 제대로 된 거짓말 한 번 할 줄
모르던 어머니, 피할 수 없는 술자리에서 남편을 불러내기 위해, 늘

똑같은 거짓말을 들려 보내던 어머니.

한밤중의 시장은 음산하다. 그 밤길 끝, 환하게 대문간의 불을 밝힌 술집이 있다. 겉으로 보아서는 여느 가정집과 다를 바가 없다. 삐긋, 윤기는 그 안으로 들어간다. ㄷ자로 이어진 방. 그 가운데 한두 곳에 불이 켜져 있고, 질탕한 웃음소리가 장지문을 흔들고 밀려나온다.

마당 한가운데는 화단이다. 옥잠화가, 달맞이꽃이 피어 있다. 그 곁에 서서 윤기는 누군가가 나오기를 기다린다. 옥잠화, 하얀 설움 같은 물살에 떠내려가고 있다. 영 열리지 않을 것 같던 장지문은 언젠가는 열리고야 만다. 토하거나 쉬를 하러 누군가가 나온다. 대개, 한복 차림의 여자다. 댓돌에 내려서며 머리를 흔들어 취기를 털던 여자가, 윤기를 보고 흠칫 놀란다.

「거기, 누구예요?」

「저기…… 안에 우리 아버지가 계신데요. 예산에서 손님이 오셨다고 좀 전해 주세요」

「네 아버지? 아버지가 누구신데?」

말하는 여자의 입김에서는 술 냄새가, 한복자락에서는 은은한 향 냄새가 풍겨나온다.

「이자 길자 중자 가지신 분인데요」

「그래? 아버지 나오시라고 할까?」

「아뇨. 그냥 말씀만 전해 주세요」

「그래, 그럼 조심해서 가거라」

돌아서 나올 때, 윤기의 작은 몸을 휘감아오던 선연한 모욕감. 거짓말을 했다는 모욕감으로 밤길, 걸음이 더뎌졌다.

예산에서 온 손님은 없었다. 예산은 길중 씨의 고향이었고, 거기서 손님이 왔다는 건, 술자리에서 일찌감치 빠져나오기 위해 길중 씨가 만들어둔 기호였다. 생존을 위한다는 이름으로 행해진 속임수. 지명을 바꿔 말할 융통성도 없이 곧이곧대로이던 어머니. 어머니가 들려 보낸, 아버지가 만들어낸 거짓말. 그게 살아남기 위한 것이었음을 윤기가 이해하게 되었을 땐, 이미 늦었다. 사랑이 어느 굽이를 지나면 관성으로 이어지듯이, 미움에도 관성이 붙는 법이니까.

윤기는 핸들에 박았던 고개를 번쩍 들었다. 어디로든, 가자.

적막, 납처럼 내려앉은 침묵. 길중 씨는 소파에 몸을 우그리고 앉아 손만 만지작거리고 있었다. 효기는 소파 저쪽 끝에 앉아 간간이 길중 씨를 바라보았다. 넓은 이마와 반듯하고 뾰족한 콧대, 조금 곱슬한 머리가, 불편한 속마음처럼 귀밑에서 오글거리며 붙어 있다. 연민 같은 게 잠깐, 스쳐가는 불빛처럼 효기의 속을 훑었다. 아니, 훑으려다가 말았다. 연민이 막 길중 씨를 향해 쏠리려던 그때, 길중 씨가 앞으로 기울였던 몸을 곧추세웠던 것이다. 구부정한 자세 때문에 작아 보였던 몸은 대번에 칠십 넘은 노인답지 않게 꼿꼿하고 옹골차졌다. 연민을 수용하기엔 너무 단단한 몸이었다. 갈 곳 잃은 연민은 무안 타듯 머무적거리다 식어버렸다.

지난 겨울 초입, 아버지가 쓰러졌다는 은용의 전화를 받았을 때, 이번엔 일 치르는구나 싶었다. 어머니 정신도 맑지 않은데 아버지까지 자리보전하면 어떡하나, 이번에야말로 살림을 합쳐야 하나, 어수선한 마음으로 가서, 오른쪽 입귀가 비뚤어진 아버지를 보았다. 그날 비로소, 이제 어쩔 수 없이 노인이구나, 제아무리 꼿꼿해도 늙는 건 어쩔 수 없구나, 비애 같은 것이 마음을 적셨다.

빨리 끝났으면 좋겠다는 마음도 한편에 있었고.

운신을 못 하는 아버지는 한없이 나약해 보였다. 언제 저렇게 머리가 세어졌나. 효기는 아버지의 머리를 처음 보는 것 같았다. 제대로 본 적이 없었던 것 같다. 환갑상을 받던 날, 흰머리 한 오라기 없어서 신랑 같다고 사람들이 말하던 것만 기억에 아직 남았다. 그런데, 귀밑에서 힘없이 오글거리는 머리카락은 흰머리 반, 검은 머리 반이었다.

「여기, 저 검은 부분 있죠? 저게 혈전이에요. 저게 혈관을 막으면 그 자리에서 돌아가시기도 하는데, 다행히 조금 비꼈어요. 회복은 어렵겠지만, 더 악화되지는 않을 겁니다」

죽 늘어놓은 단층촬영 필름 가운데 한 장을 의사가 가리켰다. 아주 작은 얼룩이었다. 사람이 참 보잘것없구나, 저런 점 하나로 목숨이 오고 가는구나.

삐리리리, 효기의 눈 아래, 무슨 생각에 잠겼는지 한숨에 젖어 있던 길중 씨의 몸이 긴장으로 단단해진다. 전화벨소리에 욱죄었다 실망으로 아릿해진 게 몇번째인가. 부녀보호소에 들렀다가 막 들어서던 정기가 전화를 받았다.

「여보세요! 네, 네 그렇습니다. 네, 언제라구요? 어디요? 거기가 어디쯤인가요? 네, 고맙습니다」

비슷한 사람을 보았대요, 사당동이라는데요. 길중 씨에게 말을 전한 정기는 은용에게 일렀다. 은용아, 너 차에 가서 지도 좀 가져와라.

「뭐래냐?」

「사당역 앞에서 구멍가게 하는 남잔데, 전철역 입구에서 비슷한 할머니를 보았대요」

「사당역 가는 길은 아냐? 지금 퇴근시간이라 차가 밀릴 텐데. 차라리 택시를 타고 가든가」

「갈 수 있을 거예요. 가깝잖아요. 혹시 거기서 어머니 만나게 되도 그렇고, 제 차로 가는 게 낫죠. 지도 좀 보구요」

은용이 들고 온 지도를 펼쳐, 손가락으로 길을 짚어나가는 정기를 보는 효기의 속이 부글거렸다. 그래도 서울 지리를 아는 사람은 윤기뿐인데, 아침 나절에 나간 윤기는 코빼기도 볼 수 없다.

「아니, 윤기 앤 도대체 어딜 간 거냐. 가면 간다, 오면 온다 말도 없이. 은용아, 너 가서 언니한테 좀 물어봐라」

「부녀보호소에서 만났어요. 집 근처까지 같이 왔는데, 다른 데 더 둘러보려나봐요」

「부녀보호소? 거기 개도 갔던?」

내내 말이 없던 길중 씨의 목소리에 실린 반가움을 효기는 보았다. 여전하구나, 제멋대로인 윤기를, 여전히 아끼는구나. 효기는 뱉듯이 말했다.

「지금 한 곳으로 이 사람 저 사람 몰릴 때냐? 연락이라도 하고 다니지」

정기는 못 들은 척, 지도를 보다가 일어섰다.

「가자」

이번엔 기대가 큰가, 붙박인 듯 소파에 앉아 있던 길중 씨도 정기를 바래려는 듯 몸을 일으켰다. 아직 거동이 자유롭진 못했다.

침을 놓는 사람이 놀랄 정도로, 길중 씨의 회복은 빨랐다. 자리에 누운 채 대소변을 받아낸 건 그야말로 운신도 못 하던 며칠뿐이고, 어눌하게나마 말을 할 수 있게 된 다음부터는 화장실로 가겠다고 고집을 피워, 효기가 시간 맞춰 들러서 은용이와 양쪽에서 부축

해야 했다. 그런데 쓰러진 지 반 년도 안 된 지금은 지팡이도 없이 돌아다닌다.

「운전 조심해서 하거라」

「예. 다녀올게요」

정기와 은용이 가고 난 뒤, 아버지와 마주 보고 앉아 있으려니 답답해, 효기는 베란다로 나갔다. 아프리칸 바이올렛, 벤자민. 크고 작은 화분이 몇 개 있었다. 깨진 사기 그릇엔 범의귀가 널따랗게 퍼져 있었다. 베란다 바깥쪽 봉숭아 모종 화분엔, 5층까지 날아올라온 민들레, 노란 꽃을 단 꽃대가 바람에 휘청휘청거렸다. 건조한 날씨, 흙은 파슬파슬하고 모종은 잎을 축 늘어뜨렸다.

효기는 화장실로 가서 물받이 그릇에 물을 떠다 그 모종에 골고루 뿌렸다. 다시 물을 끌어올려 잎은 생생해지리라. 화분에 물 뿌린 효기의 마음이 버석거렸다. 어머니.

윤씨를 잃었다는 전화를 받았을 때, 이상하게도 효기의 뇌리에 떠오른 건, 젊은 날의 윤씨였다. 효기가 이따금 정기를 업어주면 좋아하던 어머니, 네가 벌써 이렇게 커서 어밀 돕는구나, 하며 바라보던 그 눈.

말없이 정 깊던 어머니, 참고 견디는 것만으로 일관한 어머니를 효기는 알고 있었다. 어머니만 따로 놓고 보면 그랬다. 그런데, 아버지나 다른 형제들이 끼면, 마음이 헝클어지곤 했다.

「찾아다녀봤자 소용없대요. 솔밭에서 바늘 찾기라, 돌아오시긴 글렀대요. 전 그냥 있을래요. 가게도 그렇고」

전화를 받고, 밤중에 출발하기 위해 준비할 때, 어느새 점쟁이한테 전화를 해본 아내는 고개를 저었다. 무언가를 결정해야 할 일이 있을 때마다 점쟁이를 찾는 아내, 점을 친다는 건 결국, 자기 마음을 남의 입을 통해서 확인하는 것에 지나지 않았다. 점괘가 마음에 들지 않으면 다른 점술가를 찾는데, 이번에 아내는 시어머니를 다시 못 보는 걸로 마음을 굳힌 것 같았다. 사람살이, 조심해서 나쁠 건 없다며 묵인해왔던 효기는 더럭 소리를 질렀다.

「누가 그런 소릴 해!」

늘그막에 아버지가 난데없이 연연해하는 바람에 멀리했어도, 어머니는 어머니였다. 그렇다면 객사한다는 말인데, 그 말을 그대로 믿으려 하다니. 핏줄이 아니라 다르다는 소원함이, 살을 맞대고 살아온 아내에게 끼쳤다.

「신정리 그 무당이 그러던데요. 왜, 큰애 대학 입시 때 합격한다고 장담했던 무당 말예요. 둘째도 걱정할 것 없다던……」

아내가 믿고 싶은 건 아무래도 둘째 입시를 걱정할 것 없다는 말일 것이다. 말해 봤자 소용없지. 효기는 입을 다물었다. 다른 도시에서 대학에 다니는 아들, 도청소재지에서 고등학교에 다니는 두 딸, 그 밑의 아이들. 이들이 효기의 전부였다. 그 가운데 한 명의 입시가 아내의 가장 큰 과제였으니.

「며칠 걸릴지 모르니까 준비나 해줘. 혹시 여기로 전화하실지도 모르니까 낮에도 집 비우지 말고」

효기는 아내에게 이르고 창가로 다가가 거리를 내려다보았다. 크고 작은 건물들이 가려진 읍내, 공장을 허물고 지은 건물 4층에서 내려다보는 도로변은 제법 번화가 같았다. 3층에 세준 피아노학원에서 뚱땅거리는 피아노소리가 올라오고. 서울 거리, 불빛이 산란하실 텐데…….

「삐리리리……」

다시, 전화벨이다.

「여보세요」

「전데요. 아직 전단 돌리는 중이에요. 다른 소식 없어요? 그럼, 혹시 모르니까 이 근처 좀 돌아보다 갈게요」

인기였다. 효기는 수화기를 내려놓았다. 탁자 위에 놓인 전단, 그 안의 윤씨를 보던 길중 씨가 묻는 듯한 눈으로 보았다.

「인긴데요, 조금 더 있다 오겠다고요」

「아무래도 일 난 것 같다」

「광고 나갔으니 연락 오겠죠. 별일이야 있을라구요」

「모르는 소리 마라. 젊디젊은 사내들도 끌어다가 섬에 가두고 병신 만드는 판국인데, 늙고 힘없는 노인네야 파리 목숨 한가지지」

길중 씨의 말에 효기는 와락, 소리 치고 싶은 걸 참는다. 늘 그랬다, 늘. 모르는 소리 마라. 그 말로 아버지는 찍어눌렀고, 꼿꼿한 반감이 일었다. 겨우 풀리려던 마음이 다시 서슬이 맺혀서, 효기는 길중 씨를 외면하고 돌아섰다. 문이 열렸다. 축 처진, 금방 사그라들 것 같은 은용이 정기와 함께 들어서며 고개를 저었다.

「아버지, 그만 들어가 누우세요. 연락할 사람이라면 벌써 연락했을 거예요」

새로 한시가 넘자, 은용이 다가와 말했다. 낯선 거리를 온종일 누비느라 피곤했던지, 정기와 인기는 방으로 들어갔다. 윤기는 아직 돌아오지 않았다. 소파에 비스듬히 기대 앉아 잠들었던 효기를 깨워 방으로 보내더니, 은용은 길중 씨더러도 자리에 누우라고 채근하는 것이다.

「난 괜찮다. 너나 들어가 눈 붙이거라」

「그럴게요. 아버지도 좀 주무세요. 그래야 내일 엄마 찾죠」

억지로 힘을 준 듯한 목소리였다. 하루 종일, 기대와 실망 사이를 널뛰듯 했으니, 힘이 남아 있을 리 없었다. 서른셋, 고운 태는 찾을 데가 없고, 거실 바닥에 앉아 소파 손잡이에 얹어놓은 손등의 거칢도 길중 씨의 눈에 확연했다. 이젠 어디 혼인말 넣기도 글렀다. 지가 뭐라든 등을 떠다밀어 보냈어야 했는데, 그걸 못했다. 아무리 사람 앞일 모른다 쳐도, 아들을 넷씩이나 두고 딸한테 의지할 줄 누가 알았으랴. 이제 제 어미마저 못 찾으면 어떡하나…….

효기 엄마.

어떤 때는 아무것도 모른다는 듯 해맑갛고, 어떤 때는 내 당신 속 다 안다는 듯 딱한 빛이 어리던 그 눈. 다시 볼 수만 있다면, 그 손을 붙잡고 내 잘못했수, 한마디만 할 수 있다면, 무릎 꿇고 빌래도 빌 수 있을 것만 같은 간절함이 길중 씨의 명치에 치받친다.

〈배움이 없어서 그랬어. 배워서 세상 이치를 알고 마음을 너르게 펴고 싶었는데 그걸 못했지. 그걸 풀 데가 집밖에 없었어〉

부귀빈천. 배움으로써 자기를 귀하게 하려던 꿈이 꺾이자, 스스로 귀하게 여길 수 있는 건 성실함뿐이었다. 남의 밑에서 일할 땐 눈먼 못 하나라도 옷에 묻어갈까봐 스스로 조심하는 결벽, 일단 맡은 일은 어김없이 해내면서 쌓은 신뢰. 그런 작은 기쁨들이 모여 이룬 자부심. 그러나 그 자부심은 때로는 피를 철철 흘렸다.

일을 위해선 관과 끈이 닿아야 했고, 그들과의 모임은 늘 부담스러웠다. 군수, 읍장, 경찰서장, 그리고 무슨무슨 의원의 원장들. 그들 사이에 끼여 무지 때문에 실수할까봐 한두 마디로 말을 맺으면서, 길중 씨는 쓸개즙이 일시에 솟구치는 듯한 비애를 느꼈다. 사내로 태어나서 뜻을 펴지 못하는구나. 무식은 화인처럼 씻기지 않았다. 입을 다물고 술잔을 기울이는 동안, 마음은 끝없이 허허로웠다. 거기서 일찍 벗어나오기 위해 집에 일러두었던 거짓말을 좇아 술자리를 뜨면서 느낀 비애. 그 비애는, 자기가 군주일 수 있는 집에서 엉뚱한 노여움으로 터져나오기 일쑤였다. 날고 싶은데 기어야 하는 서러움, 날 기회를 놓친 이의 자기 모멸 같은 것. 목도장을 재로 만들어버리던 잉걸불 같은 것이.

열예닐곱 살 무렵, 이따금 일하러 다니던 집의 미국인 선교사가 미국으로 데려가겠다고 했을 때, 길중 씨는 떠나기로 작정했다. 양코배기면 어떠랴, 배워서 돌아오면 된다는 각오였다. 처음엔 말하지 않고 떠날 심산이었다. 발목 붙들릴 게 뻔했다. 부모님 도장을 받아오라는 바람에 고민하다가, 아버지 이름으로 도장을 파서 공장에 숨겼다. 그만큼 독한 각오였다.

내일이면 도장을 가져다 주리라 결심한 날, 거진 떠난 거나 다름없다는 마음에서 방심했었나. 아버지, 저 미국 사람이 공부시켜 준다고 하는데요, 밥상머리에서 슬쩍 운을 띄운 걸 보면.

「양놈이? 그놈들이 왜 공연히 남의 집 자식을 데려간다든? 그놈들이 우리나라 사람 다 예수쟁이 만들려고 그러는 게로구나. 원 말도 말 같아야지」

구렁이 담 넘어가듯 넘어가려는 아버지, 늘 그렇게, 어려운 일을 회피해 온 아버지. 이번만은 빠져나가지 못하리라. 여비도 다 대주고, 가서 일하면 혼자 공부하고 살림할 만큼은 벌 수 있다고 하자, 아버지는 숟가락을 탁, 소리 나게 내려놓았다. 척척 휘늘어지는 사설이 잇따랐다.

「아이고, 길중 엄마, 당신 자식 헛 키웠어. 글쎄 양놈이, 양놈이 데려다 공부시켜 준다고 꾀니까 이놈이 덥석 따라가겠다는거야.

데려가 공부를 시킬지 어디다 팔아먹을지도 모르는데. 제 부모 봉
양에 꾀가 나니까 따라간다는 거야. 우리집은 이제 절손했으니, 나
죽어 조상을 어찌 뵐꺼나, 아이고」

　다음날, 도장을 불 속에 집어넣었다. 연민도 책임감도 아닌, 제
속에 흐르는 핏줄에 대한 경멸로 납빛이 된 얼굴, 불빛이 그 얼굴
에 꺼풀뿐인 온기를 씌웠다. 타닥, 나무 도장은 불 속에 들어가더
니 맑은 불 속에 한점 햇무리처럼 새로운 불꽃을 만들어냈다. 그러
다 다 타면서 점점 꺼멓게 변하더니, 한바탕 꿈처럼, 형체도 없이
사라졌다.

　품안에 든 자식이 언제든지 날아갈 수 있다는 걸 안 부모는 서둘
러 혼인을 시켰다. 발목 붙들기 위한 수단으로서의 결혼. 아내가
첩실의 딸이라는 걸 알게 된 순간, 길중 씨는 다시 한번 덜미를 잡
히는 기분이었다. 첫 단추부터 잘못 꿰인다는 느낌. 인생에 또 하
나 흠결이 생겼다는 마음 같은 것.

　〈시절이 그랬는걸, 시절이〉

　그 지난날 속에 있는, 맞대면하고 싶지 않은 모습들이 비칠 때
마다 길중 씨는 마음을 돌린다. 되돌이키기엔 모든 게 너무 늦었
고, 이제 와 반성하려 들면 한이 없는 것이다. 시절에 덜미 잡혀
못 배웠고, 못 배웠으니 자연히 어두웠고, 그 어둠에서 오늘이 비
롯되었다고, 길중 씨는 빠져나갈 구멍을 만들어 놓는다. 여보, 내
잘못했수. 길중 씨는 고개를 주억거린다. 결국 이리 되는 것을.

　결국 제 뜻대로 땅을 처분한 효기가 공사를 위해 철물점 간판을
내리던 날, 길중 씨는 멀찌감치서 바라보았다. 인부 두 사람이 지
붕 위에 올라가, 그새 아크릴로 바뀐 간판을 떼어 아래쪽 사람들과
힘을 합쳐 내렸다. 한시절은 간 것이다.

지목이 택지로 변경되어 값이 번쩍 오른 산, 그 산을 팔아 윤기가 술집을 차렸다는 걸 들었을 땐, 윤기에게 서운한 마음이 앞섰다. 돈 있으면 강아지도 멍 첨지라지만, 그렇게까지 해서 돈을 벌어야 하겠냐고. 네가 끝까지 엇나가고 싶은 거냐고. 잎이 너무 무성해서 꽃밭의 다른 나무들이 못 자란다는 핑계로, 벽오동나무 가지를 마구 쳐낸 것은 그 다음날이었다.

띵똥, 딩동딩동딩동.

한밤중, 무례하다 못해 방자한 벨소리. 은용이 달려가 문을 열고, 윤기 아내도 나왔다. 술걸레가 된 윤기다.

「어, 취한다. 어머니 안 오셨냐?」

「예, 웬 술을 이렇게 마셨어요?」

「술, 그래, 마셨다. 어머니가 어디서 죽었는지 살았는지 모르는데, 내가 이때 술 안 마시면 어디서 마시겠냐?」

현관문을 들어서는 윤기의 눈이 빙글빙글 돈다. 그 눈이, 길중 씨를 보더니 딱 멈춘다. 한쪽 입귀가 올라간다.

「어이구, 아버지두 오셨어요? 그런데 어쩐대요, 어머니가 온데간데 없어졌으니. 이제 심심해서 어쩌시나」

「오빠!」

은용이 윤기의 팔을 꽉 잡고, 윤기는 은용을 돌아다보았다.

「그래, 너도 왔구나. 어쩌냐, 은용아. 엄마가 없어졌단다. 어머니, 그렇게 고생만 하시더니……」

「됐어. 들어가 자」

은용이 윤기의 말끝을 쳐냈다. 은용답지 않게 단호한 말투였다. 윤기는 그런 은용을 보고 피식, 웃었다. 봐준다, 그런 얼굴이었다.

「세진 아빠. 지금이 어느 때라고 이러고 다녀. 빨리 들어가요」

「들어가? 그럼, 들어가야지. 여기가 내 집 맞지? 그런데, 다른 사람들은 다 어디 갔냐? 잔다구? 지금이 어느 때라구 발 뻗고들 자? 다 나오라구 그래」

「이이가, 정말」

아내가 잡아당기자, 윤기는 아예 현관에 벌렁 드러누웠다. 누운 채, 노래를 부른다. 어머님의 손을 놓고 돌아설 때에, 부엉새도 울었다오 나도 울었소…….

「무슨 일이냐?」

효기가 부신 눈으로 나오고, 인기도, 정기도 눈을 크게 뜨고 나왔다. 학교와 학원에 갔다 와서 곤히 잠들었던 아이까지 나오는 걸, 윤기 아내는 다시 방으로 밀어넣었다.

「아, 예, 주무시는데 깨워서 미안합니다, 형님. 그런데 말이죠. 지금, 시국이 시국이니만치, 전면적으로, 다같이 반성하자는 겁니다. 예, 반성요. 때린 남편도 반성, 버린 아들도 반성……」

「이 자식이, 누구 앞이라구. 그만 못 둬! 너만 속쓰린 줄 알어?」

불끈, 앞으로 나서며 효기가 소리쳤다. 후줄근한 남방셔츠, 입은 채로 자다 나왔는지, 앞섶이 풀어져 있었다. 정기가 효기의 팔을 잡았다.

「왜요, 치시려구요? 그 동안 많이 참았다고 생각하는 거, 내 압니다. 치세요」

정기는 효기의 팔을 잡고 방 쪽으로 밀고 가려 했다. 밀려가던 효기는 몸을 비틀며 빠져나와, 비척거리는 윤기의 멱살을 잡았다. 인기는 윤기를, 정기는 효기를, 양쪽에서 뜯어말렸다.

「왜들 이래, 아버지 계신데」

은용이 애원하듯 낮춰서 하는 말이, 소파에 앉은 길중 씨 귀에까지 들려왔다. 귓전이 잉잉거리는 것만 같았다. 피가 머리끝으로 몰리나. 관자놀이가 펄떡펄떡 뛴다. 얼굴이 홧홧해져서, 길중 씨는 아예 베란다 바깥으로 눈을 던졌다. 건너편 동, 몇몇 집에 불이 켜져 있었다. 야, 이눔들아, 나 아직 안 죽었다. 소리치고 싶지만, 그러기 전에 혈압이 터질 것만 같았다. 보나마나 술 마신 것처럼 벌갤 것이다.

뭐라고 웅얼거리던 윤기는 인기에게 끌려 화장실로 가 욱욱거리다 들어가고, 정기는 이게 다 아버지……, 라고 말하려는 효기를 방으로 밀어넣고 문을 닫아버렸다. 언제 그랬냐는 듯이 조용하다.

「아버지. 들어가 주무세요」

「괜찮다. 너나 자렴」

「아버지?」

길중 씨는 은용을 바라본다.

「사람이 아픈 게 꼭 나쁜 것만은 아닌가봐요. 정기 오빠요, 참 많이 변했죠?」

정말, 정기는 변했다. 효기가 일 안 하고 사는 데에, 윤기가 여자애에, 인기가 제 인생의 고삐를 제가 쥐겠다는 조급함에 들려 있다면, 정기는 물질에 욕심을 부렸다. 제 소용에 닿지 않는 거라도, 일단 가질 수 있으면 가져다 집에 쟁여두는 편이었다. 이재에 밝으니 제 사는 건 걱정 없겠다 싶더니, 지난해, 가슴이 답답하다며 병원에 드나들기 시작했다. 특수 촬영으로도 잡히지 않는다고 했다. 사람이 많은 곳에만 가면 가슴이 터질 것처럼 욱죄어들고, 지하로 내려갈 때면 누가 목을 조르는 것 같다며, 가뭄 든 논의 꼬창모처럼 말라갔다. 그러더니 바뀌었다. 길중 씨에게 주는 용돈부터가 후해졌다.

「내 마음 편케 사는 게 제일인 것 같아요. 아버지 말씀대로, 아이들 가르치고 아프면 고칠 만큼만 있으면 되지요, 뭐」

벗은 신을 돌아보고 애 낳으러 가는 여자의 불안과 표표함이 뒤섞인 상태가, 정기의 속에 있던 욕심을 조금씩 걷어내 사람을 맑히고 있었다. 은용은 그걸 말하고 있었다.

「정기 오빠가요, 집으로 내려올까 싶은가봐요」

「왜, 일이 잘 안 된다더냐?」

「아뇨. 그건 아닌데, 거기도 이제 서울처럼 번잡해져서 살기 싫다고요. 내려와서 그냥 조그만 가게나 하고 싶다고요. 집에 들어왔으면 어떨까 하던데요」

「그게 저 혼자 마음으로 되나. 에미가 그러자고 해야지」

「언니랑은 얘기가 됐나봐요. 언니두, 거기선 돈 벌어야 병원비 대다 말겠다구, 자기 마음대로 살면 낫지 않겠냐구요」

「어차피 집은 개 주기로 한 거니까, 그런다면 고맙고」

할퀴고 눌렸던 마음에 피가 도는 것 같다. 낡아빠진 집이지만, 워낙 뼈대가 튼튼하니 손보고 살면 살 만할 것이다. 그나저나, 효기 엄마가 돌아와야 할 텐데.

은용의 눈에 졸음이 실렸다. 몇 번인가, 고개를 꾸벅거리더니, 소파 등받이에 고개를 기대고 눈을 감았다. 고되었는가, 손등에 핏줄이 도드라졌다.

밤새 베란다 문을 열어놓아서, 식전 공기는 살갗에 아렸다. 은용은 기가 다 빠져나간 사람처럼 잠들어 있다. 설핏 잠들었다 깬 길중 씨는, 새벽, 부지런한 사람들이 켠 건너편 동의 불빛이 점점 힘을 잃는 것을 바라보았다. 이제 글렀구나. 정신 없는 노인네가 낯선 곳에서 노숙하기엔, 이틀도 충분히 길었다. 이제 어떡하나.

찾지 못한 채 집으로 돌아가게 될지도 모른다. 길중 씨는 고개를 설레설레 저었다. 그럴 수는 없다. 그러나, 어쩐단 말인가. 내 몸 운신조차 자유롭지 못한 몸으로, 무얼 할 수 있단 말인가. 사람이, 이렇게 힘없을 수가 있나. 아주 오래전에 오늘을 미리 보았던 듯한 느낌에 사로잡혀, 길중 씨의 온몸은 굳는 듯했다. 더도 아니고 덜도 아닌, 꼭 오늘 이런 모습을. 빈손에 움켜쥘 무언가를 찾아 헤매느라 한평생 아등바등하다, 무언가를 쥐었다고 생각한 순간부터 다시 손가락 사이로 흘려 보내고, 마침내 빈손의 막막함에 오그라든 몸으로, 빈손을 무연히 내려다보는 한 노인을. 조강지처마저 어디서 여의었는지 모르게 잃고 마는 무기력한 늙은이를.

효기 엄마.

콧잔등이 시큰거리려 해 길중 씨가 눈을 흡뜨는데, 따르르릉, 전화벨이 울렸다. 은용이 눈을 반짝 뜨더니 전화기로 손을 뻗쳤다. 여보세요.

「네, 네, 언제요?」

은용의 목소리에 울음기가 번졌다. 한 손으로 입을 틀어막는 은용의 눈가가 빨개졌다. 전화벨소리에 깼는지, 방문 열리는 소리가 났다. 이리 내라. 길중 씨는 은용의 손에서 수화기를 건네받았다.

「네, 틀림없이 찾으시는 분 같아요. 저랑 말씀도 나누셨는데요. 여기는……」

여자의 차분한 목소리엔 확신이 서려 있었다.

작가의 말

　세상을 위해 물 한 통 길어본 적 없다. 늘, 두레박을 텀벙 빠뜨리거나, 돌부리에 채여 넘어지거나, 우물가로 다가서는 나를 꼬드기는 무언가에 넘어가거나, 그랬다.

　세상 밖으로 달아나던 어느 오후, 시장에서였다. 「내 손이 이렇게 커지는 걸 보니, 아가씨가 무척 허기졌나 보우」 그러면서 떡 장사가 내민 떡은, 치른 값의 두 배는 되는 분량이었다. 그 떡이 간식이 아니라 일용할 양식임을, 어떻게 알아본 걸까. 사람의 허기를 눈밝게 알아보고 어루만지는 손, 내가 쓰는 글이 그런 것이 될 수 있을까. 어떻게 살아야 그런 글을 쓸 수 있게 될까. 그러면서 또 몇 년을 흘려 보냈다.

　오래 지켜보며 격려해 준 이들, 살아오면서 만난 모든 스승들께 감사드린다. 원고를 책으로 만들어 독자의 손에 들려지게 해주신 분들께도.

이혜경

오늘의 작가총서 18

길 위의 집

1판 1쇄 펴냄 1995년 5월 15일
1판 10쇄 펴냄 1997년 1월 5일
2판 1쇄 펴냄 2004년 3월 20일
2판 3쇄 펴냄 2004년 7월 10일
3판 1쇄 찍음 2005년 9월 20일
3판 2쇄 펴냄 2016년 10월 21일

지은이 · 이혜경
발행인 · 박근섭, 박상준
펴낸곳 · (주) 민음사

출판등록 1966. 5. 19. 제16-490호
서울특별시 강남구 도산대로1길 62(신사동)
강남출판문화센터 5층(우편번호 06027)
대표전화 515-2000 팩시밀리 515-2007

www.minumsa.com

© 이혜경, 2005, 2004, 1995. Printed in Seoul, Korea

ISBN 978-89-374-2018-4 04810
ISBN 978-89-374-2000-9 (세트)